Susanne Goga

Nachts am Askanischen Platz

Berlin, im Januar 1928. Ein Toter wird im Hinterhof eines Varieté- und Sensationstheaters aufgefunden, dessen schillernder Besitzer seine aus dem Krieg stammenden Gesichtsverletzungen offensiv zur Schau stellt. Eine verstörte junge Russin taucht beim Theater auf, sie sucht nach einem »Fjodor«, von dem dort niemand je gehört hat. Liegt der Schlüssel zu den mysteriösen Vorkommnissen um »Das Cabaret des Bösen« vielleicht im Scheunenviertel, wo russische Emigranten in höchst beengten Verhältnissen leben? Wieder einmal lernt Kommissar Leo Wechsler bei seinen Ermittlungen neue und unbekannte Gesichter seiner Stadt kennen.
Der sechste Band der Erfolgsserie um Leo Wechsler.

Susanne Goga lebt als Autorin und Übersetzerin in Mönchengladbach. Sie ist Mitglied des deutschen PEN-Zentrums. Außer ihrer Krimireihe um Leo Wechsler hat sie mehrere historische Romane veröffentlicht, sie wurde mit verschiedenen literarischen Preisen ausgezeichnet, u. a. dem Goldenen HOMER für ›Mord in Babelsberg‹ und dem Silbernen HOMER für ›Nachts am Askanischen Platz‹.
Bei dtv ist ihre gesamte Leo-Wechsler-Serie erschienen.

Susanne Goga

Nachts am Askanischen Platz

Kriminalroman

dtv

Von Susanne Goga
sind bei dtv außerdem erschienen:
Leo Berlin
Tod in Blau
Die Tote von Charlottenburg
Mord in Babelsberg
Es geschah in Schöneberg
Der Ballhausmörder
Schatten in der Friedrichstadt
Der Teufel von Tempelhof

MIX
Papier | Fördert
gute Waldnutzung
FSC® C019821

Originalausgabe 2018
5. Auflage 2025

Tumblingerstraße 21, 80337 München
produktsicherheit@dtv.de
Vermittelt durch die Literarische Agentur
Thomas Schlück GmbH, Garbsen
Umschlaggestaltung: Isabella Grill/dtv, unter Verwendung
eines Fotos der Mary Evans Picture Library/WEIMAR ARCHIVE
Gesetzt aus der Sabon LT Pro 10/13˙
Satz: Fotosatz Amann, Memmingen
Druck und Bindung: Druckerei C.H.Beck, Nördlingen
Printed in Germany · ISBN 978-3-423-21713-2

Für Felix – den ich immer fragen kann.
Und danke für Peter und Gustav.

Prolog

Die Patientin lag ausgestreckt auf dem OP-Tisch, die Hand- und Fußgelenke mit Lederriemen fixiert. Ein greller Scheinwerfer erleuchtete den Tisch, während der übrige Raum in tiefe Dunkelheit getaucht war.

Die Frau hatte die Augen weit aufgerissen, doch der Knebel in ihrem Mund erstickte ihre Schreie, als eine Krankenschwester ihren Kopf in einer Vorrichtung platzierte, die jede Bewegung unterband.

»Ganz ruhig, Sie machen es nur noch schlimmer«, sagte die Krankenschwester in einem sanften Ton, der umso bedrohlicher klang, weil er so gar nicht zu der furchteinflößenden Umgebung passte.

Die Frau zuckte mit Armen und Beinen, so weit es die Lederriemen zuließen, ihre Augen schienen vor Entsetzen aus den Höhlen zu treten. Ihr ganzer Körper bäumte sich auf, während sie ebenso verzweifelt wie vergeblich gegen die Fesseln kämpfte.

Aus dem Hintergrund trat ein hochgewachsener hagerer Mann mit stahlgrauem Haar, der eine chirurgische Säge in der Hand hielt. Er trug einen weißen, hinten geknöpften Kittel, der makellos gewaschen und gestärkt aussah.

»Fertig, Schwester?«

Sie nickte. »Ja, Herr Professor, es ist alles vorbereitet.« Die Schwester glitt in den Schatten, während der Chirurg geradeaus schaute, an der Patientin vorbei, und in sachlich-nüchternem Ton zu sprechen anhob.

»Die Operation, die ich heute durchführen werde, ist insofern von wissenschaftlichem Interesse, als sie die Reaktionen der Patientin während der chirurgischen Vorgänge deutlich erkennen lässt. Schwester Else wird sie dokumentieren, damit wir sie mit Ergebnissen vergleichen können, die wir an Patienten im bewusstlosen Zustand gesammelt haben. Am Ende dieser Versuchsreihe werden wir entscheiden, ob es ratsam ist, bei Operationen am Gehirn künftig auf eine Betäubung zu verzichten.«

Die Krankenschwester kehrte mit Stift und Notizblock an den Tisch zurück und schaute ihn erwartungsvoll an.

Der Chirurg setzte die Säge an, worauf ein knirschendes Geräusch ertönte, das von überallher zu kommen schien. Die Patientin bäumte sich auf, ihr ganzer Körper beschrieb einen Bogen. Sie erinnerte an einen Fisch, der sich am Boden eines Bootes krümmt und verzweifelt dem Wasser zustrebt.

Der Chirurg ließ sich nicht beirren. Er sägte mit knappen, präzisen Bewegungen weiter und presste konzentriert die Lippen aufeinander. »Sobald ich das Gehirn freigelegt habe, werde ich –«

Ein Schrei ertönte, ein Poltern im dunklen Raum, man hörte Schritte, die sich hastig entfernten. Eine Tür schlug zu.

Der Chirurg blickte kurz auf, zog missbilligend eine Augenbraue hoch und setzte sein blutiges Werk fort.

Bis er die Schädeldecke abnahm und der Krankenschwester reichte, hatte sich die Tür nach draußen noch zweimal geöffnet.

1

Samstag, 7. Januar 1928

Der Festsaal im Rathaus war mit Blumengestecken geschmückt, und in den Kristallen der gewaltigen Kronleuchter brach sich funkelnd das Licht. Ein Streichorchester spielte etwas von Schubert, das im Stimmengewirr fast unterging. Der Neujahrsempfang der Berliner Polizei war in vollem Gange.

Leo Wechsler zwang sich, den Blick von Clara zu lösen und sich stattdessen Polizeipräsident Karl Zörgiebel zuzuwenden, der mitten im Saal die Gäste empfing.

»Herzlich willkommen, Herr Wechsler.«

»Guten Abend, Herr Präsident. Darf ich vorstellen – meine Frau Clara.«

Zörgiebel deutete eine Verbeugung an. »Es ist mir ein Vergnügen, Frau Wechsler. Ich hoffe, Sie gestatten mir die Bemerkung, dass Ihr Mann beruflich zwar brillieren mag, Sie ihn heute Abend jedoch bei Weitem überstrahlen.«

Leo musste ein Grinsen unterdrücken. Wenn sich der gelernte Küfer und ehemalige Gauleiter der Böttchervereinigung, der es bis zum Berliner Polizeipräsidenten gebracht hatte, zu solch blumigen Bemerkungen verstieg, musste Clara tatsächlich hinreißend aussehen.

Das schilfgrüne Kleid mit der tief angesetzten Taille umfloss ihre Figur wie eine schimmernde Haut, und über den großen Rückenausschnitt spannten sich Silberschnüre, die mit winzigen Muscheln verziert waren. Dagegen wirkte Leos geliehener Frack mehr als unscheinbar.

Sie wechselten einige Belanglosigkeiten mit dem Präsidenten, dann legte Leo den Arm um Clara und steuerte einen Kellner an, der ein Tablett mit Sektgläsern balancierte. Er genoss es, dass er Claras Körper durch das zarte Kleid hindurch spüren konnte.

Ihre roten Haare waren in Wellen gelegt, und sie hatte nur Lippen und Augenbrauen nachgezogen, mehr Schminke brauchte sie nicht. Sie duftete nach dem Parfüm von Guerlain, das Leo ihr zum Geburtstag geschenkt hatte. Sie war einfach vollkommen, dachte er. Auch nach fünf Jahren konnte er manchmal nicht ganz glauben, dass Clara ihn geheiratet hatte.

Sie hatten sich gerade Gläser genommen und miteinander angestoßen, als ein Mann mit Schnurrbart und runder Brille auf sie zutrat.

»Guten Abend, Herr Dr. Weiß«, sagte Leo und deutete eine Verbeugung an. Er schätzte den Vizepolizeipräsidenten ungemein – Dr. Bernhard Weiß war nicht nur fachlich ausgezeichnet, sondern stellte sich immer und überall dem Unrecht in den Weg.

»Meine Frau Clara.«

»Sie sehen ganz bezaubernd aus, Frau Wechsler, wenn Sie mir diese Bemerkung erlauben.«

»Mein Mann spricht mit der allerhöchsten Anerkennung von Ihnen, Herr Dr. Weiß.«

»Sie nehmen die Arbeit mit nach Hause, Herr Wechsler? Meine Frau mag davon nichts hören. Sie schickt mich immer in den Garten, wenn ich damit anfange.«

Leo lächelte. »Ich versuche, Clara nicht allzu sehr zu langweilen, aber es tut gelegentlich gut, sich Luft zu verschaffen.«

Weiß nickte verständnisvoll. »Natürlich. Sie sehen Dinge ...« Er zögerte. »Ich weiß, es ist nicht leicht. Gennat hat mir damals von dem Fall in Breslau erzählt. Danach hätte ich wochenlang nicht geschlafen.«

»Es hat ihn hart getroffen, dass man den Kindermörder nicht gefasst hat. Einer der wenigen Fälle, die er nicht aufklären konnte, es treibt ihn noch immer um.«

Weiß hob sein Glas. »Jetzt aber Schluss mit den trüben Gedanken. Selbst Polizisten sollten an diesem Abend ihren Beruf vergessen.« Er nickte freundlich und ging weiter.

Clara schaute ihm nach. »Wie hält er das nur aus? Goebbels' ständige Attacken im *Angriff*? Und dass er ihn immer nur Isidor Weiß nennt?«

Leo zuckte mit den Schultern. »Das frage ich mich auch. Dass dieses Schmierblatt überhaupt erscheinen darf, ist eine Farce. Ich leihe es mir manchmal von Joachim, damit ich es nicht auch noch finanziere.« Er hielt inne. »Weißt du noch, der Sommer, in dem Rathenau ermordet wurde? Wir haben es Weiß zu verdanken, dass die Mörder gefasst wurden. Das haben ihm die Rechten bis heute nicht verziehen.«

Clara stieß klirrend mit ihm an. »Er hat recht, lass uns heute mal nicht an die Arbeit denken. Es wäre schade um die Mühe, die Fink sich mit dem Kleid gegeben hat.« Sie wandte ihm den Rücken mit den Muschelschnüren zu und schaute kokett über die Schulter.

»In der Tat ganz bezaubernd, Frau Wechsler.«

»Du siehst auch nicht übel aus. Marie war sehr stolz auf dich.«

Leos Tochter hatte sie in Augenschein genommen, nachdem sie sich für den Abend bereit gemacht hatten.

»Ihr seid aber vornehm«, hatte sie gesagt. »Vati im Frack und Clara als Prinzessin.«

Clara hatte eine Grammofonplatte aufgelegt und Leo zugezwinkert.

»Wie konnte ich das vergessen? Der erste Tanz gehört meiner Tochter. Darf ich bitten?«

Er hatte Marie den schwarz gekleideten Arm hingehalten, worauf sie knickste. Dann hatten sie sich im Walzerschritt durchs Wohnzimmer bewegt, und Clara war leise hinausgegangen. Sie betrachtete Marie und Georg als ihre Kinder, doch es gab Momente, die nur Leo und den beiden gehörten.

Nach dem Bankett wurde getanzt. Als sie eine Pause einlegten, bat Clara Leo, ihr an der Bar ein Glas Saft zu holen. Der Sekt war ihr zu Kopf gestiegen.

»Du kannst mich ruhig allein lassen«, sagte sie lächelnd. »Ich genieße es, mir die Leute anzusehen, und kann mich durchaus eine Weile ohne dich amüsieren. Also los.« Mit einer spielerischen Handbewegung scheuchte sie ihn davon.

Leo wusste, dass sie ihm Gelegenheit geben wollte, mit Bekannten und Kollegen zu sprechen, ohne auf sie Rücksicht zu nehmen. Clara war so ziemlich die selbstständigste Frau, die er kannte.

Er bestellte gerade den Saft und ein Glas Wein für sich, als ihm ein unerwarteter Kommentar ans Ohr drang.

»Wunderbare Nase, ganz klassisch.«

Leo schaute nach rechts und bemerkte einen rundlichen Herrn mit Schnurrbart und Halbglatze, der den Kellner hinter der Theke eingehend musterte.

»Verzeihung?«

»Na, die Nase. Schauen Sie nur. Vollkommen gerader Rücken, kein Höcker. Das ist ein Nasengerüst wie aus dem Lehrbuch.«

Leo sah den Mann belustigt an. »Sie studieren menschliche Nasen?«

Sein Nachbar nickte mit ernster Miene. »Berufskrankheit. Sind Sie Polizist? Reden Sie nicht auch gelegentlich über Einbrüche und Morde?«

»Ja, ich bin Polizist. Soll ich jetzt herausfinden, was Ihr Beruf ist?«

»Ich bitte darum«, sagte der Mann und wandte sich ihm zu, den rechten Arm auf die Theke gestützt.

»Hals-, Nasen- und Ohrenarzt, würde ich sagen. Wobei Sie die Nase eben eher ästhetisch als medizinisch zu betrachten schienen.«

»Sie sind auf der richtigen Spur.«

Die Bedienung stellte Saft und Bier auf die Theke. Leo warf einen Blick zu Clara, die mit einer Dame ins Gespräch gekommen war. Also hob er das Glas und prostete seinem neuen Bekannten zu.

»Dann sollte ich dieser Spur folgen. Nase, Medizin, Ästhetik – natürlich, Sie sind der Nasenjoseph. Verzeihen Sie den Spitznamen. Und vor allem, dass ich Sie nicht sofort erkannt habe.«

Prof. Dr. Jacques Joseph verbeugte sich grinsend. »Nun wüsste ich aber auch gern, mit wem ich das Vergnügen habe.«

»Leo Wechsler, Kriminalpolizei.«

»Ah, Gennats berühmte Truppe.«

»Er ist ein Genie, wir haben ihm viel zu verdanken. Sie operieren aber nicht nur Nasen, Herr Professor, nicht wahr? Ich erinnere mich an Berichte über Kriegsversehrte, denen Sie auf geradezu wunderbare Weise geholfen haben.«

»Lassen Sie mal den Professor weg«, sagte Joseph und bestellte noch ein Glas Wein. »Heutzutage mache ich meist Schönheitsoperationen, aber ich habe manchem Soldaten wieder ein Gesicht gegeben. Nicht unbedingt das alte, dazu waren die Verwüstungen oft zu groß, aber *ein* Gesicht. Das kann schon helfen.«

Leo erinnerte sich an Fotografien, die er nach dem Krieg gesehen hatte, und begriff, dass Joseph seine Verdienste bewusst herunterspielte.

»Diese Menschen haben Ihnen viel zu verdanken.«

»Auch ich habe dabei gewonnen. Der Krieg hat mich vor Aufgaben gestellt, die mir im zivilen Leben nie begegnet wären.« Er beschrieb eine Geste, die den ganzen Saal umfasste. »Eigentlich bin ich nur meiner Frau zuliebe hier. Solche Festlichkeiten liegen mir nicht, aber Leonore wollte so gerne kommen, weil sie sich spannende Kriminalgeschichten aus erster Hand erhoffte.« Er reckte den Hals. »Wo steckt sie denn? Sie könnten ihr vielleicht den Gefallen tun und einen Ihrer Fälle schildern, damit sie nicht enttäuscht nach Hause geht.«

Leonore Joseph gesellte sich bald zu ihnen, und Leo fasste kurz den Fall der beiden Schwestern Henriette Strauss und Rosa Lehnhardt zusammen, der vor einigen Jahren großes Aufsehen erregt hatte. Mitten in der anschließenden Plauderei warf er einen Blick zu Clara hinüber.

Er stellte hastig sein Glas weg, nahm den Saft und verabschiedete sich eilig vom Ehepaar Joseph.

Clara war blass, sie hatte die Lippen aufeinandergepresst. Leo trat neben sie, reichte ihr das Glas und schaute den Mann im Frack an – maßgeschneidert, nicht aus dem Verleih wie seiner –, der vor ihr stand.

»Guten Abend, Herr von Malchow. Wie lange haben wir uns nicht gesehen? Drei Jahre?«

»Herr von Malchow hat mein Kleid bewundert«, sagte Clara.

»Ich wusste gar nicht, dass Sie ein Auge für Damenmode haben«, sagte Leo.

»Ihr Fall im letzten Jahr war spektakulär genug, um meinen Blick dafür zu schärfen, Herr Wechsler.«

»Mein Fall?«

Von Malchow legte den Kopf schräg und sah ihn verschwörerisch an. »Sogar ich erkenne einen Fink-Rücken, wenn er eine so bezaubernde Form annimmt.«

»In der Tat, mein Kleid ist von Morgenstern & Fink«, sagte Clara.

»Wie praktisch, dass Ihre Gattin sich bei der Firma einkleiden konnte, die von Ihren Ermittlungen profitiert hat.«

Leo wollte antworten, spürte aber, wie sich Claras Finger um seinen Arm schlossen.

»Ich kenne Sie nicht, Herr von Malchow, und weiß nicht, was mein Mann oder ich Ihnen getan haben, dass Sie uns etwas Derartiges unterstellen. Nicht dass ich mich rechtfertigen müsste, aber das Kleid habe ich von meinem Geld bezahlt, nicht von dem meines Mannes, und der Kriminalfall hatte nichts damit zu tun. Es ist Verleumdung, einem Beamten grundlos Bestechlichkeit vorzuwerfen.« Sie hielt inne. »Eigentlich tun Sie mir leid. Können Sie sich selbst so wenig leiden, dass Sie anderen Menschen so begegnen müssen?«

Herbert von Malchow war in der Menge untergetaucht, noch bevor Clara den Satz beendet hatte.

Leo nahm ihr das Glas ab und stellte es einem vorbeigehenden Kellner aufs Tablett. Dann ergriff er ihre Hände. Er hätte sie lieber umarmt, aber der Raum war voller Menschen, und das war etwas, das er nicht mit ihnen teilen wollte.

»Lass uns nach draußen gehen.«

Sie fanden einen Flur, in den nur leise Fetzen von Musik und Stimmen drangen. Dort zog er Clara an sich und spürte, wie sie zitterte.

»Ich bin stolz auf dich. Deine Antwort war beherrscht und würdevoll. Ich hingegen wäre beinahe aus der Rolle gefallen.«

»Es war demütigend«, sagte sie leise an seiner Schulter. »Er kam und sprach mich an. Ich wusste zuerst gar nicht, wer er war. Er hat mich von oben herab taxiert, als stünde ich zum Verkauf, und sagte dann, das sei aber kein Kleid von der Stange. Er war so unhöflich, dass mir die Worte fehlten.« Sie löste sich von Leo und wischte sich über die Augen. »Er hat mir die Freude daran verdorben.«

»Liebes, das ist er nicht wert. Er ist ein Versager, der bei der Polizei nicht die erhoffte Karriere gemacht hat und jetzt beim Schwiegervater den Geschäftsmann spielt.«

Sie rührte sich nicht.

Leo hob sanft ihr Kinn an. »Da ist noch etwas anderes, oder? Sag es mir.«

Sie zuckte mit den Schultern. »Ach, es ist dumm. Aber … er hat mich an früher erinnert. An Ulrichs Freunde. Die sind mir ähnlich herablassend begegnet. Als wäre ich nur das wert, was mein Mann in mich investiert hat. Als würden sie mich ansehen und schätzen, wie viel ich ihn gekostet habe.«

Sie hatten lange nicht über Ulrich von Mühl, Claras ersten Mann, gesprochen, und Leo hasste von Malchow dafür, dass er sie an ihn erinnert hatte. Doch sein Zorn half niemandem weiter.

Er legte behutsam die Hände um ihr Gesicht. »Wir gehen jetzt zurück in den Saal, und alle werden denken, wie wunderbar du in diesem Kleid aussiehst. Ich werde stolz auf dich sein, aber nicht wegen eines Stücks Stoff, sondern weil du diesem Kerl so tapfer entgegengetreten bist. Dann holen wir uns etwas zu trinken, und ich stelle dich einem netten Ehepaar vor, das ich vorhin kennengelernt und einfach stehen gelassen habe, als ich dich mit von Malchow sah. Einverstanden?«

Clara zögerte einen Moment und nickte dann. Sie trat vor den nächsten Spiegel, warf einen flüchtigen Blick hinein und kehrte mit Leo in den Saal zurück.

Auf dem Heimweg nahmen sie ein Taxi. Clara lehnte sich ein wenig beschwipst an Leo.

»Weißt du, was Frau Joseph mir erzählt hat? Seine Patienten zahlen das, was sie sich leisten können. Die Reichen viel, die Armen wenig und manchmal sogar nichts. Ist das nicht großartig? Und er hat ein Album mit Hunderten von Bildern, die seine Patienten vor und nach der Operation zeigen. Aus dem kann man sich die Nase aussuchen, die man gerne hätte.«

»Hat er dir etwa vorgeschlagen, mal vorbeizukommen, um deine Adlernase zu bearbeiten?«, fragte Leo lachend, worauf Clara ihn mit dem Fuß anstieß.

»An meiner Nase hatte er überhaupt nichts auszusetzen.«

Leo zog sie an sich. »Du hast recht, sie ist perfekt.«

»Es war genau richtig, dass wir geblieben sind und du mich den Josephs vorgestellt hast«, sagte sie. »Nach der Begegnung mit diesem widerlichen Mann hätte ich mich am liebsten zu Hause verkrochen, aber es wäre falsch gewesen. Und die Josephs sind sehr sympathisch. Er wirkt ein wenig zurückhaltend. Vielleicht gehört er zu den Menschen, die erst nach und nach ihre Scheu ablegen.«

»Er hat gesagt, er begebe sich nur seiner Frau zuliebe in Gesellschaft. Er ist kein Salonlöwe wie ich.«

Clara sah ihn mit gespielter Verwunderung an. »Oh, gehen wir jetzt öfter in Frack und großer Robe aus? Dann muss wohl eine Erbtante sterben, damit ich nicht zweimal im selben Kleid erscheine.«

Sie lachten noch, als sie die Wohnung betraten.

Clara schaute zu den Kindern hinein. Beide schliefen, neben Maries Bett stand der Chemiebaukasten, mit dem sie noch experimentiert hatte. Clara lächelte.

Im Bett sagte Leo, als hätten sie das Gespräch nie unterbrochen: »Er muss viel Elend gesehen haben, während des Krieges und danach. Er hat Menschen ebenso gerettet wie die Chirurgen in den Lazaretten, die Arme und Beine amputiert haben.«

Clara drehte sich zu ihm und stützte den Kopf in die Hand. »Ganz sicher. Ich kann mir gar nicht vorstellen, wie es sein muss, ein entstelltes Gesicht zu haben, sich nicht mehr unter Menschen zu wagen, Schmerzen zu leiden und angegafft zu werden.«

Leo räusperte sich. »Ich erinnere mich an einen Selbstmord, es muss 1919 gewesen sein. Ein Mann hatte sich in einem Hinterhof an der Teppichstange erhängt. Irgendwann in der Nacht. Eine Nachbarin fand ihn am nächsten Morgen. Als ich hinkam, sagte sie nur: ›Ick weeß nich, wie der hieß. Mit dem wollte keener reden. Die Kinner ham immer Dreck jeworfen und ›Atze-Fratze‹ jerufen.‹ Der Fall war schnell geklärt.«

Clara schmiegte sich an ihn und legte den Kopf auf seine Brust. »Wie klein so ein von Malchow dagegen wirkt.«

»Er ist klein und jämmerlich. Das sollten wir nie vergessen.«

Sie schliefen eng umschlungen ein. Irgendwann nachts meinte Leo die Wohnungstür zu hören, doch richtig wach wurde er nicht. Seufzend drehte er sich zu Clara um und schlief weiter.

2

MONTAG, 9. JANUAR 1928

Der verschlissene Mantel schützte kaum vor der eisigen Luft, die sich unter den Stoff stahl und seinen Körper umhüllte. Er war mit Kälte überzogen wie eine Mandel mit Schokolade oder ein Kuchen mit Glasur oder ein Bratfisch mit Panade ... unsinnige Gedanken, die bewiesen, dass man das, was einen quälte, nicht verdrängen konnte, es brach sich immer wieder Bahn. Denn unter der Kälte lauerte der Hunger, zwei Empfindungen, die eine unselige Verbindung eingegangen waren. Wer hungerte, fror. Wer fror, hatte oftmals nichts zu essen.

Aus einem Lokal wehte Bratengeruch herüber, und er musste sich zwingen, nicht hineinzustürzen. Er wäre fähig, sich mit Ellbogen durchzukämpfen, hin zu dem Tisch, an dem jemand den Braten auf dem Teller hatte, den Gast beiseitezustoßen und das Fleisch mitsamt der Soße aufzuklauben und sich in den Mund zu stopfen ... Aber er hatte fast kein Geld, und dort drinnen waren Menschen.

Die Welt war ihm fremd geworden.

Er stolperte mehrmals, weil er seine Füße nicht mehr spürte, nachdem er den ganzen Weg gelaufen war, in der Tasche den Zeitungsartikel, so oft gelesen und wieder zusammengefaltet, dass die Kanten brüchig und abgegriffen waren.

Er wählte die Kälte. Sie war weniger schlimm als das Fremde, weniger schlimm als der Hunger, der seinen Kopf ganz leer machte.

Er erreichte einen weiten Platz mit einer Säule in der Mitte und schaute auf das Straßenschild. *Belle-Alliance-Platz*. Er erinnerte sich an den Zeitungsverkäufer und seinen Stadtplan, rief sich die Namen ins Gedächtnis. Ja, die Richtung stimmte. Hier zweigten mehrere Straßen ab, die hell und lebhaft wirkten. Sie waren voller Menschen. Menschen wollte er aus dem Weg gehen.

Also hielt er sich am Ufer des Kanals, wo die Hochbahn am Wasser entlangratterte, hinter den erleuchteten Fenstern verwischte Schemen von Gesichtern.

Hallesches Ufer. Das war gut. Es klang, als wäre es nicht mehr weit. Sein Bein schmerzte, und er spürte, wie er zu hinken begann.

Als er den Platz hinter sich gelassen hatte, wurde die Gegend verlassener. Hier ging nur vor die Tür, wer wirklich musste. Alle anderen saßen am Ofen, Brot und Wurst auf dem Tisch, vielleicht eine Suppe mit Speck und Markknochen, warm und herzhaft und …

Schluss damit, schalt er seine Gedanken, als wären sie ungezogene Kinder. Fast hätte er gelacht, konnte sein Gesicht aber nicht bewegen. Ach ja, die Kälte.

Als er die Eisenbahnbrücke bemerkte, hielt er inne. Das tat er immer, wenn er Züge und Schienen sah. Nicht die Hochbahn, die war harmlos, aber die großen Züge, die weite Strecken fuhren, durch fremdes, ödes Land, vor denen fürchtete er sich.

Aber er brauchte nicht bis zu den Zügen zu gehen, er konnte vorher rechts abbiegen. Wo war er hier? Möckernstraße? Ja, da war das Schild.

Die Straße, die sich vor ihm auftat, war breiter und belebter, links gesäumt von Gleisen, die zu einem großen Bahnhof strebten wie Adern zu einem Herzen. Nein, das war kein guter Vergleich, denn das Herz war nicht das Ende, der Bahnhof aber schon.

Manchmal wollte er seine verrückten Gedanken aufschreiben, um sie Jelena mitzuteilen. Doch er vergaß sie, noch bevor der Stift das Blatt berührte. Seltsam, wie einem die Wörter entflohen, sobald man sie ergreifen wollte.

Er schrak zusammen, als links von ihm ein Zug pfiff. Er hielt sich die Ohren zu, und ein Mann, der ihm entgegenkam, tippte sich im Vorbeigehen an die Schläfe. Eine Geste, die ihn hätte kränken können, doch die Furcht vor den Zügen war größer.

Er wusste kaum noch, wie er es nach Berlin geschafft hatte. Vage erinnerte er sich, dass er in einer Ecke in der dritten Klasse gekauert hatte, die Hände auf den Ohren, die Augen geschlossen, während Jelena den Mitreisenden mit Gesten zu verstehen gab, er sei nicht krank, er fürchte sich nur.

Er stolperte weiter, die Hände über den Ohren, bis er auf einem Platz stand, der so hell und laut und voller Menschen und Autos und Omnibusse war, dass er sich an eine Hauswand drücken und tief atmen musste. Dort war der Bahnhof, gewaltig, mit Säulen vor dem Eingang, darum herum große Häuser, viele vornehm, alle strahlend erleuchtet in der Nacht.

Er sah sich hilflos um. Dies war nicht seine Stadt, und dieser geschäftige Ort am allerwenigsten. Er machte ihm Angst.

Da war ein Straßenschild: *Askanischer Platz.* Er war zu weit gelaufen und machte erleichtert kehrt.

Er ging ein Stück zurück und fand die Nebenstraße, die er vorhin übersehen hatte.

Hallesche Straße.

Er war am Ziel.

»Das ist nicht dein Ernst!«, rief Robert Walther und stieß beinahe sein Glas um. »Er hat Clara unterstellt, sie würde sich ihre Kleider von Morgenstern & Fink bezahlen lassen? Der Kerl ist ein noch größeres Schwein, als ich dachte.«

Leo trank aus und stellte sein Glas ab. »Gibt es irgendetwas auf dieser Welt, das du von Malchow nicht zutraust?«

Walther grinste. »Eigentlich nicht. Aber jetzt, wo er nicht mehr bei der Polizei ist, könnte er dich in Ruhe lassen.«

»Womöglich sehnt er sich nach den aufregenden Tagen in der Abteilung A zurück. Beim Schwiegervater im Büro sitzen und Papierwaren verkaufen ist sicher nicht so spektakulär wie die Arbeit bei der Kripo.«

Walther gab dem Wirt ein Zeichen, er solle noch zwei Weiße bringen. »Das siehst du falsch, Leo. Er ist ein wichtiger Mann. Verkaufsdirektor Inland, wie man mir sagte, zuständig für das gesamte Deutsche Reich. Das macht sich gut auf der Visitenkarte. Und politischen Ehrgeiz sagt man ihm auch nach. Wart's ab, der landet noch im Kabinett.«

Sie saßen in der Kneipe Ecke Emdener und Turmstraße, gegenüber von Leos Wohnung. Clara hielt an diesem Abend einen ihrer Literaturvorträge.

»Ist schon angenehm, abends einfach mal rauszugehen, was? Wenn ich daran denke, wie schwierig es früher war mit dir und Ilse, als Georg und Marie noch klein waren.«

Leo sah ihn nachdenklich an. »Hast du eigentlich mal an Kinder gedacht? Du bist doch schon eine Weile mit Jenny zusammen.«

Sein Freund zuckte mit den Schultern. »Sie hat andere Pläne. Nächste Woche Vorsingen in einer Revue in der Friedrichstraße. Das könnte der Durchbruch sein. Keine verrauchten Bühnen und engen Hinterzimmer-Garderoben mehr.«

»Als wir bei Sonnenschein zu Hause waren, hast du den kleinen Samuel eine halbe Stunde rumgetragen.«

Ihr Kollege Jakob Sonnenschein war im Juli Vater geworden.

Walther lachte. »Ja, er hat mir mit großen Augen zugehört, während du und Jenny mir ständig ins Wort gefallen seid. Endlich mal jemand, der mich ansieht, als hätte ich das Rad erfunden. Und das Auto noch dazu. Aber ich war auch ganz froh, als ich ihn wieder zurückgeben konnte. Nein, so bald wirst du mich nicht vor dem Altar erleben. Oder am Taufbecken.«

Leo lehnte sich zurück. »Es hat schon etwas für sich, wenn sie aus dem Gröbsten raus sind.«

Die Tür ging auf und ließ einen Schwall eisiger Luft herein, als Leos Nachbar Joachim Kern die Kneipe betrat. Er kam an ihren Tisch und blies sich in die Hände. »Verdammt, ist das kalt.«

Er stellte seine Sammelbüchse ab und setzte sich, nachdem Leo ihm einen Stuhl hingeschoben hatte. Dann winkte er dem Wirt. »Bier und Korn.« Er nickte zu der Büchse. »Kommt nicht viel rum bei dem Wetter, obwohl es gerade jetzt nötig wäre. Wir sammeln für Familien, die kein Geld zum Heizen haben. Selbst während der Inflation waren die Leute spendabler.«

»Eben drum«, meinte Walther. »Meist sind die Leute großzügiger, wenn alle wenig haben. Sobald es ihnen besser geht, wollen sie bewahren, was sie haben.«

»Übrigens, Leo, ich habe vorhin deinen Jungen gesehen.«

»So spät noch?«

»An der Markthalle, mit dem Jungen von Müllers aus der Bremer Straße.«

»Wolfgang.«

Kern nickte. »Nicht dass sie Unsinn gemacht hätten. Standen nur da und redeten eifrig mit einem älteren Burschen, den ich nicht kannte.«

Leo nahm sich vor, Georg darauf anzusprechen. Er ließ ihn an der langen Leine und war bisher nicht enttäuscht worden, doch für einen Vierzehnjährigen war sein Sohn sehr häufig unterwegs.

Es konnte nicht mehr weit sein. Er blieb vor einem stattlichen Gebäude stehen, an der Fassade rankte Efeu empor und neben der Tür war eine Messingtafel mit der Aufschrift »Askanisches Gymnasium Berlin-Kreuzberg« angebracht. Als er das Wort *Gymnasium* las, war ihm, als ertönte von fern das Hämmerchen eines Glockenspiels und ließe tief in seinem Inneren etwas erklingen. Er sah an dem Gebäude hoch, dessen dunkle Fenster wie wachsame Augen auf ihn herabschauten. Er schüttelte sich und ging ein paar Schritte weiter zum nächsten Haus. Sah auf die Hausnummer.

Ein eleganter weißer Bau mit Erkern und einer prachtvollen Tür, über der eine große Laterne hing. Wo sollte denn hier … hatte er sich doch geirrt? Suchend schaute er an der Hauswand empor und wünschte sich einen Moment, er wäre bei Tageslicht hergekommen, aber nein, der helle Tag machte ihm Angst, abends war besser. Die Nacht war sein Freund. Dann bemerkte er den Torbogen weiter links. Und daneben ein Schild, klein und diskret, als kündigte es etwas an, das Eingeweihten vorbehalten war.

Im Innenhof war es etwas heller. Er fand sich vor einem Gebäude aus rotem Backstein wieder, durch dessen Fenster, die an eine Kirche erinnerten, schwacher Lichtschein fiel.

Da verließ ihn der Mut. Wenn man ihn nun hinauswarf, ihn trat und schlug und anschrie, so wie sie es … Nein. Er machte sich ganz steif, als könnte ihm das Kraft verleihen. Er war von weither gekommen. Und es waren nur noch wenige Meter.

Er näherte sich der Tür. Ein altmodischer Messingklopfer, ein Ring in einem Drachenmaul. Der Drache hatte spitze Zähne, das Maul schien höhnisch zu grinsen.

Er streckte die Hand danach aus, zaghaft, als könnte es gleich zuschnappen.

Da wurde die Tür von innen aufgestoßen. Eine Frau stürzte heraus, die Hand vor den Mund gepresst, und prallte fast gegen ihn. Er konnte gerade noch ausweichen und hinter der offenen Tür Schutz suchen.

Die Frau lief ein paar Schritte und erbrach sich auf den Boden.

Er drückte sich an die kalte Hauswand, erschrocken und ratlos. Sollte er hinlaufen und ihr helfen oder die Gelegenheit nutzen und sich ins Gebäude stehlen …

Während er noch zögerte, hörte er, wie jemand aus der Tür kam.

Ein Mann eilte mit einem Mantel über dem Arm zu der Frau und sprach auf sie ein. Worte waren nicht zu verstehen, aber er konnte sehen, wie der Mann ihr den Mantel um die Schultern legte und ein Taschentuch reichte, ihr die Haare aus dem Gesicht strich. Dann legte er ihr den Arm um die Schultern und führte sie behutsam aus dem Innenhof.

Gleich darauf wurde die Tür von innen zugezogen.

Er hatte Zeit. Auf ein paar Stunden kam es nicht mehr an. Zeit wollte man nur dann nicht verschwenden, wenn man sie mit Schönem füllen konnte, und für ihn gab es schon seit Langem wenig Schönes.

Er lehnte an der Mauer, taub vor Kälte. Nun, da er ganz still stand, konnte er Geräusche von drinnen vernehmen. Dann und wann einen Aufschrei. Einen Knall, als würde ein schwerer Schrank umkippen. Einmal meinte er, irres Gelächter zu hören.

Ein Fenster im Vorderhaus ging auf, eine wütende Männerstimme verlangte Ruhe und drohte mit der Polizei.

Er wartete weiter.

3

Freitag, 13. Januar 1928/ Samstag, 14. Januar 1928

Albrecht Rüster fegte den Vorraum des Theaters und brummte dabei ungehalten vor sich hin. Erstaunlich, wie viel Dreck sich hier sammelte. Warum konnten die feinen Herrschaften die Papiertüten, in denen Nüsse und Konfekt verkauft wurden, nicht in die Abfalleimer werfen statt einfach auf den Boden?

Und das war nicht das Schlimmste. Erst vor ein paar Tagen hatte er wieder eine Bescherung im Hof beseitigen müssen, nachdem sich die Nachbarn beim Chef beschwert hatten. Wieso erledigten die Leute das nicht auf der Toilette?

Der Chef war ein anständiger Kerl, hatte Rüster aber ziemlich barsch zum Saubermachen aufgefordert.

»Wie sieht das denn aus, wenn tagsüber jemand Karten kaufen will? Und wir müssen auf die Nachbarn Rücksicht nehmen. Die dürfen nicht in solche Pfützen treten, wenn sie morgens zur Arbeit gehen.«

Sie hätten es ja auch gleich am Abend beseitigen können. Er war nur von acht bis sechs Uhr da, das reichte für einen Mann von dreiundsechzig. Aber er hatte pflichtschuldig den Eimer mit Seifenwasser gefüllt und war in den Hof geschlurft. Fünf Eimer hatte er auskippen müssen, bevor der Dreck verschwunden war, und die üppige Frau Moltke aus dem zweiten Stock hatte im Fenster gelegen und grinsend auf ihn herabgeschaut.

»Dit muss ja wieder 'n Meisterwerk jewesen sein, wa? Jöthe oder Schiller? Oder die jroße Schlachtplatte?«

Rüster fegte vor dem Eingang weiter. Er wusste, was der Chef wollte – schwache Beleuchtung am Abend, um das Gefühl des Unheimlichen zu verstärken, aber keinen Schmutz. Schmutz war ordinär, und genau das durfte sein Haus nicht sein. Immerhin hatte der Chef die Idee aus Paris mitgebracht.

Beim Fegen konnte man gut nachdenken. Er überlegte, was Luise wohl für ihn kochen würde, wenn er vom Dienst nach Hause kam. Er lebte bei seiner verwitweten Tochter und den beiden Enkelinnen. Luise kochte und wusch für ihn, er zahlte die Miete. Wenn sie tanzen ging, kümmerte er sich um die Kinder. Er hatte ihr nie gesagt, wo er arbeitete, nur dass er Hausmeister im Theater war. Es war nicht so, als hätte er eine Stelle im Bordell. Der Chef verdiente ehrliches Geld und somit auch Albrecht Rüster, doch es wäre ihm nicht recht gewesen, wenn Luise hier eine Vorstellung besucht hätte.

Sein Leibgericht vielleicht? Hackbraten mit einem hart gekochten Ei darin, dazu Feldsalat und Bratkartoffeln. Ihm lief das Wasser im Mund zusammen. Kürzlich hatte der Chef ihm ein paar Mark extra zugesteckt, und die hatte er Luise gegeben, damit sie bei Gelegenheit etwas Besonderes kochte.

Er fegte ganz automatisch, freute sich aufs Abendessen und bemerkte die junge Frau erst, als sie unmittelbar vor ihm stand.

Das Erste, was ihm auffiel, waren ihre Augen. Riesengroß und braun, mit goldenen Flecken darin, sie schienen ihr mageres Gesicht zu verschlingen. Eine braune Strickmütze, unter der die Haare verborgen waren, ein alter Mantel, zusammengehalten von einem rissigen Ledergürtel.

Rüster stützte sich auf den Besen und sah sie streng an. »Betteln und Hausieren verboten, junge Frau.«

Sie schüttelte den Kopf, deutete auf ihr Ohr. Konnte sie ihn nicht hören? Eine taube Bettlerin?

Sie schluckte. Ihr Schal war verrutscht, und er konnte sehen, wie sich ihr Kehlkopf bewegte. Dann holte sie Luft. »Ich ... suche ...«

»Sie suchen wen?«

Sie nickte, schien um Worte zu ringen. »Fjodor *Mush*. Mann ... hier.« Eine Russin. Davon gab es viele in Berlin, er erkannte den Akzent.

»Ihr Mann ist hier gewesen? Wie sieht er denn aus? Wie heißt er?«

Die Frau schüttelte verzweifelt den Kopf. »Nicht ... verstehen. Fjodor.« Sie sah ihn bittend an.

»Fjodor? Ist das der Mann, den Sie suchen?« Er deutete auf die Gebäude um sie herum.

Sie nickte eifrig und breitete die Arme aus, als wollte sie die ganze Wohnanlage umfassen. »Fjodor?«

Rüster schüttelte energisch den Kopf. »Den Mann kenn ich nicht. Der ist nicht hier.« Er sprach laut, ließ Pausen zwischen den Wörtern, als könnte sie ihn so besser verstehen.

Ihre Augen füllten sich mit Tränen, dann sprudelte ein Schwall russischer Wörter aus ihr hervor. Sie wollte an Rüster vorbei zur Eingangstür, doch er trat ihr in den Weg und schob sie sanft an den Schultern zum Torbogen.

»Wir haben hier keinen Fjodor. Ich muss jetzt meine Arbeit machen. Tut mir leid.« Dann fiel ihm ein, dass er eine Stulle von Luise in der Kitteltasche hatte. Er drückte der jungen Frau das Päckchen in die Hand.

Sie sah ihn an – verwirrt, beschämt – und ging mit gesenktem Kopf davon, das Butterbrot in der Hand.

»Herr Wechsler, gut, dass Sie da sind. Hier ist ein dringender Anruf.« Fräulein Meinelt hielt Leo schon den Hörer hin, als er am Samstagmorgen ins Vorzimmer trat. Er gab ihr ein Zeichen, das Gespräch durchzustellen, noch bevor er Hut, Mantel und Schal abgelegt hatte.

»Inspektion A, Oberkommissar Wechsler am Apparat.«

Zuerst hörte er nur schweres Atmen und warf Fräulein Meinelt, die mit einer Kaffeetasse in der Tür stand, einen fragenden Blick zu.

»Oberkommissar Wechsler«, wiederholte er. »Mit wem spreche ich? Worum geht es?«

»Hier spricht Otto Schmidt, Hausmeister am Askanischen Gymnasium.« Der Mann atmete immer noch schwer, beinahe asthmatisch. »Im Schuppen liegt einer.«

Leo trank einen Schluck Kaffee. »Könnten Sie das näher erklären? Ein Mann? Verletzt, betrunken, tot?«

»Tot. Darum ruf ich ja an.«

»Sie haben nicht die Schutzpolizei verständigt?«

Nun kam Leben in den Mann. »Damit es hier auf einmal vor Schupos wimmelt? Der Direktor hat gesagt, keine Unruhe unter den Schülern, besser sofort die Kripo anrufen. Das hab ich gemacht.«

Leo griff nach einem Notizblock. »Ganz ruhig, Herr Schmidt. Die Adresse, bitte.«

»Hallesche Straße 24–26.«

»Sind Sie sicher, dass der Mann tot ist? Sonst schicke ich einen Krankenwagen.«

Ein Schnauben am anderen Ende der Leitung. »Der ist tot wie nur was, Herr Oberkommissar, das sagt auch der Direktor.«

Der muss es ja wissen, dachte Leo sarkastisch. »Sie sorgen dafür, dass niemand den Schuppen betritt oder etwas anfasst, verstanden? Wir machen uns sofort auf den Weg.«

Er steckte den Kopf ins Nebenzimmer. »Jakob, kommst du? Und ruf Robert an, wir treffen uns in der Halleschen Straße 24–26, Askanisches Gymnasium. Ein Toter in einem Schuppen.«

Als Leo und Sonnenschein in der Halleschen Straße vorfuhren, waren keine Schüler zu sehen. Vermutlich saßen alle im Unterricht, wofür er dankbar war – ein Tatort, an dem sich Hunderte Jungen aufhielten, war ein Albtraum. Sie mussten die Schüler so weit wie möglich von den Ermittlungen fernhalten, um Panik und Unruhe zu vermeiden. Sollte eine Vernehmung der Schülerschaft erforderlich werden, würden sie weitere Kollegen anfordern müssen, um die Aufgabe zu bewältigen.

Er blieb vor dem Eingangsportal stehen und blickte am Haus empor – gelbe Schmuckfassade, Efeu, der daran emporrankte, eine ehrwürdige Schule, deren Frieden gestört worden war.

Ein älterer Mann mit dichtem Schnauzbart und Prinz-Heinrich-Mütze, der einen dicken Pullover unter dem grauen Kittel trug, öffnete ihnen die Tür.

»Sind Sie von der Polizei?«

»Herr Schmidt? Ich bin Oberkommissar Wechsler, das ist Kriminalassistent Sonnenschein. Gleich kommt noch ein weiterer Beamter dazu.«

Schmidt ging voran in die Eingangshalle, die, wie es sich für ein altsprachliches Gymnasium gehörte, mit Büsten bedeutender antiker Dichter und Philosophen dekoriert war. An einer Wand bemerkte Leo zwei große Bronzetafeln, auf denen die Namen der im Weltkrieg gefallenen ehemaligen Schüler verzeichnet waren.

»Hier entlang, meine Herren.«

Sie begaben sich zu einer Tür im hinteren Bereich der Halle. Der Hausmeister wollte sie öffnen, doch Leo sagte: »Einen Augenblick. Wir möchten Ihnen zunächst einige Fragen stellen.« Das konnten sie ebenso gut im Gebäude erledigen, das angenehm geheizt war.

Sonnenschein holte Stift und Notizbuch heraus.

»Sie sagten, der Tote liege in einem Schuppen. Um was für einen Schuppen handelt es sich?«

»Der steht auf dem Schulhof, an der Mauer zum Nachbargrundstück. Da sind Turngeräte für den Sommer drin: Holzreifen, Bälle, Kegel, Markierungen für Laufspiele und so weiter.«

»Mit anderen Worten, er wird um diese Jahreszeit nicht genutzt?«

Schmidt nickte.

»Wie kommt es dann, dass Sie den Toten gefunden haben?«

»Ich sollte für den Turnunterricht heute ein paar Springseile holen, in der Turnhalle waren nicht genug davon.«

»Ist Ihnen etwas am Schuppen aufgefallen? Hatte man die Tür aufgebrochen?«

»Nein, das Vorhängeschloss ist noch ganz. Ich hab aufgeschlossen, die Tür aufgemacht und ihn sofort da liegen sehen.«

»Ist Ihnen sonst etwas in der Umgebung des Schuppens aufgefallen?«

»Nein.«

Leo nickte Sonnenschein zu, der das Notizbuch einsteckte. »Gut, dann zeigen Sie uns den Fundort.«

Der Hausmeister führte sie auf den Schulhof, der rechts und links von Mauern begrenzt wurde. Unter den Bäumen standen Bänke, auf denen die Schüler ihre Pausenbrote essen konnten. Am Ende des Schulhofs befand sich ein weiteres Gebäude, das an die parallel verlaufende Kleinbeerenstraße grenzte.

»Was ist das dort?«, erkundigte sich Leo.

»Die Turnhalle und daneben die Wohnung vom Direktor«, antwortete der Hausmeister. Dann zeigte er auf den Schuppen an der linken Mauer auf halber Höhe des Schulhofs. Er maß etwa zwanzig Quadratmeter und bestand aus solidem grau gestrichenem Holz.

Leo drehte sich um und schaute am Schulgebäude hinauf. Im ersten Stock bemerkte er eine Gestalt am Fenster, die rasch beiseitetrat, als hätte sie seinen Blick bemerkt. Dann ging er vor der Tür des Schuppens in die Hocke und betrachtete das Vorhängeschloss, das der Hausmeister wieder vorgelegt hatte. Keine Anzeichen von Gewaltanwendung, weder am Schloss noch an der Tür.

»Wie viele Schlüssel gibt es?«

»Zwei. Einen an meinem Bund und einen Ersatzschlüssel. Der hängt im Hausmeisterraum im Keller.«

»Ist er noch da?«

»Ja. Hab sofort nachgesehen, Herr Oberkommissar.«

»Gut. Geben Sie mir bitte Ihren Schlüssel. Haben Sie Handschuhe getragen, als Sie Schloss und Tür angefasst haben?«

Schmidt schüttelte den Kopf.

»Dann brauchen wir Ihre Fingerabdrücke zum Abgleich. Notiere das bitte, Jakob.«

Leo, der selbst Handschuhe trug, öffnete das Schloss, gab Schmidt den Schlüsselbund zurück und öffnete die Tür. Kein elektrisches Licht. Er holte eine Taschenlampe aus dem Ausrüstungskoffer.

Der Mann lag auf dem Rücken. Er trug einen schäbigen, mehrfach geflickten Mantel, um den Hals einen handgestrickten Wollschal. Wollmütze mit Ohrenklappen. Die Sohlen seiner Stiefel waren fast durchgelaufen. Leo leuchtete den Holzboden ab.

»Ich nehme an, hier wird nur im Sommer gefegt, wenn der Schuppen benutzt wird?«

Schmidt zuckte mit den Schultern. »Ja, der Herr Direktor hat –«

Leo unterbrach ihn. »Das war keine Kritik an Ihrer Arbeit. Im Gegenteil, ich bin dankbar dafür. Jakob, schau mal her.« Er leuchtete den Bereich zwischen der Tür und den Füßen des Mannes aus, wo breite Streifen auf dem staubigen Boden zu erkennen waren.

»Ist er gekrochen?«

»Möglicherweise. Oder er wurde gezogen oder geschoben. Ich tippe auf Letzteres, weil keine Fußabdrücke zu sehen sind.« Leo betrat vorsichtig den Raum, bückte sich und schob die Finger unter den Schal des Mannes. Die Haut war eiskalt. Kein Puls. Er leuchtete sorgfältig Hals und Gesicht ab. Dann drehte er sich zu Sonnenschein und Schmidt um.

»Jakob, du rufst die Kollegen von der Schutzpolizei, der Schuppen wird abgesperrt, alle Lehrer, Mitarbeiter und Schüler werden befragt. Wir brauchen –« Er hielt inne, als Walther in den Hof geeilt kam.

»Gut, dass du da bist, Robert.« Leo sah den Hausmeister an. »Sie gehen zum Direktor und sagen Bescheid, dass wir gleich zu ihm kommen.«

»War es Mord?«, fragte Schmidt aufgeregt und wippte auf den Zehen.

»Sie haben mich gehört, Herr Schmidt.«

Leo wartete, bis der Mann außer Hörweite war, und deutete über die Schulter ins Innere des Schuppens. »Tod durch Erwürgen. Das Gesicht ist geschwollen, die Male am Hals sind eindeutig. Vermutlich wurde er nicht hier getötet. Keine Kampfspuren, nicht mal Fußabdrücke. Ich würde sagen, die Tür wurde geöffnet, die Leiche auf den Boden gelegt und hineingeschoben.« Er zögerte. »Und vermutlich liegt er schon länger dort. Mindestens einige Tage. Die Starre ist noch nicht ganz abgeklungen, aber das kann auch an der Kälte liegen.«

Walther deutete zum Schulgebäude hinüber. »Mensch, Leo, das kann aufwendig werden.«

Leo nickte. »Sämtliche Schüler, Lehrer und Angestellten sowie die Nachbarn der angrenzenden Häuser sind zu befragen. Bei den Schülern müssen wir behutsam vorgehen, denen können wir nicht die Leiche eines Erwürgten zeigen. Wir brauchen auf jeden Fall Verstärkung.«

4

Samstag, 14. Januar 1928

Nachdem ein Mannschaftswagen eingetroffen war und die Schupos begannen, Schulgebäude und Schuppen abzusperren, machten sich Leo und Walther auf den Weg zum Direktor. Sonnenschein saß im Vorzimmer bei der Sekretärin, die ziemlich blass aussah und ein Glas Wasser umklammert hielt. Als seine Kollegen hereinkamen, zog er eine Augenbraue hoch und machte eine kaum merkliche Kopfbewegung.

Leo folgte der Bewegung und bemerkte den Direktor, der auf der Schwelle seines Büros stand und die Kriminalbeamten indigniert anschaute, so als hätten sie persönlich den Toten im Schuppen deponiert.

Leo stellte sich und Walther vor.

»Professor Dr. Suhle, Schulleiter«, sagte der Mann knapp. Er trug eine runde Brille, ein Hemd mit Stehkragen und eine Uhrkette quer über der Weste. Der weiße Vollbart war sorgfältig gestutzt, seine ganze Erscheinung hätte auch aus der Kaiserzeit stammen können. »Dies ist eine Bildungsstätte, meine Herren. Ich kann nicht dulden, dass der Unterricht gestört wird, weil sich irgendein Landstreicher unseren Schuppen ausgesucht hat, um darin die Nacht zu verbringen, und anscheinend die Kälte unterschätzt hat.«

Leo hob die Hand. »Herr Direktor, meine Kollegen

und ich sind von der zentralen Mordinspektion.« Er legte eine Pause ein, um den Begriff wirken zu lassen. »Ich weiß nicht, wie Sie auf die Idee kommen, dass es sich um einen Landstreicher oder einen Tod durch eigenes Verschulden handelt. Der Mann ist allem Anschein nach gewaltsam ums Leben gekommen. Daher leite ich eine kriminalpolizeiliche Ermittlung ein und bitte Sie, uns jede Unterstützung zu gewähren, die erforderlich ist, um den Fall aufzuklären. Gleichzeitig weise ich Sie darauf hin, dass ich Sie nur aus Höflichkeit bitte. Es ist Ihre Pflicht, uns die Ermittlungen so weit wie möglich zu erleichtern.«

Leo konnte es nicht leiden, wenn Leute glaubten, sie könnten sich allein aufgrund ihrer Stellung über das Gesetz erheben.

Suhle lief rot an und presste die Lippen zusammen. Dann nickte er knapp und winkte sie in sein Büro.

»Nehmen Sie Platz.«

Der Raum war düster. Leo konnte sich gut vorstellen, wie beklommen den Schülern zumute sein musste, die hierherbestellt wurden, weil sie etwas ausgefressen hatten. Er hatte in seiner Schulzeit selbst die eine oder andere schmerzhafte Begegnung mit dem Rohrstock gehabt.

»Zunächst habe ich einige Fragen an Sie, Herr Direktor. Meine Kollegen vom Erkennungsdienst werden den Fundort der Leiche untersuchen. Danach werden wir die Erwachsenen bitten, sich den Toten anzusehen. Wir müssen wissen, ob er in der Schule bekannt ist.«

Suhle sah ihn entrüstet an. »Soll das heißen, alle siebenundzwanzig Mitglieder des Kollegiums und die übrigen Angestellten sollen sich vor dem Schuppen aufreihen und sich einen Toten ansehen?«

»Nicht ganz«, erwiderte Leo gelassen. »Sie können einzeln herauskommen, es ist nicht notwendig, in der Kälte zu warten. Jedenfalls nehme ich an, dass es in Ihrem Interesse ist, wenn wir den Fall möglichst schnell aufklären.«

»Die Schüler dürfen damit nicht behelligt werden«, sagte Suhle.

Walther beugte sich vor. »Wie der Herr Oberkommissar bereits sagte, sind Sie verpflichtet, uns jede Unterstützung zu gewähren. Dazu gehören der Zugang zu sämtlichen Bereichen der Schule und des Geländes sowie die Bereitstellung von Räumen, in denen wir Personen befragen können. Natürlich werden wir so behutsam wie möglich vorgehen, aber wenn es sich um ein Gewaltverbrechen handelt – und davon gehen wir zurzeit aus –, genießt die Aufklärung absoluten Vorrang.«

Leo nickte ihm zu, und Walther zückte sein Notizbuch. »Der guten Ordnung halber muss ich Ihnen einige Fragen stellen«, erklärte Leo.

Der Schulleiter nickte unwirsch.

»Ihr voller Name, bitte.«

»Eugen Suhle.«

»Seit wann leiten Sie diese Schule?«

»Seit 1924.«

»Der Hausmeister sagte mir, im Gebäude gegenüber befänden sich die Turnhalle und die Schulleiterwohnung. Ist das korrekt?«

»Ja, dort wohne ich.«

»Sie halten sich also auch außerhalb der Unterrichtszeiten auf dem Gelände auf?«

Suhle atmete tief ein. »Das ist so üblich, wenn man in einer Schule wohnt. Worauf wollen Sie hinaus?«

In diesem Augenblick klopfte es. Die Sekretärin steckte den Kopf zur Tür herein. »Meine Herren, Ihre Kollegen sind da.«

Auf ein Nicken von Leo ging Walther hinaus.

»Gut, Herr Direktor, zurück zu meinen Fragen. Ist Ihnen in den vergangenen Tagen etwas Ungewöhnliches im Bereich des Schuppens aufgefallen?«

Suhle schüttelte den Kopf. »Er wird im Winter kaum genutzt.«

»Danach habe ich nicht gefragt. Es ist wahrscheinlich, dass die Leiche außerhalb der Unterrichtszeit dort abgelegt wurde. Sonst wäre die Gefahr, dabei bemerkt zu werden, viel zu groß gewesen. Daher wüsste ich gern, ob Sie fremde Personen, ungewohnte Geräusche oder sonstige Auffälligkeiten bemerkt haben, vorzugsweise am späteren Nachmittag oder Abend oder in den frühen Morgenstunden, als sich keine Lehrer und Schüler im Gebäude aufhielten. Je schneller wir den Fall aufklären, desto eher kehrt wieder Ruhe in Ihrer Schule ein.«

Leo spürte, wie Suhle allmählich nachgab, wie sein Körper an Spannung verlor. Vielleicht begriff er endlich, dass die Kriminalbeamten nur ihre Arbeit taten.

»Leider nicht, Herr Oberkommissar.« Zum ersten Mal verwendete er Leos Titel. »Meine Aufgaben gehen weit über die Leitung der Schule hinaus. Wir haben einen Ruderverein, vor vier Jahren wurde auch ein Turnverein gegründet. Abends nehme ich oft private Verpflichtungen außerhalb der Schule wahr. Dies alles, gepaart mit einem festen Schlaf, hat mich leider daran gehindert, Beobachtungen zu machen, mit denen ich Ihre Ermittlungen unterstützen kann.«

»Verstehe. Aber Sie werden meine Ermittlungen hoffentlich auch darüber hinaus unterstützen«, erwiderte Leo diplomatisch. »Sie können uns die Arbeit erleichtern, indem Sie Ihre Autorität einsetzen.«

Suhle nickte. »Sie haben mein Wort.«

Leo erhob sich. »Sorgen Sie bitte dafür, dass keiner der Erwachsenen das Schulgebäude verlässt.«

»Ich würde die Schüler gern in die Aula rufen und ihnen mitteilen, was geschehen ist.«

»Einverstanden. Danach können Sie sie entlassen, sie werden am Montag befragt.«

Graues Winterlicht fiel durch die großen Bogenfenster in die Turnhalle. Die Jungen der Quarta schauten immer wieder unsicher zur Tür, wo ein Schupo Stellung bezogen hatte. Turnlehrer Hochheim führte scheinbar ungerührt den Unterricht weiter, doch sobald mehrere Jungen vor dem Bock oder dem Pferd warteten, wurde getuschelt. Alle behielten den gefürchteten Lehrer im Auge, der den Unterricht mit Trillerpfeife und gelegentlichen Ohrfeigen reglementierte.

»Baumgarten!«

Der Junge zuckte zusammen und trat vor den Lehrer hin. Er war klein und schmächtig in dem Turnhemd und der kurzen Hose und hielt den Kopf gesenkt.

»Was gibt es denn so Wichtiges zu bereden? In meiner Turnstunde?«

»Nichts, Herr Hochheim.«

Der Lehrer mit dem kahlen Kopf und dem Schnauzbart, der weit über den Mund hinausragte, hielt eine Hand ans Ohr und beugte sich vor. »Was hast du gesagt, Baumgarten? Nur zu, nicht so schüchtern.«

»Nichts, Herr Hochheim. Es war nichts Wichtiges.«

Der Turnlehrer verschränkte die Arme vor der Brust. »Umso schlimmer. Du störst meinen Unterricht, und es ist nicht mal wichtig.« Er sah in die Runde. »Hat sonst noch jemand etwas Unwichtiges zu sagen, bevor wir uns dem Barren zuwenden? Nein? Gut. Alle dort drüben in einer Reihe aufstellen.«

Baumgarten wollte zu den Mitschülern eilen, doch Hochheim hielt ihn am Turnhemd fest. »Nicht so schnell. Du machst Liegestütze.«

Baumgarten schluckte. »Wie viele, Herr Hochheim?«

»Bis ich dir sage, dass du aufhören kannst.«

Der Turnlehrer marschierte zum Barren hinüber, turnte die Übung vor und ließ sie von den Jungen nacheinander wiederholen.

Baumgarten legte sich auf den Boden und begann mit den Liegestützen. Bald zitterten seine Arme so sehr, dass er sich kaum noch hochstemmen konnte, doch der Lehrer behielt ihn im Auge, an eine Pause war nicht zu denken. Im Raum roch es nach Schweiß, ungewaschenen Socken und dem rissigen Leder der Turngeräte. Hochheims Stimme und die knappen Antworten der anderen Jungen drangen wie aus weiter Ferne zu ihm.

Er drehte vorsichtig den Kopf zu dem Schupo, der reglos an der Tür stand, die Hände auf dem Rücken verschränkt.

Was mochte hier vorgehen? Eigentlich war die Turnstunde vorbei, doch der Schupo hatte mit Hochheim gesprochen, und danach hatte dieser verkündet, man werde diesmal länger turnen.

Baumgarten brach der Schweiß aus. Er musste für die Mathematikarbeit am Montag üben, der Vater hatte ihm deutlich gesagt, dass eine weitere Vier unerfreuliche

Folgen für ihn haben würde. Wie sollte er das schaffen, wenn er heute länger bleiben musste und sie morgen zur Großmutter nach Oranienburg fuhren?

»Nicht so pomadig, Baumgarten!«

Zwei große Füße waren vor ihm stehen geblieben, darüber zwei Beine in langer Turnhose. Hochheim. »Und eins und zwei und eins und zwei!« Der Lehrer klatschte rhythmisch, trieb Baumgarten an, bis diesem die Tränen kamen und seine Schultergelenke zu explodieren drohten.

»So wird das nichts mit dir! Ein deutscher Junge, der keine Liegestütze kann, ist eine Schande.«

Baumgarten presste die Lippen aufeinander, bis sich sein ganzer Mund taub anfühlte, drückte sich hoch, keuchend. Die Haare fielen nach vorn und kitzelten ihn an der Nase, aber er durfte nicht aufhören –

»Herr Hochheim!«

Die Füße traten beiseite. »Was gibt's, Schmidt?«

Der Hausmeister sagte leise etwas zu ihm. Dann die erlösenden Worte.

»Umziehen, Jungs, und alle in die Aula!«

Der Erkennungsdienst war noch bei der Arbeit. Sonnenschein kam Leo entgegen. »Bis jetzt keine Ausweispapiere und keine auffälligen Spuren. Lehnbach ist unterwegs.«

Walther trat zu ihnen und sah nach oben zum Büro des Schulleiters. »Und?«

»Er hat eingesehen, dass unsere Arbeit notwendig ist. Es hat auch nicht geschadet, dass ich an seine Autorität appelliert habe«, fügte Leo grinsend hinzu.

Walther klopfte ihm auf die Schulter. »Du und dein

angeborener Mangel an Respekt. Du hast es immerhin mit einem Professor Doktor zu tun.«

»Und er mit einem Oberkommissar der Berliner Kripo«, warf Sonnenschein ein. Dann deutete er hinter den Schuppen. »Habt ihr die Tür bemerkt?«

Leo sah ihn überrascht an. »Welche Tür?« Er und Walther folgten dem Kollegen in den schmalen Durchgang, der sich zwischen Schuppen und Mauer befand. Genau hinter dem Schuppen war ein schmales Eisentor in die Mauer eingelassen. Leo, der Handschuhe trug, drückte gegen den Knauf, nichts rührte sich.

»Robert, such den Hausmeister und frag ihn, was es mit dem Tor auf sich hat. Ach, da kommt Lehnbach, gleich wissen wir mehr.«

Knapp fünfhundert Schüler saßen und standen in der Aula, einem hohen Raum mit Kronleuchtern und Wandgemälden. Es wurde getuschelt, die Jungen stießen einander an und schnitten Grimassen, bis Direktor Suhle auf die Bühne trat und Ruhe befahl. Die Lehrer standen im Halbkreis hinter ihm.

»Ihr werdet gleich nach Hause gehen und euren Eltern mitteilen, dass in unserem Gymnasium eine polizeiliche Untersuchung stattfindet. Der Unterrichtsbetrieb ist gesichert, für euch besteht keine Gefahr. Man hat im Sportgeräteschuppen einen Toten gefunden –« Suhle hob gebieterisch die Hand, um den Aufruhr im Keim zu ersticken. »Bislang ist nicht bekannt, um wen es sich handelt und wie er dorthin gelangt ist. Ihr werdet euren Eltern mitteilen, dass die Polizei möglicherweise alle oder einige von euch befragen muss. Dass wir sie bei diesen Maßnahmen unterstützen, ist selbstverständlich.

Eure Lehrer werden euch vom Unterricht freistellen, falls es für eine Befragung erforderlich ist.« Der Schulleiter machte eine kurze Pause, um seinen nächsten Worten besonderen Nachdruck zu verleihen. »Sollte einer von euch irgendetwas bemerkt haben, entweder heute oder in den letzten Tagen, ist es seine Pflicht, sich bei mir zu melden, damit ich die Kriminalbeamten davon in Kenntnis setzen kann. Wer etwas weiß oder gesehen hat und dies verschweigt, macht sich schuldig. Habt ihr das verstanden?«

Köpfe nickten, Füße scharrten, es wurde zustimmend gemurmelt.

»Gut. Dann geht jetzt nach Hause. Wir sehen uns pünktlich am Montagmorgen.«

Am frühen Nachmittag klappte Dr. Lehnbach seine Tasche zu und begab sich zu Leo und seinen Kollegen, die sich in der Eingangshalle aufwärmten. »Meine Herren, Ihre Vermutung war richtig. Tod durch Erwürgen. Die Merkmale sind eindeutig. Keine Ausweispapiere, keine persönlichen Gegenstände in den Taschen. Die Kleidung geht wie üblich ans Labor.«

»Danke, Herr Doktor«, sagte Leo. »Wie sieht es mit dem Todeszeitpunkt aus?«

Lehnbach wiegte den Kopf. »Viel kann ich noch nicht sagen. Falls die Leiche seit Eintritt des Todes im Schuppen gelegen hat, spielt die Witterung eine entscheidende Rolle. Die Totenstarre ist noch nicht gänzlich aus dem Körper gewichen. Wie Sie wissen, verzögert Kälte die Lösung der Starre. Ich gehe davon aus, dass der Tod bereits vor mehreren Tagen eingetreten ist.«

Leo horchte auf. »Die Lage des Körpers lässt darauf

schließen, dass der Mann tot im Schuppen abgelegt, aber nicht dort getötet wurde. Die Schleif- oder Schiebespuren sind deutlich zu erkennen. Es wäre naheliegend, dass der Täter die Leiche dorthin gebracht hat, während sie noch beweglich war, also kurz nach Eintritt des Todes. Eine starre Leiche zu transportieren wäre deutlich schwieriger.«

»Aber nicht ausgeschlossen«, sagte der Gerichtsarzt. »Sie hören von mir, Herr Wechsler. Ich lege eine Sonderschicht ein.«

»Danke, das weiß ich zu schätzen. Wir schicken Ihnen die Leiche, sobald das Schulpersonal sie gesehen hat.«

Die Schüler hätten sich vermutlich über den Anblick ihrer Lehrer amüsiert, die eine ordentliche Warteschlange vor der Tür zum Schulhof gebildet hatten. Leo hatte angeordnet, dass die Wartenden – Lehrerkollegium, Hausmeister und Sekretärin – einzeln zum Schuppen geführt wurden.

Man hatte den Toten auf den Schulhof getragen, auf eine Plane gelegt und bis zum Kinn zugedeckt. Leo war bewusst, dass der eine oder andere schockiert sein würde – die Sekretärin wurde als Erste gerufen, damit sie es rasch hinter sich bringen konnte. Ein Schupo stand bereit, um ihr im Falle einer Ohnmacht beizustehen.

Doch die Frau wirkte erstaunlich gefasst, als sie näher trat und einen Blick auf das aufgedunsene Gesicht unter den hellblonden Haaren warf. Sie schaute sich den Toten genau an und schüttelte knapp den Kopf. »Ich habe den Mann noch nie gesehen.«

Sie sah Leo abwartend an und fügte mit einem Blick auf den Schupo, der einen Stuhl und ein Wasserglas bereithielt, hinzu: »Ich war Rotkreuzschwester an der Westfront. So etwas schreckt mich nicht.«

»Danke, Sie können gehen«, sagte Leo respektvoll.

Beim dritten Lehrer – er hieß Biltz – wurden die Dienste des Schupos dann doch notwendig. Er stützte den Mann und half ihm zum Stuhl. Ein Turnlehrer namens Hochheim stand militärisch stramm vor dem Toten, als hielte er die Ehrenwache. Nach einer Stunde hatten alle den Toten angeschaut. Niemand hatte ihn erkannt, niemand hatte auffällig reagiert, niemand hatte einen Hinweis darauf geliefert, wie ein schäbig gekleideter Erwürgter in den Geräteschuppen eines Berliner Gymnasiums gelangt war.

5

Sonntag, 15. Januar 1928

Leo und Marie machten sich gegen neun Uhr auf den Weg zum St.-Johannis-Friedhof, weil er danach ins Präsidium musste. Bei einer Mordermittlung waren die ersten Tage entscheidend.

Clara hatte im Morgenmantel in der Küchentür gestanden, während Leo und seine Tochter ein Brot aßen, und ihn forschend angesehen.

»Soll ich mitkommen?«

Er hatte abgewinkt. »Es ist scheußlich kalt, bleib lieber hier.« Dann war sein Blick zu Georgs leerem Stuhl gewandert. Er sagte nichts, doch das war auch nicht nötig.

»Zieht euch warm an«, hatte Clara noch gesagt und ihnen zugenickt. Sie wusste immer, wann Schweigen besser war.

Als er mit Marie in die Turmstraße einbog, war er in Gedanken versunken.

Er ging selten auf den Friedhof. Er hatte nie ein Grab gebraucht, um sich an Dorothea zu erinnern. Schon damals bei der Beerdigung hatte er gespürt, dass seine Frau nicht an diesem Ort war. Dort waren Stein und Holz, Erde und Gras, sonst nichts. Aber den Kindern war es wichtig gewesen, und als seine Schwester Ilse noch bei ihnen wohnte, war sie regelmäßig einmal in der Woche mit ihnen ans Grab gegangen.

An Dorotheas Todestag versäumte er es jedoch nie, mit den Kindern auf den Friedhof zu gehen, selbst wenn er einen dringenden Fall bearbeitete. Sie hatten immer Blumen mitgenommen, und auch heute hatten sie einen Strauß dabei.

Und doch war etwas anders. Zum ersten Mal hatte eines seiner Kinder den Tag vergessen.

»Vati, bist du traurig?«

Er bekam ein schlechtes Gewissen, weil er Marie, die in warmem Mantel und mit einer neuen roten Mütze neben ihm ging, kaum beachtet hatte.

»Ach, nein. Eigentlich nicht.«

»Ist es wegen Georg?«

Die Frauen in seiner Familie waren einfach zu klug. »Ich bin nur ein bisschen enttäuscht.«

»Weil er immer bei Wolfgang ist? Er ist jetzt in diesem Alter.«

Leo konnte nicht an sich halten. »Du klingst, als hättest du große Lebenserfahrung«, sagte er lachend.

Marie sah ihn entrüstet an. »Da brauchst du gar nicht zu lachen, Vati. Er ist fast nie zu Hause. Und redet selten von den Jungs aus seiner Klasse, also trifft er sich nicht mit denen. Dabei ist dieser eine, der mal bei uns war – Christoph oder Carl oder wie er hieß –, richtig nett. Der mit dem lahmen Bein. Er hat mir bei einem Versuch geholfen, der vorher nicht funktionierte. Er konnte mir genau erklären, was ich falsch gemacht hatte.«

»Dann sollte Georg ihn wohl noch mal für dich einladen.«

»Das finde ich auch.« Marie begeisterte sich für Chemie und sah sich schon als zweite Marie Curie. Das nötige Selbstvertrauen besaß sie allemal.

Sie gingen durch den Kleinen Tiergarten, der kahl und unfreundlich wirkte. Spatzen stritten sich um eine alte Brotkruste, ansonsten lag der Park verlassen da. Wenn er arbeitete, achtete Leo nicht sonderlich auf die Natur. Nun aber wurde ihm bewusst, dass er den Januar noch nie gemocht hatte, und das nicht nur, weil Dorothea in diesem Monat gestorben war. Weihnachten war vorüber, doch der Winter fing erst richtig an. Der Frühling schien ewig weit entfernt.

»Vati?«

»Ja, Liebes?« Er schaute seine Tochter an. Sie hatte die Hände in dem roten Muff vergraben, den Tante Ilse ihr geschenkt hatte.

»In der Schule gibt es was Neues«, sagte sie zögernd, als sie den Park verließen und Alt-Moabit entlanggingen. »Man kann einmal in der Woche nachmittags Versuche machen.«

»Wissenschaftliche Versuche?«

»Ja, genau.« Sie verstummte und sah beim Gehen auf ihre Stiefel.

»Heraus mit der Sprache. Du würdest gerne hingehen, aber es ist ein Haken dabei.«

Marie nickte. »Man muss ein paar Sachen dafür kaufen. Chemikalien und ein Buch.«

Leo legte ihr die Hand auf die Schulter. Vor ihnen schimmerte der hohe rote Turm der St.-Johannis-Kirche durch die kahlen Bäume. »Wie viel?«

»Fünf Mark.«

»Hm.« Sie betraten das Kirchengelände und gingen durch die Torbögen in Richtung Friedhof. »Clara hat beim Schreiner neue Regale bestellt. Ich könnte mir vorstellen, dass sie Hilfe beim Einräumen brauchen kann.«

Marie sah ihn von der Seite an. »Du meinst, wenn ich ihr helfe –«

»– kannst du dir zwei Mark verdienen. Und drei bekommst du von mir.«

Sie trat ihm blitzschnell in den Weg und umarmte ihn. Wie hoch sie schon reichte, dachte Leo. Er konnte sich noch gut daran erinnern, wie sie seine Knie umklammert hatte.

Der Friedhof war nicht groß, das hatte Leo gefallen. Es war natürlich unsinnig – Dorothea merkte es ja nicht –, doch die Vorstellung, sie auf einem riesigen Gelände mit Tausenden Fremden zurückzulassen, hatte ihn gestört.

Vor dem Grab blieb Leo abrupt stehen. Ein kleines Gesteck aus Tannenzweigen und Heidekraut lag darauf.

Georg war vor ihnen hier gewesen.

Leo saß mit seinen Kollegen im Präsidium zusammen. Der Polizeifotograf hatte Aufnahmen vom Gesicht des Toten angefertigt. Nach der Obduktion hatte man die Leiche gewaschen und dezent geschminkt, um die Todesmerkmale zu verdecken.

Leo fasste Dr. Lehnbachs Bericht zusammen, während Walther, Sonnenschein und Hasselmann sich Notizen machten.

Die Todesursache war eindeutig. Der Tod war durch Erwürgen eingetreten, dafür sprachen die Petechien, die punktförmigen Blutungen im Gesicht. »Es liegen Abwehrverletzungen in Form von Hautabschürfungen und Kratzern vor. Daraus folgt, dass das Opfer bei vollem Bewusstsein war, während es gewürgt wurde. Das Opfer trug fingerlose Handschuhe. Unter den Nägeln fanden sich Hautfetzen, also kann man von Kratzverletzungen beim Täter ausgehen, vermutlich am Hals oder im Gesicht. Die Würgemale am Hals zeigen, dass der Täter von vorn angegriffen hat.«

»Wie sieht es mit dem Todeszeitpunkt aus?«, fragte Hasselmann.

»Laut Casperscher Regel setzt die Fäulnis nach ungefähr einer Woche ein. Bei unserer Leiche ist sie noch nicht eingetreten, allerdings hängt dies auch von der Umgebungstemperatur ab. Wenn wir davon ausgehen, dass der Tote die ganze Zeit in dem ungeheizten Schuppen gelegen hat, in dem Temperaturen um den Gefrierpunkt herrschten, kann er laut Dr. Lehnbach bereits vor mehreren Tagen gestorben sein. Fünf bis sieben Tage sind nicht unwahrscheinlich, schreibt er.«

Walther schaute in die Runde. »Da muss jemand die Gegebenheiten in der Schule sehr gut kennen. Der Täter muss gewusst haben, dass der Schuppen im Winter nicht genutzt wird, und überdies einen Schlüssel gehabt haben.«

»Robert, bleiben wir zunächst beim Bericht«, sagte Leo. »Es gibt einen weiteren wichtigen Anhaltspunkt – die Totenstarre. Wann und wie schnell sie sich löst, hängt vor allem von zwei Punkten ab: Todesart und Temperatur. Der Tod erfolgte durch Erwürgen, danach löst sich die Starre langsamer als beispielsweise bei einer Vergiftung. Die Ergebnisse der Obduktion und die Spuren am Fundort deuten darauf hin, dass der Mann seit mehreren Tagen tot ist und nicht in dem Schuppen starb.«

»Wenn wir von fünf bis sieben Tagen ausgehen«, Hasselmann schaute auf den Wandkalender, »wäre er zwischen Montag, dem 9., und Mittwoch, dem 11. Januar, gestorben, alles Schultage. Der Täter wird die Leiche nicht vor Einbruch der Dunkelheit dort abgelegt haben, das wäre zu riskant gewesen.«

Leo nickte und trat an den Kalender, wo er den Zeitraum mit einem roten Stift markierte. »Ich habe bei Gennat Verstärkung angefordert. Morgen legen wir allen Schülern die Bilder vor.«

»Gibt es weitere Merkmale an der Leiche selbst?«, fragte Sonnenschein.

»Oh, ja. Und zwar höchst interessante.« Leo schob ihm den Bericht des Pathologen hin. »Das Leichenschauhaus hat vergessen, uns Abzüge zu schicken. Fräulein Meinelt wird sich gleich morgen früh darum kümmern. Lies bitte den zweiten Absatz auf der zweiten Seite vor.«

Sonnenschein blätterte und räusperte sich. »Der Rücken des Toten weist Narben auf, die durch Gewalteinwirkung verursacht wurden, möglicherweise durch Schläge mit einem Riemen oder einer Peitsche. Die Narben sind mehrere Jahre alt. Das rechte Schienbein weist einen schlecht verheilten Bruch auf, die Verletzung liegt ebenfalls mehrere Jahre zurück. Die Fraktur wurde unzureichend versorgt, d. h. sie wurde nicht korrekt geschient, wodurch der Knochen schief zusammengewachsen ist. Eine dadurch verursachte permanente Gehbehinderung ist unwahrscheinlich, doch können zeitweise Schmerzen aufgetreten sein, die dem Toten das Gehen erschwerten und möglicherweise zu einem vorübergehenden Hinken führten.«

Die Beamten machten sich Notizen. Ein Hinken, selbst wenn es nur manchmal auftrat, konnte bei der Identifizierung helfen.

»Weiterhin findet sich eine verheilte Schusswunde im rechten Unterbauch. Die Narbenbildung lässt auf postoperative Komplikationen schließen.«

»Der Mann könnte Soldat gewesen sein«, rief Walther, »das würde die Verletzungen erklären.«

»Bis auf die Narben am Rücken«, sagte Leo.

»Gefangenschaft?«, meinte Walther.

»Ich bin noch nicht ganz fertig«, sagte Sonnenschein in seiner stillen Art und las weiter. »Der Zustand von Leber und Muskulatur zeugt von einer zeitweiligen Unterernährung, die schon einige Zeit zurückliegen kann, aber Spuren im Körper hinterlassen hat. Der Allgemeinzustand des Toten, dessen Alter zwischen dreißig und vierzig Jahren anzusiedeln ist, wobei ich zu einem mittleren Wert neige, muss als eher schlecht bezeichnet werden. Die Verletzungen in Verbindung mit der früheren Unterernährung, der mangelhafte Zustand der Zähne und die übergroße Schlankheit des Körpers zeugen von einer unzureichenden ärztlichen Versorgung und bescheidenen Lebensumständen.«

»Hm.« Leo sah in die Runde. »Ich stimme dir zu, Robert, es könnte sich um einen ehemaligen Soldaten handeln. Dafür spricht die Schusswunde. Unterernährung und Narben von Misshandlungen deuten auf Gefangenschaft hin. Aber der Krieg ist seit zehn Jahren vorbei. Warum befand er sich noch immer in diesem schlechten Zustand?«

»Es gibt genügend ehemalige Soldaten, die nicht mehr auf die Beine gekommen sind. Wer krank ist, kann nicht richtig arbeiten. Da stürzt man schnell ab.«

Leo tippte mit dem Finger auf einige maschinengeschriebene Seiten. »Hier ist der Bericht des Erkennungsdienstes. Ihr könnt ihn später in Ruhe lesen, aber das hier erscheint mir besonders wichtig. ›Die Kleidung, bestehend aus langer Unterhose, Unterhemd, Socken, Hose mit Gürtel, Hemd, Strickweste, Mantel, ist abgetragen, teils löchrig und mehrfach geflickt. Es sind keine Etiketten vorhanden, offenbar stammt nichts davon aus einem Konfektions- oder Warenhaus. Die Machart weist auf selbst genähte Stücke hin, sie wurden vermutlich nicht von professionellen Schneidern gefertigt. Die Sohlen der Stiefel sind fast durchgelaufen. Sie waren vorn mit Papier ausgestopft, wohl um vor Kälte zu schützen.‹« Leo hob den Blick. »Das Askanische Gymnasium genießt einen elitären Ruf. Es würde mich wundern, wenn die Schüler mit einem solchen Mann Umgang gepflegt hätten. Oder es müsste sich um eine Zufallsbekanntschaft handeln.«

Er musste an Georg denken, den er seit fast zwei Tagen nicht gesehen hatte. Der ohne ihn ans Grab der Mutter gegangen war, das erste Mal in neun Jahren. Plötzlich fiel ihm ein, was Joachim Kern letzten Dienstag in der Kneipe erzählt hatte: dass Georg mit dem Jungen von Müllers abends an der Markthalle gewesen sei, zusammen mit einem älteren Burschen, den Joachim nicht kannte. Leo zwang seine Gedanken zurück zu seinem Fall. Er durfte sich nicht von seinen eigenen Sorgen ablenken lassen.

»Morgen befragen wir die Schüler. Sollten wir den Toten danach nicht identifiziert haben, dehnen wir die Untersuchung auf die umliegenden Grundstücke aus, vor allem auf das Nachbargrundstück, zu dem das Tor in der Mauer führt.«

»Noch kein Aufruf in der Presse?«, fragte Hasselmann.

Leo schüttelte den Kopf. »Das ist der letzte Schritt, nicht der erste. Sie wissen, wie viele unsinnige Meldungen nach einem solchen Aufruf eingehen, Wichtigtuer und einsame Menschen, die ein bisschen Aufmerksamkeit wollen.« Er stand auf und griff nach seinem Mantel. »Wir sehen uns morgen früh, meine Herren. Robert, du holst die Fotografien hier ab. Wir treffen uns um halb acht im Gymnasium.«

Im Sturmlokal herrschte Gedränge. Es roch nach Bier, Männerstimmen grölten und lachten, dann und wann lösten sich Wortfetzen aus dem Chaos.

Karl Boehse tauchte hinter einem SA-Mann mit breitem Rücken auf und kam auf die beiden Jungen zu, zwei Bierflaschen schwenkend. Er stellte sie auf den Tisch und beugte sich vor.

»Na, Jungs, was hockt ihr hier so trübe in der Ecke?«

Wolfgang räusperte sich. »Wir wollten nicht stören.«

»Ich hab doch gesagt, ihr seid jederzeit willkommen.« Er musterte Wolfgang und nickte anerkennend. »Die Uniform steht dir prächtig. Wie fühlst du dich damit?«

»Gut. Richtig gut.« Wolfgang setzte die Flasche an den Mund und trank einen tiefen Schluck, bevor er sich umsah. »Hier sind nur Männer.«

Boehse schlug ihm auf die Schulter. »Das seid ihr auch bald. Könnt gar nicht früh genug damit anfangen.« Er musste die Stimme heben, als hinter ihm ein Trupp zu singen anfing – falsch, dafür aber umso lauter. »Nächste Woche haben wir einen Vortrag, zu dem seid ihr eingeladen. Ein Bekannter des Gauleiters spricht.«

»Klar, Karl, wir sind dabei«, sagte Wolfgang und stieß seinen Freund an. »Sag doch auch mal was, du hockst hier rum und siehst aus wie sieben Tage Regenwetter.«

»Lass ihn, Wolfgang«, sagte Boehse. »Manche brauchen eben 'ne Weile, bis sie mit uns warm werden.«

Georg Wechsler wollte eigentlich nur raus aus diesem Raum, in dem es nach Schweiß und Bier stank, in dem Männer brüllten und lachten –

»He, Kleiderbügel, wen haste da jebracht?« Ein SA-Mann stolperte herbei und prallte gegen ihren Tisch. Er war groß und blond, sein rotes Gesicht aufgedunsen. Er legte Boehse den Arm um die Schultern und richtete den dicken Zeigefinger auf die Jungen.

»Nachwuchs? Die sehn aba janz schön brav aus. Die müssen wa uff Vordermann bringen, Feuertaufe, kleene Kloppe mit die Roten.« Er streckte ihnen eine große, feuchte Hand hin. »Ick bin der Erich, aba ihr könnt mir Schinken nennen. Hier ham alle 'n Spitznamen.«

»Das sind Wolfgang und Georg«, sagte Boehse. »Hab dir doch von ihnen erzählt. Aufgeweckte Jungs. Der Vater von dem hier arbeitet am Alex. Ein Kriminaler.«

Schinken pfiff durch die Zähne. Dann schlug er mit seiner gewaltigen Pranke auf den Tisch und brüllte: »Ruhe! Alle mal herhören!«

Gesang und Gelächter verstummten allmählich, zwanzig braun gekleidete Männer drehten sich zu ihnen um.

»Wir ham Besuch, zwee Jungs von der HJ, und ihr habt se nich mal bejrüßt. Darf ick vorstellen – Wolfgang und Georg. Georgs Vatta is' 'n Kriminaler am Alex, also bisken Respekt. So hohen Besuch ham wa nich jeden Tag. Und wie ick höre, isser auch noch vom Gymnasium. Kleiderbügel, da is' dir aba mal 'n fetter Fisch ins Netz jejangen, wa?«

Lautstarker Jubel, Biergläser erschienen vor den Jungen auf dem Tisch.

Georg brach der Schweiß aus, und das lag nicht nur am überheizten Raum. Er war wütend auf Wolfgang. Wieso hatte er Boehse erzählt, dass sein Vater bei der Polizei war? Das ging keinen etwas an.

Als er an seinen Vater dachte, wurde ihm die Kehle eng. War er schon mit Marie am Grab gewesen? Hatte er das Gesteck gesehen?

Georg war nicht wohl bei dem Gedanken. Zum ersten Mal seit Muttis Tod war er allein dort hingegangen, weil er später im Sturmlokal verabredet war und sein Vater nichts davon erfahren durfte.

»Na los, trink dein Bier«, sagte Wolfgang. »Und guck nicht so miesepetrig.«

Georg trank einen Schluck, schmeckte aber nichts. Es fühlte sich an, als wäre sein Mund ganz taub. Die braungelben Uniformen verschwammen ihm vor den Augen, und er musste die Zähne zusammenbeißen, um nicht zu heulen. Bloß nicht hier, nicht vor Wolfgang, Karl und den lärmenden Männern. Er suchte nach einer Ausrede, um möglichst schnell von hier zu verschwinden. Hätte er Wolfgang doch nur nicht erzählt, dass er schon auf dem Friedhof gewesen war.

Er dachte flüchtig daran, wie es angefangen hatte – mit den Adlern, dem Zelten im Wald und den aufregenden Abenden am Lagerfeuer. Und dann war es immer weitergegangen, und er hatte mitgemacht, weil es ihn reizte, etwas zu tun, von dem seine Eltern nichts wussten. Aber hier fühlte er sich fremd. Mehr noch, die Männer stießen ihn ab. Was hatte Saufen und Grölen mit Ruhm und Ehre und Abenteuern zu tun?

»Mensch, Georg, es reicht. Wie sieht das denn aus, wenn du so vor dich hin glotzt statt mit den anderen anzustoßen?«, knurrte Wolfgang.

Georg atmete tief durch, hob die Bierflasche und prostete in die Runde.

6

MONTAG, 16. JANUAR 1928

Leo hatte einen genauen Plan aufgestellt, nach dem er und seine Kollegen die Schüler des Askanischen Gymnasiums befragen würden. Gennat hatte ihm zwei zusätzliche Beamte, Oskar Becker und Wilhelm Klein, dafür überlassen.

Es gab achtzehn Klassen, jeweils zwei von der Sexta bis zur Oberprima, insgesamt vierhundertsechzig Schüler, denen die Fotografie des Toten aus dem Schuppen vorgelegt werden musste.

Sie würden immer zu zweit eine Klasse übernehmen, also sechs Klassen pro Kollegenpaar, und hoffentlich bis zur Mittagspause fertig sein. Gab es bis dahin keine Anhaltspunkte oder gar eine Identifizierung, würden sie die Ermittlungen umgehend auf die umliegenden Grundstücke ausweiten.

Sie wurden um halb acht von Direktor Suhle empfangen, der mit einem gut gekleideten Mann von Anfang vierzig in der Eingangshalle stand. Vereinzelte Schüler drückten sich in der Halle und auf der Treppe herum. Suhle verscheuchte sie mit einer herrischen Handbewegung.

»Darf ich Ihnen Dr. Rath vorstellen, den Vater eines Unterprimaners.«

Der gut gekleidete Mann deutete eine knappe Verbeugung an. »Der Herr Direktor hat mich telefonisch verständigt und in beratender Eigenschaft hinzugebeten.«

Leo stellte sich und die Kollegen vor und sah den Mann prüfend an. »Wie habe ich das zu verstehen?«

»Ich bin Jurist. Und Vorsitzender des Elternbeirats dieser Schule. Wir sind gehalten, unsere Söhne und Schüler zu schützen, darum bin ich heute hier.«

Leo zog eine Augenbraue hoch. »Meine Herren, ich kann Ihnen versichern, dass wir nur unsere Arbeit tun. Im Übrigen bin ich selbst Vater eines Gymnasiasten und weiß durchaus, was man einem Jungen in diesem Alter zumuten kann und was nicht. Robert?«

Er streckte die Hand aus, worauf Walther ihm die Mappe mit den Fotografien reichte. Leo schlug sie auf und hielt sie Suhle und Rath hin. »Es ist unsere Pflicht, den Jungen diese Aufnahme zu zeigen. Wie Sie sehen, ist das Bild keineswegs schockierend.«

Rath und Suhle schauten einander an und nickten.

»Wie wollen Sie vorgehen?«, fragte der Schulleiter.

Leo erläuterte ihm seinen Plan. »Ich schlage vor, dass die Jungen einzeln das Klassenzimmer verlassen und in einem Nebenraum Ihrer Wahl befragt werden. So wird der Unterricht am wenigsten gestört.«

Suhle wirkte angenehm überrascht. »Danke für Ihre Rücksicht. Ich stelle Ihnen die kleinen Räume zur Verfügung, die gewöhnlich dem Nachsitzen vorbehalten sind.« Er lächelte zum ersten Mal. »Natürlich ohne jeden Hintergedanken, Herr Oberkommissar.«

Leo grinste. »Wir haben wohl alle einmal nachgesessen.«

Dr. Rath sah ihn an. »Eine Frage noch. Welche Folgen wird es haben, falls ein Schüler den Toten erkennt?«

»Dann wird er eingehend befragt, im Beisein eines Lehrers oder Erziehungsberechtigten. Wie sich die Befragung gestaltet, hängt davon ab, ob wir ihn als Zeugen oder Tatverdächtigen behandeln.«

Der Schulleiter fragte konsterniert: »Sie wollen doch wohl nicht unterstellen, dass ein Schüler unseres Gymnasiums in diese bedauerliche Angelegenheit verwickelt sein könnte?«

Leo sah auf die Uhr. »Hier geht es nicht um das, was wir glauben, sondern um das, was unsere Ermittlungen ergeben. Wenn Sie uns jetzt bitte die Räume zeigen würden.«

»Mehr Öl, Berti«, rief der Meister ungehalten. »Sonst geht das Beil zu langsam runter, und die Wirkung ist im Eimer. Wir leben von unseren Tricks, das weißt du doch. Wenn das schiefgeht, nimmt der Chef dich ins Gebet.«

Berti machte sich mit der Ölkanne an der Guillotine zu schaffen, während der Meister ihn streng beobachtete, wie immer im blauen Kittel, eine krumme Zigarette im Mundwinkel.

Berti war nicht ganz wohl, wenn er an dem Fallbeil hantierte, obwohl die Kante natürlich nicht scharf war. Trotzdem blieb ihm bei den Vorstellungen fast das Herz stehen. Erst gestern Abend waren wieder zwei Leute ohnmächtig geworden. Der Kopf und der Halsstumpf, die Fleurette hergestellt hatte, sahen einfach zu realistisch aus. Man musste sie schon anfassen, um den Unterschied zu erkennen. Was Berti auch getan hatte, als er sich unbeobachtet fühlte.

Plötzlich flog die Tür auf, und der Chef marschierte herein.

Berti verschwand hastig mit seiner Ölkanne in eine Ecke und machte sich an den Dolchen und Messern zu schaffen, deren Klingen auf Knopfdruck in den Griff glitten und so den Eindruck erweckten, im Körper des Opfers zu verschwinden. Auch diese Requisiten mussten sorgfältig gepflegt werden, und dass er sich dabei hinter einem Regal verbergen konnte, kam ihm entgegen. Er arbeitete seit zwei Jahren im Cabaret des Bösen, doch Louis Lemasque jagte ihm immer noch Angst ein.

»Hör mal, Harry«, das war der Spitzname des Meisters, »ich muss mit dir über den Operationssaal reden.«

Berti hörte, wie ein Stuhl gerückt wurde und knarrte, als sich jemand darauf niederließ.

»Ich finde die Metallfarbe nicht überzeugend. Wir sind kein Billiger Jakob, die Leute erwarten ein gewisses Niveau.«

»Sie haben völlig recht, Herr Lemasque.« Berti wusste genau, was der Meister jetzt hervorholte, weil er es vor einer Viertelstunde fluchend in die Ecke geworfen hatte. »Hier ist eine Probe vom Holz. Man erkennt noch von der letzten Reihe aus, dass es kein Metall ist. Wir brauchen entweder glatteres Holz oder echtes Metall. Andererseits wissen die Leute, dass sie im Theater sind und nicht im Krankenhaus, also –«

»Harry, wir kennen uns lange genug. Wann habe ich mich je damit zufriedengegeben, dass die Leute wissen, wie es im Theater zugeht?«

Berti hörte, wie der Chef aufstand und auf und ab zu laufen begann. »Wir müssen uns von den anderen unterscheiden, und zwar durch Echtheit. Alles muss echt aussehen, und damit meine ich nicht nur das Blut und die Augen und die Gliedmaßen, sondern auch die Requisiten. Für dieses Stück brauche ich einen modernen Operationssaal, glänzend, steril, makellos, damit die Taten des Chirurgen umso grauenhafter wirken. Verbrechen, die an die Inquisition erinnern, in einem OP des 20. Jahrhunderts! Wir brauchen das als Gegensatz zur Guillotine. Wenn du das mit Holz und Farbe nicht hinbekommst, bestelle ich es eben aus Nirosta. Das sparen wir an anderer Stelle ein.«

Stille.

Berti wusste nicht, was so etwas kostete, aber es würde teuer. Und wenn er den Chef richtig verstand, wollte der am Lohn seines Requisiteurs sparen. Und des Gehilfen? Er schluckte.

Der Chef war schlau. Der wusste genau, wo er Harry packen musste – beim Ehrgeiz und beim Portemonnaie. Und behielt recht.

»Geben Sie mir noch einen Tag, Herr Lemasque. Ich kenne einen Schreiner, der erstklassiges Holz besorgen kann, glatt wie ein Kinderpopo. Falls die Farbe darauf haftet, könnte es klappen.«

»Na bitte, Harry, ich wusste, dass ich mich auf dich verlassen kann.« Schritte, dann fiel die Tür ins Schloss.

Leo und Walther hatten Sexta, Quinta und Quarta übernommen, Sonnenschein und Hasselmann die drei mittleren Jahrgänge, Becker und Klein die Großen. Bis jetzt hatte die Befragung nicht viel ergeben. Sie saßen in einem Raum, der nur mit zwei Pulten und zwei Stühlen ausgestattet war, jeweils für einen nachsitzenden Schüler und einen beaufsichtigenden Lehrer. Die gerahmte Schulordnung diente als einziger Wandschmuck.

Damit die Jungen nicht vor ihnen stehen mussten, als

hätte man sie für ein Vergehen zum Direktor zitiert, stenografierte Walther an die Fensterbank gelehnt.

»Baumgarten, Heinz«, sagte der Junge, der gerade hereingekommen war und sich so aufrecht hielt, als hätte er einen Stock verschluckt. Er war klein und schmächtig für sein Alter.

»Setz dich, Heinz«, sagte Leo freundlich und deutete auf den Stuhl. »Du brauchst nicht vor mir strammzustehen.«

Der Junge ließ sich zögernd nieder.

»Du weißt, worum es geht?«

Heinz nickte. »Sie zeigen mir ein Bild von dem toten Mann aus dem Schuppen, und ich soll sagen, ob ich ihn erkenne.«

»Richtig.« Leo drehte die Fotografie um und schob sie Heinz hin.

Der Junge rückte die runde Hornbrille zurecht, hob das Bild behutsam hoch, damit mehr Licht darauf fiel, und schüttelte den Kopf. »Nein. Den habe ich noch nie gesehen.«

Leo bemerkte, wie Walther resigniert den Stift beiseitelegte. Er selbst hatte auch eine leise Hoffnung verspürt, als Heinz so genau hinschaute, aber das war wohl nur Neugier oder Pflichtbewusstsein gewesen. Sie waren bei der Quarta B, ihrer letzten Klasse, angelangt und hatten noch nichts herausgefunden.

»Gut.« Leo sah auf die Liste, die vor ihm lag. »Dann schick mir bitte den Johann Cramer.«

Heinz stand auf und bewegte sich zur Tür. Er schien es nicht eilig zu haben, den Raum zu verlassen, und schaute noch einmal über die Schulter. Leo bemerkte, wie er die Lippen aufeinanderpresste, als wollte er sich am Sprechen hindern, die Schultern durchdrückte und hinausging.

»Der weiß doch was«, sagte Walther und stützte die Ellbogen auf die Fensterbank.

Leo nickte. »Er hat sich das Bild verdammt lange angesehen. Aber das reicht nicht aus. Die Eltern werden es nicht hinnehmen, wenn wir ihn vorladen, ohne etwas in der Hand zu haben.«

»Wie viele haben wir noch?«

Leo sah auf die Liste. »Zwanzig.«

»Gar nichts?«, fragte Leo, als sie um eins im Musikzimmer saßen, das Suhle ihnen zur Verfügung gestellt hatte. Er sah die Kollegen an, die Untertertia bis Untersekunda befragt hatten.

»Neugierig, ängstlich, beflissen«, zählte Sonnenschein auf. »Die Jungen zeigen sich so, wie es ihrem Wesen entspricht. Aber uns ist nichts aufgefallen, das eine Nachfrage gelohnt hätte. Ich bin mir sicher, dass niemand aus unseren Klassen den Toten gekannt hat.«

»Oder er müsste für sein Alter mehr als abgebrüht und überdies ein ausgezeichneter Schauspieler sein«, ergänzte Hasselmann. »Ich habe die Jungen genau beobachtet, und mir ist auch nichts aufgefallen.«

Leo war enttäuscht, wenn auch nicht überrascht. Welche Verbindung sollte zwischen den Schülern des Askanischen Gymnasiums und einem verarmten Kriegsveteranen bestehen?

Der kleine, rundliche Oskar Becker hob die Hand. »Klein und ich haben leider auch nicht viel zu bieten. Nun sind das natürlich große Jungs, fast Erwachsene, denen man eine Lüge eher zutraut, weil sie selbstsicherer sind und nicht so viel auf Autorität geben. Dennoch glaube ich nicht, dass sie ohne Weiteres die Polizei belügen würden.« Er sah seinen Kollegen an.

»Hinter einen einzigen Namen haben wir ein Fragezeichen gesetzt. Der Junge wirkte allzu selbstbewusst. Wollte anfangen, uns Fragen zu stellen statt umgekehrt. Das hat uns stutzig gemacht. Natürlich kann es der Übermut eines Halbwüchsigen gewesen sein.«

»Und?«, fragte Leo.

Klein schob ihm die Liste hin.

Der Name mit dem Fragezeichen dahinter lautete »Rath, Werner«.

»Ich habe doch gesagt, ich habe den Mann noch nie gesehen.« Der junge Mann trug einen gut geschnittenen Anzug, der vom Stil her an den seines Vaters erinnerte. »Warum muss ich nach Schulschluss hierbleiben? Das gibt Gerede, auch unter den Lehrern.«

Leo beugte sich vor und verschränkte die Hände auf dem Tisch. »Werner, es gibt keinen Grund, sich zu empören. Wir müssen allen Spuren nachgehen, und Ihr Verhalten erschien meinen Kollegen auffällig. Daher möchte ich Sie bitten, noch einmal zu überlegen, ob Sie uns wirklich keinen Hinweis geben können. Vergessen wir den Toten für einen Moment. Haben Sie etwas am Schuppen bemerkt? Oder jemanden gesehen, den Sie vielleicht schützen wollen?«

»Nicht dass ich wüsste.« Der Junge verzog das Gesicht.

»Wir können auch Ihren Vater dazubitten, falls Ihnen das lieber ist.«

»Tun Sie das. Er wird Ihnen bestätigen, dass es nicht rechtens ist, mich wie einen Verbrecher zu behandeln.«

Leo zog die Augenbrauen hoch. »Wenn Sie glauben, dass ich Verbrecher so behandle wie Sie, haben Sie eine völlig falsche Vorstellung von unseren Methoden.«

Rath blieb ungerührt und schwieg.

»Wenn Sie uns nichts zu sagen haben, können Sie gehen.« Er machte eine auffordernde Geste zur Tür hin. »Wir wissen ja, wo wir Sie finden.«

Als sie allein waren, sagte Leo zu Walther: »Geh ihm nach, aber so, dass er es nicht merkt.«

Sein Freund sah ihn überrascht an.

»Ist nur ein Gefühl.«

Fünf Minuten später kam Walther pfeifend zurück.

»Und?«, fragte Leo, der mit den Kollegen im Flur wartete.

»Er hat seinen Mantel und die Schultasche geholt und ist nach draußen gegangen. Die Schule war verlassen. Aber rate, wer an der Ecke auf ihn gewartet hat? Heinz Baumgarten.«

Die beiden Jungen standen an der Ecke Möckernstraße, den Mantelkragen hochgeklappt, die Mütze über die Ohren gezogen. Es war bitterkalt. Rath spähte die Hallesche Straße hinunter und drehte sich wieder um. »Was hast du ihnen erzählt?«

Baumgarten sah ihn an und schluckte. »Gar nichts, Werner, das würde ich nie tun.«

Rath war einen Kopf größer als er und hatte einen reichen Vater. Genug, um einen Quartaner einzuschüchtern.

»Die kommen wieder, verlass dich drauf. Mein Vater ist gar nicht angetan, dass wir die Polizei in der Schule haben. Er hat gesagt, er behält die Ermittlungen genau im Auge und wird mich notfalls runternehmen. Ich soll das Abitur nicht auf einem Gymnasium machen, das in Verruf geraten ist.«

»So schlimm wird's schon nicht werden«, sagte Baumgarten leise. »Die sind gut, die fassen den Täter sicher bald. Ich lese immer die Zeitungsberichte über Gennat und sein Mordauto, das sind erstklassige –«

»Für mich wäre es eine Katastrophe, wenn mein Vater mich vom Aska nähme«, unterbrach ihn Rath.

»Du kannst dich auf mich verlassen.« Baumgarten zögerte. »Sag mal, weißt du denn was über den toten Mann?«

Die Bewegung kam so schnell, dass er nicht ausweichen konnte. Rath drückte den kleineren Jungen in den nächsten Hauseingang und presste ihm den Unterarm gegen die Kehle. »Noch so eine Frage, Baumgarten, und es wird dir leidtun.«

Baumgarten nickte, die Augen vor Angst aufgerissen.

»Kein Wort zur Polizei, den Lehrern oder sonst wem. Wir kennen uns nur vom Sehen.«

»Ja«, stieß Baumgarten hervor.

Rath ließ ihn abrupt los und schob ihn in Richtung Straßenecke. »Da kommt Biltzbrause. Verschwinde.« Seine berüchtigte feuchte Aussprache hatte dem Lehrer diesen Spitznamen eingebracht.

Baumgarten wollte gerade um die Ecke biegen, als Rath hinter ihm einen Pfiff ausstieß und ihn am Ärmel ergriff. »He.«

Er drückte Baumgarten eine Mark in die Hand. »Kannst du sicher gebrauchen. Ihr habt's ja nicht so dicke.«

Baumgarten steckte das Geld ein und hastete davon, ohne sich umzudrehen.

7

Montag, 16. Januar 1928

Leo und die Kollegen waren in ein Lokal am Askanischen Platz gegangen. Dort bekam man rund um die Uhr für wenig Geld ein deftiges Mittagessen und konnte sich bei Erbsensuppe und Eisbein aufwärmen.

»Als ich all die Jungs sah, musste ich an Georg denken«, sagte Leo leise zu Robert, während die anderen darüber diskutierten, ob Hertha oder Tennis Borussia die bessere Saison spielte und welcher Verein – oder ob sogar beide – es in die Endrunde schaffen würde.

»Habe gelesen, die lassen uns bis Juli warten, wegen Olympia«, verkündete Hasselmann empört.

»Na ja, für die Nationalmannschaft in Amsterdam zu spielen ist doch auch was wert«, warf Becker ein. »Ich finde Leichtathletik ohnehin spannender als Fußball.«

Das weckte Widerspruch, und Walther beugte sich zu Leo.

»Was ist denn mit ihm?«

»Er war gestern nicht auf dem Friedhof. Vielmehr, er war allein da, ohne Marie und mich. Das hat er noch nie gemacht.«

Walther trank seinen Kaffee aus und winkte der Kellnerin, um Nachschub zu bestellen, bevor er sich eine Zigarette anzündete. »Hast du ihn danach gefragt?«

»Ja, gestern Abend. Er hat sich rausgeredet. Ich hätte

doch am Sonntag arbeiten müssen. Er habe bei Wolfgang übernachtet und sei dann eben allein hingegangen.«

»Was hältst du davon?«

Leo starrte auf das karierte Wachstuch, als könnte es ihm die Antwort liefern. »Ich glaube ihm nicht.« Es fiel ihm schwer, es auszusprechen. »Als ich Clara am Samstag von unserem Fall erzählt habe, war Georg schon bei Wolfgang. Er kann gar nicht gewusst haben, dass ich gestern ins Büro musste.«

Bevor Walther etwas sagen konnte, unterbrach ihn Klein. »Mal herhören: Was ist *euch* wichtiger, Fußballmeisterschaft oder Olympia?«

Kurz darauf standen sie wieder in der Halleschen Straße. Sie mussten nun die Ermittlungen auf die Häuser ausdehnen, die an das Schulgelände grenzten. Ein vager Verdacht gegen zwei Jugendliche würde sie nicht weiterbringen.

Leo deutete auf die Häuser rechts und links der Schule. »Becker, Klein, Hasselmann, Sie übernehmen die rechte Seite, wir drei die linke. Wenn wir nicht fündig werden, machen wir mit den Häusern in der Kleinbeerenstraße weiter.«

Sie standen zu dritt vor der Nr. 27 – weiß, hochherrschaftlich, mit stuckverzierten Erkern, die im dritten Stock von einem Balkon gekrönt wurden.

Leo warf einen Blick auf die Schilder neben dem Eingangsportal. Ein Zahnarzt, ein Rechtsanwalt und –

»Was haben wir denn da?« Er deutete auf ein diskretes Messingschild mit einem Pfeil, der in Richtung Hinterhof zeigte.

»Sagt euch das was?«

Die Kollegen schüttelten den Kopf.

»Ein Cabaret hat doch normalerweise Werbung und Leuchtreklame«, meinte Walther.

Sie traten durch den Torbogen, in dem eine prächtige Laterne hing. Im Innenhof dahinter, der auffallend sauber und gepflegt aussah, befand sich ein großes Backsteingebäude.

»Sieht aus wie eine Kirche.« Walther deutete auf die spitz zulaufenden Fenster, die tatsächlich an eine gotische Kathedrale erinnerten.

Das Gebäude nahm die gesamte Hofbreite ein. Unter der Dachkante waren steinerne Wasserspeier angebracht, die ebenfalls an eine mittelalterliche Kathedrale erinnerten – furchteinflößende Drachen mit spitzen Zähnen und Dämonen mit hervorquellenden Augen. Neben der Tür, die ein Messingklopfer mit Drachenmaul zierte, befand sich nur eine Klingel ohne Schild.

»Wir haben noch nicht geöffnet.«

Ein älterer Mann schlurfte über den Hof, in der Hand einen Eimer mit Bürsten und Lappen. Er trug einen grauen Kittel und darunter zwei Pullover, um den Hals einen ungelenk gestrickten Schal. Die Schirmmütze ließ seine Ohren frei, die von der Kälte ganz rot waren. Der Schnauzbart war so lang, dass er die Oberlippe völlig verdeckte und den Mann wie ein Walross aussehen ließ.

Leo stellte sich und die Kollegen vor, worauf der Mann einen Schritt zurückwich. »Die Polizei? Hat sich wieder einer beschwert?« Er schaute nach oben. »Wenn das die Moltke war, können Sie der gleich sagen –«

»Herr –?«

»Rüster, Albrecht. Ich bin hier der Hausmeister.« Der Mann stand stramm da, den Eimer in der Hand. »Hier ist morgens immer alles picobello, da kann sie sich nicht beschweren.«

»Herr Rüster«, sagte Sonnenschein in seiner sanften Art. »Bei uns hat sich niemand beschwert. Für Lärmbelästigung und Schmutz sind die Kollegen von der Schutzpolizei zuständig.« Dann deutete er auf das Schulgelände. »Wissen Sie, was sich dort befindet?«

»Eine Schule. Ein Gymnasium, die Jungs sehe ich oft auf der Straße. Sind ein paar nette Burschen dabei. Andere tragen die Nase so hoch, dass es reinregnet. Hat sich etwa einer von denen beschwert?«

Leo sah ihn nachdenklich an. Warum war der Mann so überzeugt, jemand habe sich über das Theater beschwert?

»Nein. Aber man hat im Schuppen der Schule einen Toten gefunden.«

Rüster sah sie erschrocken an. »War es ein Verbrechen? Ich meine, Sie sind doch von der Kriminalpolizei.«

Leo deutete auf das Tor in der Mauer, vor dem auf dieser Seite eine Holzbank stand.

»Da setzen sich die Leute hin, wenn sie rausmüssen. Weil ihnen nicht gut ist«, fügte Rüster hinzu, als würde das alles erklären.

Jetzt wurde Leo wirklich neugierig. »Wir würden gern in Ruhe mit Ihnen sprechen, vorzugsweise im Warmen.« Er nickte zum Theatergebäude. »Wäre das möglich?«

»Um diese Zeit ist kaum einer da. Morgens ist Probe, ab sechs kommen sie für die Vorstellung.«

»Dann sprechen wir erst mal mit Ihnen und kommen morgen wieder«, sagte Leo und trat demonstrativ neben die Tür.

Rüster holte einen Schlüsselbund aus der Tasche, schloss auf und betätigte einen Lichtschalter.

Leo, Sonnenschein und Walther hielten die Luft an. Sie hatten den gepflegten Hinterhof verlassen und ein Horrorkabinett betreten.

Die Wände waren mit blutrotem Stoff bespannt; der Kartenschalter, die Theke für den Ausschank, die Stühle und Beistelltische und Spiegel waren in Gold gehalten, von der Decke hing ein Kristalllüster. Doch nicht das war das Verblüffende – so waren viele Theater und Kinos eingerichtet. Spektakulär waren die gerahmten Fotografien, die die Wände schmückten.

Blut, Folterwerkzeuge, schreiende Frauen, Vampire, riesige Fledermäuse, eine Guillotine, ein Scheiterhaufen, drohende Schatten, Schwerter, ein Galgen, dunkel verhüllte Gestalten, Masken, Totenschädel, Särge, Kreuze, lodernde Flammen – alles von einer Echtheit, die abstoßend und faszinierend zugleich war.

Der Eingang zum Theatersaal wurde von Schnitzereien eingerahmt, die Fabeltiere wie Basilisken und Greife darstellten, und von einem Motto in goldenen Lettern gekrönt:

Lasciate ogni speranza, voi ch'entrate!
Lasst, die ihr eintretet, alle Hoffnung fahren!

»Ich räume mal den Eimer weg«, sagte Rüster und verschwand.

Leo schaute die Kollegen an. »Dantes *Göttliche Komödie*. Hier geht's offenbar durchs Höllentor.«

Sonnenschein schluckte, er konnte die Augen nicht von den Bildern lösen. »Jetzt verstehe ich auch, wofür sie die Bank da draußen haben.«

Dann schlug sich Walther an die Stirn. »Leo, ich glaube, ich habe hiervon doch schon gehört. Ja, jetzt weiß ich es wieder. Eine Freundin von Jenny hat dieses Cabaret erwähnt. Damals kannten wir uns erst ganz kurz, ich hatte nur Augen für Jenny und habe bloß mit einem Ohr hingehört ... jedenfalls erwähnte die Freundin, sie habe in einem Theater in der Nähe des Anhalter Bahnhofs vorgesprochen. Aber es sei ihr zu unheimlich gewesen. Sie musste eine Szene spielen, in der sie enthauptet wurde. Die Tricks seien so überzeugend gewesen, dass ihr fast schlecht geworden sei.«

»Kommt öfter vor«, bemerkte Rüster, der ohne Eimer zurückgekehrt war. »Erst letzte Woche musste ich morgens den Hof putzen. So eine Sauerei.«

»Hier werden also Schauerstücke aufgeführt, die so realistisch aussehen, dass den Leuten übel wird?«

Rüster nickte. »Die wollen das so. Ist ein bisschen wie auf dem Rummel, die Achterbahn als Mutprobe.«

Der Vergleich brachte Leo auf einen Gedanken. »Was für ein Publikum haben Sie hier? Eher einfache Leute?« Eigentlich passte die Lage des Theaters nicht dazu – ruhige Straße, gute Gegend, elegantes Vorderhaus.

Rüster lachte. »Im Gegenteil, Herr Oberkommissar. Wir sind eine Art Geheimtipp für alle, die das Besondere lieben. Gemischtes Publikum, würde ich sagen, auch viele Geschäftsleute und Besucher von außerhalb.«

»Da ist die Nähe zum Bahnhof und den großen Hotels günstig«, meinte Walther. »Vielleicht liegen dort diskrete Handzettel aus, oder der Portier flüstert dem Gast etwas hinter vorgehaltener Hand zu.«

»Der Chef hat beste Verbindungen zu den Hotelportiers«, bestätigte Rüster. Dann schaute er die Kriminalbeamten fragend an. »Und wie war das jetzt mit dem Verbrechen?«

Sie standen vor dem Eisentor, die Bank war beiseitegeschoben. Rüster wühlte klirrend in seinem Schlüsselbund, bis er den richtigen gefunden hatte. Er gab ihn Leo, der den Schlüssel mühelos drehte und das Tor aufstieß.

Vor ihnen befand sich die Rückwand des Schuppens. Im Gebäude links, das an die Kleinbeerenstraße grenzte, brannte Licht. Das war wohl die Dienstwohnung des Schulleiters. Auf dem Schulhof war niemand zu sehen.

»Delbrück soll nachher Fingerabdrücke vom Knauf nehmen, beide Seiten«, sagte Leo. Sonnenschein notierte es. »Wie oft wird das Tor benutzt?«

Der Hausmeister sah ihn überrascht an. »Eigentlich nie. Weiß gar nicht, wozu es gut sein soll. Natürlich versuchen manche Schüler, mit Räuberleiter über die Mauer zu schauen. Ab und an fliegt mal ein Ball rüber, den werf ich dann zurück. Aber ich kann mich nicht erinnern, dass ich das Tor je offen gesehen hätte.«

»Wer sonst hat einen Schlüssel dafür?«

»Kann sein, dass der Chef einen hat.«

»Was passiert mit den Schlüsseln, wenn Sie nicht arbeiten?«

»Den Bund nehme ich immer mit nach Hause, weil ich morgens der Erste bin.«

»Gehen wir wieder rein«, sagte Leo.

Drinnen zeigte er Rüster die Fotografie des Toten. »Haben Sie diesen Mann in den vergangenen sechs bis acht Tagen hier in der Gegend gesehen? Er war ärmlich gekleidet und hat möglicherweise gehinkt.«

Der Hausmeister trat mit dem Bild unter eine Lampe, drehte es prüfend hin und her und gab es Leo dann zurück. »Nein, den habe ich noch nie gesehen. Hat das mit dem Verbrechen zu tun?«

»Der Mann wurde am Samstagmorgen tot im Schuppen auf dem Schulhof gefunden. Es handelt sich um ein Gewaltverbrechen. Möglicherweise hat man ihn durch das Tor in der Mauer dorthin geschleift und drinnen abgelegt.«

Rüster schluckte und schaute sich um, als würde ihm plötzlich bewusst, dass die Gewaltexzesse, von denen das Theater lebte, nicht auf die Fantasie beschränkt waren.

»Das … das ist ja kaum zu glauben.« Er machte eine Geste, als wollte er das ganze Theater umfassen. »Ich kenne alle, die hier arbeiten, die würden so was Schreckliches nie tun. Und ich auch nicht. Auch wenn wir diese blutigen Stücke aufführen. Wir sind doch keine Mörder.«

»Sie haben den Mann also nie gesehen. Wie sind Ihre Arbeitszeiten?«, fragte Leo.

»Täglich von acht bis sechs, außer sonntags, da haben wir geschlossen.«

»Wer arbeitet tagsüber hier im Theater?«

»Die Schauspieler, wenn geprobt wird. Die Leute aus

der Werkstatt, in der die Kulissen gebaut werden. Da basteln sie auch die Tricks. Ich geh manchmal rein, um mich aufzuwärmen. Hab mich letztens gewaltig erschreckt, als der Berti mit Augäpfeln jongliert hat.«

»Augäpfel?«, wiederholte Sonnenschein.

»Keine Angst, die waren von Schafen«, beschwichtigte Rüster.

»Wer ist Berti?«

»Harrys Helfer. Harald Zumweg, unser Tischler, der baut mit Berti die Kulissen. Und Fleurette ist unsere Maskenbildnerin. Die kümmert sich um Perücken, Gesichtsmasken, künstliche Arme und Beine. Mischt literweise Blut an. Eine echte Meisterin.«

»Und wer ist abends hier?«

Walther schrieb mit, während Rüster an den Fingern abzählte. »Eine Frau an der Kasse, zwei hinter der Theke. Der Inspizient, drei Bühnenarbeiter. Die Technik ist wichtig. Der Klavierspieler. Der Mann für die Geräusche. Die Garderobiere, die Maskenbildnerin. Das Ensemble, das sind noch mal fünf bis sechs. Und der Chef.«

»Sie meinen den Besitzer?«

Rüster nickte. »Wir nennen ihn nur den Chef. Heißt Louis Lemasque.«

»Ist er Franzose?«, fragte Leo.

»Nein, ich glaube, das ist ein Künstlername. Das ist so beim Theater«, fügte Rüster hochtrabend hinzu.

»Verstehe. Danke für Ihre Hilfe«, sagte Leo. »In den nächsten Tagen werden wir alle Leute befragen, die hier arbeiten. Außerdem kommt ein Kollege vom Erkennungsdienst vorbei und untersucht das Tor. Falls Ihnen noch etwas einfällt, rufen Sie mich an. Hier ist meine Karte.«

An der Tür drehte Leo sich um. »Denken Sie noch einmal über die letzten Tage nach und ob irgendetwas anders war, ob jemand nicht zur Arbeit erschienen ist, ob Sie unbekannte Personen gesehen haben. Für uns kann alles hilfreich sein.« Dann tippte er sich an den Hut und ging zu seinen Kollegen auf den Hof. Dort schaute er noch einmal an der Fassade hoch. »Ich frage mich gerade, ob ich den Täter lieber hier oder in der Schule finden würde.«

»Sag bloß, es hat dir nicht gefallen«, grinste Walther. »Ich würde mir schon gern ansehen, wie der Berti mit Augäpfeln jongliert.«

Sie gingen in Richtung Straße. Im zweiten Stock beugte sich eine Frau aus dem Fenster und schüttelte ein Staubtuch länger als nötig aus, wobei sie die Kriminalbeamten im Auge behielt. Frau Moltke wittert Morgenluft, dachte Leo belustigt.

8

**Montag, 16. Januar 1928/
Dienstag, 17. Januar 1928**

Als Leo am Abend die Wohnung betrat, scholl ihm Gelächter entgegen. Frauenstimmen, die fröhlich durcheinanderredeten. Natürlich, Clara hatte Besuch: ihre Freundin Magda Schott und seine Schwester Ilse. Er würde sich wohl besser ins Schlafzimmer zurückziehen und etwas lesen; es war ein langer Tag gewesen.

Er steckte den Kopf ins Wohnzimmer, um die Frauen zu begrüßen. Clara saß im Schneidersitz im Sessel und balancierte ein Buch auf dem Kopf, während Magda und Ilse sie vom Sofa aus anfeuerten. Alle drei hatten Sektgläser vor sich, auf dem Tisch standen ein Teller mit Schnittchen und eine Schale Pralinen. »Leo, möchtest du auch ein Glas Sekt? Zum Anstoßen. Ilse und Richard sind seit neuneinhalb Monaten ein Paar.«

»Nein, danke, aber ich gratuliere ganz herzlich. Ein schönes rundes Datum.«

Seine Schwester sah ihn lachend an. Wie sehr sie sich verändert hatte, seit sie mit dem Orchestermusiker Richard Dohm befreundet war. Er hatte Magdas Arztpraxis, in der Ilse arbeitete, so oft aufgesucht, ohne wirklich krank zu sein, dass die Ärztin sich schließlich erbarmt und ihm geraten hatte, ihre Sprechstundenhilfe um ein Rendezvous zu bitten.

»Eigentlich wollten wir nur den Sekt trinken, den mir Harald Wolff bei der Lesung geschenkt hat. Er stand immer noch im Vorratsschrank, das konnte ich nicht mit ansehen«, sagte Clara und deutete auf die Flasche, ohne dass das Buch herunterfiel.

»Macht euch einen schönen Abend. Ich ziehe mich zurück.«

»Auf dem Fensterbrett steht kalter Braten«, rief Clara ihm nach.

In der Küche machte Leo sich ein Brot mit Braten, trank ein Glas Bier und schaute nachdenklich aus dem Fenster.

Er dachte an den langen Morgen in der Schule, in der ihn vieles an Georg erinnert hatte, und spielte mit dem Gedanken, noch mit seinem Sohn zu reden. Aber er war einfach zu müde. Er würde es am nächsten Wochenende tun, wenn er keinen Dienst hatte.

Leo stellte Teller und Glas ins Spülbecken und wollte schon ins Bad gehen, zögerte dann aber und ging noch einmal ins Wohnzimmer.

Dort setzte er sich auf die Seitenlehne von Claras Sessel. »Kennt eine von euch das Cabaret des Bösen?«

»Nie gehört«, sagte Clara.

»Ich schon. Einige Patienten waren mal da und fanden es aufregend«, sagte Magda, »aber mein Geschmack ist das nicht. Wie man mir erzählte, sollen Maske und Requisiten ausgesprochen echt wirken. Aber ich habe während des Studiums genügend Blut und Innereien gesehen, das reicht für ein ganzes Leben.«

»Es soll recht erfolgreich sein«, sagte Ilse. »Vor Kurzem hat mir eine Patientin erzählt, ihr Mann habe zwei Monate auf Eintrittskarten gewartet.«

Magda trank ihren Sekt aus und schob sich eine Praline in den Mund. »Die Idee kommt wohl aus Paris. Dort gibt es seit Jahrzehnten ein ganz ähnliches Theater. Jemand hat sich offenbar gedacht, das könnte man auch in Berlin versuchen. Es ist ja nicht so, als wären die Berliner dem Vergnügen abgeneigt.«

»Es gibt so etwas in Paris?«

Eine *Fleurette* war für Maske und Requisiten zuständig. Und der Besitzer hatte ebenfalls einen französischen Namen.

»Ich habe den Namen vergessen, aber es ist ganz berühmt. Du brauchst nur bei den großen Zeitungen nachzufragen, die können es dir sagen.«

Clara lehnte sich an seinen Arm und sah zu ihm auf. »Warum interessierst du dich dafür?« Sie lächelte spitzbübisch. »Sag bloß, jemand ist auf der Bühne gestorben, und keiner hat es gemerkt, weil sie dachten, es gehöre zum Stück.«

Leo stand auf. »Das nun nicht. Aber ich war heute dort, um Zeugen zu befragen, und bin neugierig geworden. Ich wünsche euch noch viel Spaß.«

Er küsste Clara auf die Wange und verließ das Wohnzimmer. Als er sich gewaschen und die Zähne geputzt hatte und im Schlafzimmer die Hosenträger abstreifte, fiel sein Blick auf den Spiegel. Er dachte wieder an das Foyer des Theaters, an die vergoldeten Spiegel und die grauenerregenden Fotografien, und fragte sich, warum es ihn überhaupt beschäftigte.

Bisher hatten sie dort nichts gefunden, das auf eine Verbindung zu dem unbekannten Toten schließen ließ. Und was zweifelhafte Vergnügungen betraf, gab es in Berlin nur wenig, was ihn noch schockieren konnte.

Während der Inflation florierten Bordelle und Spielhöllen in äußerlich achtbaren Privathäusern; es existierte keine Droge, die in der Stadt nicht irgendwo zu haben war; die Kriminalität reichte bis in die höchsten gesellschaftlichen Kreise.

Doch die Bilder der Aufführungen, die er dort gesehen hatte, hatten eine andere Dimension. Sie spielten nicht so sehr mit den verborgenen Urängsten der Menschen – Dunkelheit, Krankheit, Einsamkeit –, sondern mit dem Ekel, dem Reiz des Verbotenen, dienten vielleicht auch als Mutprobe. Stellten sich die Besucher vor, das Gezeigte wäre echt? Denn das war es wohl, was sie anzog – dass es eben nicht wie Theater aussah.

Er war mit dem Anblick von Leichen vertraut. Das gehörte zu seiner Arbeit, und er hatte nie davor zurückgescheut, wenn seine Anwesenheit bei einer Autopsie erforderlich war. Amüsiert oder erregt hatte es ihn nie. Wie man sich von diesen erschreckend realistisch wirkenden Grausamkeiten unterhalten lassen konnte, war ihm unbegreiflich.

Leo zog den Schlafanzug an, legte sich ins Bett und griff nach dem Buch, das auf dem Nachttisch lag. Nebenan hörte er die Frauen lachen. Nachdem er denselben Satz dreimal gelesen und noch immer nicht verstanden hatte, legte er das Buch weg und schaltete das Licht aus. Er verschränkte die Arme hinter dem Kopf und fragte sich, warum er solch ein enges Gefühl in der Brust spürte, seit er nach Hause gekommen war. Warum ihn die Befragung in der Schule und das Hinterhoftheater so seltsam berührt hatten.

Er bereute, dass er nicht mehr zu Georg gegangen war. Er sah seinen Sohn kaum noch. Entweder verkroch er sich in seinem Zimmer und machte Hausaufgaben, oder er war, was viel häufiger vorkam, bei Wolfgang Müller. Leo schaute zum Fensterkreuz, das sich im schwachen Schein der Straßenlaternen abzeichnete. Georg hatte keine Freunde auf dem Gymnasium gefunden – jedenfalls keine, mit denen er sich regelmäßig traf. Er erinnerte sich an Maries Worte über den Jungen mit dem lahmen Bein, der nur einmal zu Besuch gewesen war.

Er musste Clara fragen, was sie davon hielt. Sosehr sie die Kinder liebte, sie konnte sie dennoch aus größerer Distanz betrachten.

Bald, nahm er sich vor und drehte sich auf die Seite.

Am nächsten Morgen stieg Leo am Bahnhof Börse aus und bog in die Dircksenstraße in Richtung Alexanderplatz ein. Er lief gern zu Fuß durch die Stadt, sog die Gerüche in sich auf, beobachtete die Menschen, ließ den Verkehr an sich vorbeirauschen. Dann fiel sein Blick auf das Hansa-Hotel an der Ecke Rochstraße.

Spontan überquerte er die Fahrbahn und ging hinein. Es war nicht so luxuriös wie das Adlon oder einige der Häuser am Askanischen Platz und hatte keine Portiers in goldverschnürter Uniform. Am Empfang stand ein älterer Mann mit Schnauzbart und altmodischem Mittelscheitel, der ihn argwöhnisch ansah. Empfangschefs waren ausgezeichnete Menschenkenner, die einen Polizisten schon von Weitem erkannten.

»Was kann ich für Sie tun, mein Herr?«, fragte der Mann höflich.

Leo stellte sich vor, worauf sich der Mann besorgt in der Lobby umschaute. Einige Gäste waren gerade auf dem Weg zum Frühstück, und Polizeibesuch war nie eine gute Reklame.

»Ich habe nur eine Frage. Kennen Sie das Cabaret des Bösen?«

Der Empfangschef sah ihn überrascht an und nickte. Er bückte sich unter den Tresen und reichte Leo ein gefaltetes Blatt, auf dessen Vorderseite in zerlaufenden roten Lettern der Name des Theaters prangte. Darunter sah man die Fotografie einer Frau im Abendkleid, die mit durchschnittener Kehle auf dem Boden kniete und die Hände flehend zum Himmel reckte.

Leo klappte das Faltblatt auf.

Erleben Sie das Grauen mitten in Berlin!
Die Faszination der Folter. Der Reiz des Ruchlosen.
Abgründe aus alter Zeit, Renaissance und Gegenwart.
Unser bekanntes Ensemble bringt
Stücke auf die Bühne, die Sie in eine Welt
jenseits des Vorstellbaren versetzen.
Bei uns gibt es keine Tabus.
Nichts ist verboten, alles wird gezeigt.

Und auf der Rückseite:

Unser Theater ist bekannt für seine
lebensechten Darbietungen.
Modernste Bühnentechnik aus Paris, mitten in Berlin.
Pausenerfrischungen für jeden Geschmack.
Bestellen Sie noch heute Karten – im Hotel Ihres
Vertrauens oder im Theater selbst.
Anschrift: Berlin, SW 11, Hallesche Str. 27, Hofgebäude
Fernsprecher: 712

»Empfehlen Sie das Ihren Gästen?«, fragte Leo.

Der Empfangschef zuckte mit den Schultern. »Wenn mich Gäste fragen, ob ich etwas Besonderes kenne, das es in der Provinz nicht gibt, schicke ich sie gelegentlich hin. Ich versuche zunächst herauszufinden, was sie sich wünschen. Geht es einem Herrn um Damenbekanntschaften, empfehle ich andere Etablissements, als wenn derjenige einen, wie soll ich sagen, ausgefalleneren Geschmack andeutet.«

»Empfehlen Sie das Theater nur männlichen Gästen?«

»Keineswegs. Sie würden sich wundern, was manchen Frauen gefällt. Erst kürzlich habe ich einem Herrn in Damenbegleitung den Prospekt gezeigt. Er wollte nicht hin, aber sie hat so lange geschmollt, bis er mich gebeten hat, Karten zu bestellen.«

»Woher bekommen Sie die Prospekte?«

»Die bringt der Besitzer persönlich.«

»Er heißt Lemasque, nicht wahr?«

»Wohl ein Künstlername«, sagte der Empfangschef. »Ganz passend, wie ich finde.«

Leo steckte das Faltblatt ein, bedankte sich und verließ das Hotel.

9

Dienstag, 17. Januar 1928

»Wenn wir ihn nicht identifzieren können, geht das Bild an die Zeitungen«, sagte Leo.

Es war üblich, Bilder von unbekannten Toten zu veröffentlichen, um die Bevölkerung zur Mithilfe aufzufordern. Auch konnten sie die Kleidung des Mannes im Leichenschauhaus ausstellen, eine Methode, mit der sie schon erfolgreich gewesen waren.

Am Tor waren keine brauchbaren Fingerabdrücke gefunden worden. Leo hatte sich auch wenig Hoffnung gemacht. Um diese Jahreszeit trugen fast alle Leute Handschuhe.

Sie würden gleich noch einmal in die Schule fahren und Werner Rath und Heinz Baumgarten befragen. Nicht dass sie einen konkreten Verdacht gegen einen der Jungen gehabt hätten, aber deren Verhalten war der einzige Anhaltspunkt, den sie bis jetzt hatten. Außerdem würden sie mit den Mitarbeitern des Theaters und dessen Direktor sprechen, da sie von den Bewohnern der umliegenden Häuser nichts erfahren hatten.

Es klopfte. »Ein Anruf für Sie, Herr Wechsler«, sagte Fräulein Meinelt.

Leo ging nach nebenan und schloss die Tür, während sie das Gespräch auf seinen Apparat stellte.

»Wechsler.«

»Guten Morgen, Herr Oberkommissar«, meldete sich ein älterer Mann. »Hier ist Rüster, der Hausmeister aus dem Theater.«

»Guten Morgen. Ist Ihnen noch etwas eingefallen?«

»Keine Ahnung, ob Ihnen das hilft.«

Ein Satz, den Leo immer wieder hörte. Und für den er immer dieselbe Antwort bereithielt: »Wenn Sie mir sagen, was Ihnen eingefallen ist, sage ich Ihnen, ob es mir hilft.«

Als er kurz darauf zu seinen Kollegen zurückkehrte, klopfte er auf den Tisch, und alle Köpfe drehten sich zu ihm.

»Wir haben eine Spur.«

»Der Anruf?«, fragte Walther.

Leo setzte sich. »Rüster, der Hausmeister des Theaters, das sich unmittelbar neben dem Schulgelände befindet, hat gerade angerufen. Ihm ist eingefallen, dass er am Freitagmorgen auf dem Hof einer Frau begegnet ist. Sie sprach kaum Deutsch, er hält sie für eine Russin. Sie sagte, sie suche jemanden. Einen Mann namens Fjodor. Da er keinen Mann dieses Namens kannte, schickte er sie weg.«

»Kann er sie beschreiben?«, fragte Becker.

»Sehr genau sogar. Klein und schlank. Braune Augen, braune Strickmütze, abgetragener Mantel, der von einem alten Ledergürtel zusammengehalten wurde. Sie habe so verzweifelt ausgesehen, dass er ihr sein Butterbrot geschenkt habe. Leider konnte sie ihm nicht erklären, weshalb sie sich ausgerechnet dort nach dem Mann erkundigt hat.«

»Vielleicht hat sie auch anderswo nach ihm gefragt«, gab Sonnenschein zu bedenken.

»Das ist wahr. Rüsters Beschreibung erinnert mich an den Toten, er war ebenfalls ärmlich gekleidet.«

»Sie meinen, er könnte Ausländer gewesen sein?«, fragte Klein. »Fjodor ist ein russischer Name.«

»Denkbar wäre es«, sagte Leo. »Aber bei einer Obduktion lässt sich natürlich schlecht erkennen, welche Nationalität der Tote hatte. Wir müssen die Frau finden.« Er schaute in die Runde. »Walther und ich fahren mit Hermann Schmidt in die Hallesche Straße. Ich spreche mit den beiden Jungen, Schmidt geht zu Rüster, um eine Zeichnung der Frau anzufertigen, und du, Robert, beginnst schon mal mit der Befragung in der Theaterwerkstatt. Ich komme später dazu.«

»Und wir?«, fragte Sonnenschein.

»Ihr überprüft die Vermisstenkartei und sprecht danach mit den Bewohnern der Häuser in der Kleinbeerenstraße, die an das Schulgebäude grenzen. Fragt auch nach Schülern oder Lehrern, die sich auffällig verhalten haben, nach ungewöhnlichen Vorgängen auf dem Schulgelände und nach der unbekannten Frau. Wir treffen uns um Viertel vor sechs im Theater. Heute Abend brauchen wir dort jeden Mann.«

Diesmal betrat Leo das Schulgelände von der Kleinbeerenstraße aus. Aus der Turnhalle erscholl eine Männerstimme, die auch auf einen Kasernenhof gepasst hätte. Er schüttelte den Kopf. Manche Turnlehrer glaubten noch immer, sie müssten die Schüler zu Soldaten für den Kaiser erziehen. Vielleicht musste die Generation, die das Unterrichten als zivile Form des preußischen Drills betrachtete, erst aussterben, bevor sich in den Turnhallen und auf den Sportplätzen etwas änderte.

Der Schulhof lag während des Unterrichts verlassen da. Auch der Hausmeister war nicht zu sehen. Leo warf einen Blick auf das benachbarte Theatergebäude und ihm fiel auf, wie ungewöhnlich hoch es für ein Hinterhaus war. Der Schnürboden, dachte er. Über der Bühne musste genügend Raum für die Kulissen bleiben, die dort aufgehängt waren.

Er konnte sich gut vorstellen, dass neugierige Schüler gelegentlich per Räuberleiter einen Blick riskierten.

Die Sekretärin begrüßte ihn freundlich, warf aber einen besorgten Blick zum Direktorenzimmer. Suhle würde vermutlich wenig angetan sein, schon wieder die Mordkommission im Haus zu haben. »Ich melde Sie an, Herr Oberkommissar.«

Sie klopfte, sprach kurz mit ihrem Chef und schloss die Tür wieder. »Wenn Sie sich bitte einen Augenblick gedulden.«

Sie bot Leo einen Platz und eine Tasse Kaffee an, die er dankend entgegennahm.

»Ich würde Sie gern etwas fragen, Fräulein –«

»Hansen«, sagte sie rasch, »Elisabeth Hansen.«

»Fräulein Hansen, haben Sie in der Schule oder hier in der Nähe kürzlich eine Frau bemerkt, die ärmlich gekleidet war? Alter Mantel mit Ledergürtel, braune Strickmütze? Sie spricht nur wenige Worte Deutsch und könnte Russin sein.«

Die Sekretärin sah ihn überrascht an. »Nein, an so jemanden erinnere ich mich nicht.« Sie schaute unwillkürlich zum Fenster, das auf den Schulhof hinausging. »Hat es etwas mit dem Toten zu tun?«

»Diese Frau soll sich im Hof von Nr. 27 nach einem Mann namens Fjodor erkundigt haben. Sie konnte sich allerdings kaum verständlich machen. Sagt Ihnen das oder der Name etwas?«

Fräulein Hansen schüttelte den Kopf. »Ich finde es traurig, dass der Mann tagelang dort gelegen hat. Vielleicht vermisst ihn ja doch jemand.«

Jetzt öffnete sich die Tür, und Suhle bat ihn herein.

Leo beschrieb ihm die Frau. Auch der Schulleiter konnte sich nicht erinnern, sie in der Nähe des Gymnasiums gesehen zu haben.

»Sie können sich natürlich beim Hausmeister erkundigen. Er fängt gewöhnlich Unbefugte ab, die das Gebäude oder den Schulhof betreten.«

Leo erklärte, er müsse noch einmal mit den Schülern Baumgarten und Rath sprechen.

Er sah, wie sich die Miene des Schulleiters verdunkelte.

»Was wollen Sie von Rath? Er stammt aus gutem Haus und hat gewiss nichts mit solchen Leuten zu schaffen.«

»Baumgarten hingegen schon?«, fragte Leo schnell. »Stammt er aus weniger gutem Haus? Ich hätte nicht gedacht, dass dies bei der Einschätzung eines Schülers eine Rolle spielt.«

Suhles Haltung ärgerte ihn. Er hatte genügend Lehrer gehabt, die Schüler danach behandelten, wie wohlhabend oder alteingesessen ihre Familien waren. Das war zur Kaiserzeit gewesen, in einer Welt, die mit dem Krieg versunken schien, doch die Haltung hatte überlebt. Selbst Georg erzählte gelegentlich von solchen Ungerechtigkeiten.

»Das ist eine Unterstellung, gegen die ich mich verwahre, Herr Oberkommissar.« Er ging zur Tür und wies Fräulein Hansen an, die Jungen zu holen.

»Ich werde sie im Vorzimmer kurz befragen und danach in ihre Klassen zurückschicken«, sagte Leo. »Vielen Dank, Herr Direktor. Ich möchte Ihre Zeit nicht länger in Anspruch nehmen.«

Womit er den Schulleiter elegant von der Befragung ausgeschlossen hatte.

Fräulein Hansen ließ Leo unter dem Vorwand, sie müsse etwas im Zeichensaal erledigen, mit den Jungen allein. Er hatte absichtlich beide ins Vorzimmer gebeten, weil er sehen wollte, wie sie sich in Gegenwart des anderen verhielten.

»Ich kann es mir nicht leisten, den Unterricht zu versäumen«, sagte Werner Rath im gleichen herablassenden Ton, den er bei ihrer letzten Begegnung angeschlagen hatte. Er hatte sich zurückgelehnt und die Beine wie ein Erwachsener übereinandergeschlagen, während Heinz mit zusammengepressten Knien dasaß, noch ganz der kleine Junge.

»Es dauert nicht lange.« Leo sah vom einen zum anderen. »Ist euch in den letzten Tagen in der Nähe der Schule eine Frau aufgefallen? Ärmlich gekleidet? Hat sie einen von euch angesprochen und nach einem Mann gefragt? Sie spricht kaum Deutsch. Es könnte sich um eine Russin handeln.«

Der junge Rath zuckte mit den Schultern. »Solche Leute sieht man hier selten. Und wenn sie mich ansprechen, rede ich nicht mit ihnen. Aber um Ihre Frage zu beantworten – nein, ich habe die Frau nicht gesehen.«

»Heinz?«

Der Junge sah ihn mit großen Augen an und schüttelte den Kopf. »Ich auch nicht.«

Rath räusperte sich. »Wenn ich dann gehen könnte …«

»Können Sie nicht.« Leo sah, wie der Schüler die Lippen aufeinanderpresste. »Ihr kennt euch gut, was?«

»Mit Quartanern gebe ich mich nicht ab«, sagte Rath verächtlich.

Baumgarten schaute auf seine Füße und schwieg.

Leo beugte sich vor, die Ellbogen auf die Knie gestützt, die Hände verschränkt. »Sie können gehen, Werner«, sagte er, ohne den Schüler anzusehen. Der Junge stand auf und verließ betont langsam den Raum.

»Ich habe euch vor der Schule zusammen gesehen«, sagte Leo zu Baumgarten. »Möchtest du mir irgendetwas sagen?«

Der Quartaner schluckte. »Ich … da gibt es nichts zu sagen. Ich habe ihn nach der Uhrzeit gefragt. Sonst nichts.«

»Wusstest du eigentlich, dass es nebenan im Hinterhof ein Theater gibt?«

Der Junge nickte. »Hab davon gehört. Ich bin aber nie da gewesen. Das ist angeblich nur für Erwachsene.«

»Hast du mal gesehen, dass das Tor in der Mauer offen stand? Das Tor hinter dem Schuppen?«

»Nein. Noch nie.«

Es gab immer wieder Momente, in denen Leo spürte, dass etwas nicht stimmte, dass ihm ein Zeuge auswich oder ihn belog. So auch hier. Der eine Schüler gab sich überheblich, der andere war eingeschüchtert. »Danke, du kannst wieder in den Unterricht gehen.«

Baumgarten erhob sich sichtlich erleichtert von seinem Stuhl. Als er an der Tür war, sagte Leo: »Du brauchst keine Angst vor uns zu haben. Wenn du etwas über den Toten oder die Frau hörst, die nach ihm gefragt hat, meldest du dich bei mir, einverstanden?« Er stand auf und gab dem Jungen seine Karte.

Baumgarten nahm sie, nickte und verschwand über den Flur.

Die Eingangstür des Theaters war nur angelehnt. Von drinnen konnte Leo die Stimme des Hausmeisters hören.

»Noch ein bisschen schmaler das Gesicht. Ja, genau so. Und unter den Augen – da – noch dunkler. Sie sah richtig mitgenommen aus.«

Hermann Schmidt, der Polizeizeichner, und der Hausmeister saßen im Foyer über einen Block gebeugt und blickten auf, als Leo hereinkam.

»Guten Morgen. Geht es voran?«

»Herr Rüster hat ein ausgezeichnetes Gedächtnis«, sagte Schmidt anerkennend und hielt den Block in die Höhe. Die Zeichnung war jetzt schon präziser als das, was Zeugen gewöhnlich zustande brachten.

»Damit kommen wir sicher weiter. Wo finde ich die Werkstatt?«

Rüster beschrieb ihm den Weg. Leo ging an der Erfrischungstheke vorbei und nach links in einen langen, fensterlosen Gang. An zwei Türen stand in goldener Schrift *Garderobe Damen* und *Garderobe Herren*, an der dritten *Maske/Fundus* und an der vierten *Werkstatt*. Er klopfte und trat ein.

Hohe Decke, Regale voller Werkzeuge, Holzplatten, Seile, Winden, technischer Zeichnungen, die mit Stecknadeln an einer Korkplatte befestigt waren. Dahinter türmten sich Eimer und Dosen, dazu Pinsel in allen Größen. Es roch nicht unangenehm nach Sägespänen und Leim.

An der Werkbank stand Walther mit einem älteren, kräftig gebauten Mann und einem Jungen, der vielleicht siebzehn Jahre alt sein mochte. Beide trugen blaue Arbeitskittel.

In einem Nebenraum, dessen Tür weit offen stand, saß eine Frau über einen künstlichen Kopf gebeugt, den sie mit einem Pinsel konzentriert bemalte. Sie schaute kurz auf und nickte, als Leo eintrat. Hinter ihr waren Kisten mit Utensilien aufgereiht. Aus einer quoll Perückenhaar, das erschreckend echt aussah.

»Guten Morgen«, sagte Leo in die Runde. »Oberkommissar Wechsler. Hast du schon mit der Dame gesprochen, Robert?«

»Sie hat mich gebeten, zuerst ihre Kollegen zu befragen«, sagte Walther. »Außerdem hattest du in der Schule Französisch und ich nicht«, fügte er augenzwinkernd hinzu.

Leo ging nach nebenan. Die Maskenbildnerin stand auf und gab ihm die Hand. »Ich heiße Fleurette Marceau.« Sie hatte die Haare zu einem Pagenkopf geschnitten und ein breites Seidentuch um den Kopf gebunden, damit sie ihr nicht ins Gesicht fielen. Die Hornbrille passte so gut zu ihrem schmalen Gesicht und den dunklen Haaren, dass sie nicht einmal streng damit aussah.

»Setzen Sie sich bitte.« Er zog einen Hocker heran. »Seit wann arbeiten Sie hier, Fräulein Marceau?« Er warf einen Blick auf den Kopf, den sie gerade bemalte. Er tippte auf einen Pestkranken.

»Seit 1924«, sagte sie. »Seit Monsieur Lemasque mich geholt hat. Und ich heiße Fleurette.«

Leo fiel ein, was Magda Schott erzählt hatte. »Stammen Sie aus Paris? Ich hörte, dort gebe es ein ähnliches Theater.«

Sie warf den Kopf in den Nacken und lachte laut heraus. »Pardon, aber das ist wirklich zu *drôle*, zu komisch.« Als sie Leos verwunderten Blick bemerkte, fügte sie hinzu: »Das Théâtre du Grand Guignol war das Erste seiner Art, es ist einzigartig. Und es hat Tradition. Es ist viel berühmter als dieses hier.« Sie legte schelmisch den Finger an die Lippen. »Auch wenn der Chef es nicht gerne hört.« Ihr Deutsch war gut, der Akzent charmant.

»Haben Sie Herrn Lemasque dort kennengelernt? War er als Zuschauer im Theater?«

Fleurette sah ihn belustigt an und tauchte ihren Pinsel in ein Schälchen Farbe. »Er hat dort gearbeitet. Er trat in einem Stück auf. Mit großem Erfolg.«

»Und dann beschloss er, sich in Berlin mit einem ähnlichen Theater selbstständig zu machen, und hat Sie gebeten, mitzukommen?«

»Er hat mir ein gutes Angebot gemacht. Ich kann hier alles ausprobieren, *je suis responsable.* In Paris war ich nur eine Maskenbildnerin unter vielen. Hier bauen wir etwas Neues auf. *C'est bon.*« Sie sah ihn offen an. »Außerdem hatte ich, wie sagt man, Liebeskümmern?«

»Liebeskummer.«

»Genau.«

»Und weil Sie eine neue Herausforderung sahen und einen Mann vergessen wollten, sind Sie nach Berlin gegangen.«

Fleurette verzog leicht einen Mundwinkel. »Fast richtig, *Monsieur le commissaire.* Sie hieß Julie. Aber ansonsten haben Sie recht.« Die Frau verströmte eine amüsierte Gelassenheit, die ihm gefiel.

»Haben Sie kürzlich in der Umgebung des Theaters eine ärmlich gekleidete Frau gesehen oder sind von ihr angesprochen worden?« Leo beschrieb sie. »Sie spricht kaum Deutsch, könnte Russin sein.«

Die Maskenbildnerin legte den feinen Pinsel beiseite, mit dem sie eitrige Pusteln auf das Wachsgesicht gemalt hatte, und faltete die Hände auf dem Tisch. »So jemanden habe ich nicht gesehen. Darf ich fragen, um was es geht?«

Leo schilderte kurz den Leichenfund im Schuppen.

»*Mon Dieu,* das wusste ich nicht. Und die Frau hat hier bei uns nach einem Mann gesucht?«

»Vermutlich ja. Hausmeister Rüster hat ihr gesagt, er kenne niemanden namens Fjodor, worauf sie wieder gegangen ist.«

»Leider kenne ich auch keinen Fjodor. Hier arbeitet kein Russe.«

»Wir vermuten, dass der Mann zwischen Montag und Mittwoch der vergangenen Woche gestorben ist. Gab es in dieser Zeit irgendwelche besonderen Vorfälle? Etwas, das anders war als sonst?«

Fleurette dachte nach und schüttelte dann den Kopf. »*Non, Monsieur le commissaire.* Alles war wie immer.«

Leo hörte, wie sich die Tür der Werkstatt hinter ihnen öffnete. Die Maskenbildnerin lächelte. »Da ist der Chef.«

Leo drehte sich um. Als er Louis Lemasque sah, hielt er unwillkürlich die Luft an. In seinem Kopf fügte sich einiges zusammen.

Wohl ein Künstlername. Ganz passend, wie ich finde, hatte der Empfangschef im Hansa-Hotel gesagt. Und

Fleurettes Gesichtsausdruck, als sie erwähnte, dass Louis Lemasque im Théâtre du Grand Guignol aufgetreten war.

Das Gesicht des Mannes war der Länge nach gespalten, zwischen den Augen klaffte eine tiefe Lücke, die von straff gespannter narbiger Haut bedeckt war. Die Nase war schief und an der Wurzel platt gedrückt. Es hätte eine Arbeit von Fleurette sein können.

Doch dies war keine Maske. Louis Lemasque sah wirklich zum Fürchten aus.

10

Dienstag, 17. Januar 1928

Der Theaterdirektor kam mit ausgestreckter Hand auf Leo zu. Er war elegant gekleidet – dunkler dreiteiliger Anzug, glänzend polierte Lederschuhe, weißes Hemd, rote Nelke im Knopfloch. Seine Hände waren manikürt, die akkurat geschnittenen blonden Haare mit Pomade nach hinten gekämmt, und er roch nach einem Eau de Cologne, das für einen Polizeibeamten unerschwinglich war. »Immendorf mein Name. Hier im Theater allerdings heiße ich Lemasque.«

Leo bemerkte, wie offen, geradezu herausfordernd, ihm der Mann in die Augen sah – als wollte er prüfen, ob sein Gegenüber seinen Anblick aushielt. Nachdem er den ersten Schock überwunden hatte, erwiderte Leo den Blick.

»Oberkommissar Wechsler.« Sie gaben einander die Hand. »Ich würde Sie gern befragen.«

»Kommen Sie in mein Büro, da spricht es sich angenehmer. Das heißt, falls Sie mit Fleurette fertig sind.« Der Mann hatte eine wohlklingende Stimme, die in seltsamem Kontrast zu seinem verwüsteten Gesicht stand.

Leo nickte der Maskenbildnerin zu. »Ich danke Ihnen.«

»*Au revoir, Monsieur le commissaire.*« Sie griff wieder zum Pinsel und beugte sich über den Pestkranken.

Lemasques Büro befand sich am Ende des Gangs, durch den Leo vorhin gekommen war.

Als Leo die Einrichtung sah, kam ihm spontan ein Wort in den Sinn – opulent. Feines Mobiliar, dunkelrote Vorhänge und Teppiche, golden schimmernde Messinglampen, gerahmte Fotografien, die Szenen aus Theaterstücken zeigten. In einer Vitrine lagen drei Totenschädel und metallene Instrumente, die aus einem Operationssaal oder Folterkeller stammen mochten. In einem Regal stand das Modell einer Guillotine.

Lemasque bot ihm einen Sessel an, in dessen Polstern Leo förmlich versank.

»Was kann ich für Sie tun, Herr Oberkommissar? Ich habe nichts dagegen, dass Sie meine Angestellten befragen, wenn es Ihren Ermittlungen dient. Aber ich wüsste gern, worum es dabei geht.«

»Dazu wollte ich gerade kommen.«

»Sie können mich ruhig anschauen, das bin ich gewöhnt. Und um Ihre unausgesprochene Frage zu beantworten: Kriegsverletzung.« Der Mann wirkte bemerkenswert souverän. Vielleicht schützte er sich durch diese offensive Art, mit der er allen Fragen und Blicken zuvorkam.

Leo nahm die Herausforderung an und musterte den Theaterbesitzer, während er von dem Leichenfund berichtete.

Trotz seiner Erfahrung hätte Leo nicht sagen können, welche Waffe die Verletzung verursacht hatte. Kriegsversehrte prägten schon so lange das Straßenbild, dass man sich an sie gewöhnt hatte. Niemand schaute zweimal hin, wenn Männern Arme oder Beine fehlten, niemand achtete auf Schüttler oder Augenklappenträger. Doch Gesichter wie das von Louis Lemasque sah man selten. Nicht weil es sie nicht gegeben hätte, sondern weil die Versehrten sich oftmals zurückzogen oder hinter Brillen, Bärten oder grob gefertigten Masken versteckten.

Lemasque hingegen trug sein Gesicht beinahe stolz zur Schau.

Leo reicht ihm das Foto des Toten. »Haben Sie diesen Mann schon einmal gesehen? Hat er vielleicht für Sie gearbeitet?«

»Bedaure, nein. Hätte ich einen Angestellten vermisst, wäre ich zur Polizei gegangen. Könnte es sich um einen unserer Gäste handeln? Was für ein furchtbares Unglück, wenn er ausgerechnet vor oder nach seinem Besuch hier einem Verbrechen zum Opfer gefallen wäre.«

»Seine äußere Erscheinung spricht gegen einen Theaterbesucher. Allerdings stehen wir noch am Anfang unserer Ermittlungen. Es gibt zwei Tatsachen, die eine Verbindung zu Ihrem Theater möglich erscheinen lassen: die räumliche Nähe zum Fundort und die Aussage des Hausmeisters Rüster, dass ihn eine Frau, möglicherweise eine Russin, auf dem Hof angesprochen und nach einem Mann gefragt habe, den sie offenbar vermisste. Wir erstellen gerade eine Phantomzeichnung der Frau.« Leo wiederholte die Beschreibung.

»Ich habe keine derartige Frau gesehen.«

»Besitzen Sie einen Schlüssel für das Tor in der Mauer, das zum Schulhof nebenan führt?«

»Nein«, sagte Lemasque. »Den einzigen Schlüssel hat Rüster an seinem Bund. Das Tor wird nie benutzt.«

»Dafür ließ es sich überraschend leicht öffnen«, sagte Leo kühl.

Lemasque verschränkte die Hände auf der Tischplatte und runzelte die Stirn, soweit es die straff gespannte

Haut erlaubte. »Herr Oberkommissar, ich muss Sie bitten, den Ruf meines Theaters nicht mit solchen Andeutungen zu gefährden. Gewiss, wir spielen hier mit dem Grauen und locken die Menschen, indem wir ihnen so viel Angst versprechen, dass ihr eigener Alltag plötzlich gar nicht mehr erschreckend wirkt. Aber mit einem wirklichen Verbrechen in Verbindung gebracht zu werden ist keine gute Reklame für uns. Ich bedaure sehr, dass dieser Mann gestorben ist, aber er wurde auf dem Schulgelände gefunden, nicht bei uns.«

»Wir gehen davon aus, dass der Mann woanders starb und in den Schuppen gelegt wurde, als er schon tot war. Daher ziehen wir die gesamte Umgebung der Schule in Betracht.«

»Ich weiß, Sie tun nur Ihre Arbeit. Und ich die meine. Wir sind auf eine gute Presse angewiesen.«

»Von uns erfährt die Presse nur Tatsachen.«

Lemasque seufzte. »Unsere Lage ist ein wenig heikel. Ich habe die Gegend mit Bedacht gewählt. Zwei große Bahnhöfe gleich um die Ecke, der Askanische Platz mit seinen Hotels und Restaurants, ausgezeichnete Verkehrsverbindungen. Doch dies hier ist der Hinterhof eines Wohnhauses, und nebenan steht eine Schule. Wir bewegen uns auf einem schmalen Grat. Einerseits wäre ein Theater an einer großen, viel befahrenen Straße leichter zu betreiben, andererseits bevorzugen viele Gäste die Diskretion, die diese Lage bietet.«

»Ich kann Ihnen versichern, dass wir keine Spekulationen an die Presse weitergeben.«

Lemasque nickte leicht. »Danke, Herr Oberkommissar. Sie können sich gern überall umsehen. Wenn Sie möchten, führe ich Sie herum.«

Jelena saß auf dem schmalen Bett, die löchrige Decke fest um sich gezogen. Das einzige Fenster war undicht, der Luftzug drang bis in die Ecke, in der sie kauerte. Die Scheibe war von innen mit einer dünnen Eisschicht überzogen.

Morgen musste sie hinaus, um sich etwas zu essen zu besorgen. Das letzte Brot war aufgebraucht. Ohne die zwei Mark, die Fjodor ihr gegeben hatte, würde sie seit Tagen hungern.

Schritte auf der Treppe. Sie drückte sich noch enger an das metallene Bettgestell, die Stangen schmerzhaft im Rücken. Nur nicht der Hauswirt. Die Miete war wöchentlich fällig. Heute war Dienstag. Fjodor hatte vergangenen Montag bezahlt, bevor er weggegangen war. Also würde der Hauswirt bald sein Geld verlangen. Und sie hatte nur noch ein paar Pfennige.

Sie hatte gebetet, jede Nacht. Zur Jungfrau Maria, zum Herrn Jesus Christus. Doch Fjodor war nicht zurückgekommen. Seit einer Woche war sie allein in dem schäbigen Zimmer, in das kaum wintergraues Tageslicht drang. Nur einmal hatte sie sich hinausgewagt, die übrige Zeit saß sie hier und wartete. Sie horchte auf Schritte, die nie kamen. Sie steckte den Kopf aus dem Fenster der Mansarde und reckte den Hals, damit sie auf die Straße sehen konnte.

Es war ihre einzige Ablenkung.

Auch jetzt öffnete sie das Fenster und sah hinaus. Tief unter ihr drängten sich Fuhrwerke und Karren, Menschen eilten umher, lachten und schrien, standen in den Eingängen von Kneipen und Kohlenhandlungen, plauderten und stritten miteinander. Sie sah Frauen in Kleidern, die zu kurz und zu dünn für dieses

Wetter waren, mit Zigaretten in den bunt bemalten Mündern.

Ein alter Mann mit Schläfenlocken und dunkler Kleidung trug Kisten in seinen Laden. *Fleisch Meier Silberberg* stand auf dem Fenster, daneben hebräische Schriftzeichen.

Jelena stellte sich vor, wie Fjodor um die Ecke biegen würde, dünn und vertraut in seinem alten Mantel, die Schultern gebeugt, aber wohlbehalten und sicher. Wie er ins Zimmer treten, sie küssen und ihr erzählen würde, was er erlebt hatte. Wie er ihr erklären würde, weshalb er so lange gebraucht hatte. Vielleicht hatte man ihn dort, wo er hinwollte, eingeladen zu bleiben, ihm Essen und eine Unterkunft angeboten? Aber er hätte sie nicht alleingelassen, er hätte einen Weg gefunden, ihr Bescheid zu sagen. Sie war ihm nach Berlin gefolgt, weil sie ihn liebte und ihm vertraute. Er hätte sie niemals so im Stich gelassen.

Sie schloss das Fenster wieder, zog ihren Mantel über, weil es im Zimmer so kalt war, und rollte sich auf dem Bett zusammen.

»Als ich das Gebäude Ende 1923 entdeckte, war es eine kleine Metallwarenfabrik. Ich habe sofort erkannt, dass es für meine Zwecke ideal geeignet ist. Wissen Sie, warum?« Lemasque zeigte nach oben in den Schnürboden. »Die hohe Decke hat mich überzeugt. Vieles ließ sich umbauen, aber irgendwo das Dach aufzustocken wäre zu teuer geworden.«

Leo schaute sich im Theatersaal um. Auch hier herrschte Opulenz – rote Samtpolster auf den Sitzen, vergoldete Wandleuchter mit elektrischem Licht, Spiegel, die den Raum optisch ins Unendliche weiteten.

»Sie haben nicht an der Ausstattung gespart. Ein Kontrast zum blutigen Geschehen auf der Bühne?«

Lemasque lachte, was bei ihm zur Grimasse geriet, und strich mit den Händen über seinen eleganten Anzug. »Das Theater ist ein Spiegel meiner selbst. Mein Gesicht ist, was auf der Bühne geschieht – das Abstoßende, Grauenerregende –, und der Rest meiner Person ist wie dieser Saal: elegant, gepflegt, vertrauenerweckend. Perfekt, nicht wahr?«

Als Leo langsam weiterging, sagte Lemasque: »Es erinnert mich an eine meiner Rollen in Paris. Ich wurde so ausgeleuchtet, dass man eine Zeit lang nur den Frack, die Lackschuhe und den mit rotem Satin gefütterten Umhang sah. Die Rolle war so angelegt, dass man mich zunächst für den jugendlichen Liebhaber hielt, der die Heldin rettet. Und dann, im entscheidenden Moment, richteten sie den Scheinwerfer auf mein Gesicht. Ich hörte, wie das Publikum aufkeuchte …«

Er sprang leichtfüßig auf die Bühne. »Kommen Sie, Herr Oberkommissar.«

Leo ließ sich hinter die Bühne führen, wo Lemasque ihm die Aufgänge zum Schnürboden und die komplizierte Mechanik zeigte, die das Heben und Senken der Kulissen ermöglichte. Dann stiegen sie eine kleine Treppe in einen dunklen Raum hinunter, in dem Leo gerade noch aufrecht stehen konnte. Lemasque schaltete eine Taschenlampe ein.

Vor ihnen ragten vier Pfosten empor, zwischen denen sich eine dicke Holzplatte befand, die mit Hebeln und Seilzügen versehen war.

»Die Versenkung.«

Leo sah ihn fragend an.

»Sie waren sicher schon mal im Theater. Erinnern Sie sich an den angenehmen Schauer, wenn jemand urplötzlich aus dem Boden auftaucht oder abrupt darin verschwindet? Wie der Teufel in die Hölle? Das geht mit der Versenkung. Große Bühnen haben mehrere, wir nur die eine.«

»Wir stehen jetzt unter der Bühne?«, fragte Leo. Er musste sich gegen die Faszination wehren, die das Theater auf ihn ausübte.

»So ist es. Eine Bühne ist wie ein Eisberg. Die Zuschauer sehen nur den kleinsten Teil, nämlich den, den wir sie sehen lassen. Die Magie entsteht darüber, darunter und daneben.«

Sie gingen durch den dunklen Raum und stiegen am anderen Ende wieder nach oben auf die Bühne. Lemasque blieb in der Mitte stehen und breitete die Arme aus. »Sie kennen doch Shakespeare: ›Die ganze Welt ist eine Bühne. Und Fraun wie Männer bloße Spieler.‹ Unter meinen Füßen ist die Versenkung, die Hölle. Und über mir der Deus ex Machina, so nennt man die Vorrichtung, mit deren Hilfe ein Darsteller von oben auf die Bühne herunterschwebt. Und dazwischen die Menschen.«

»Mir scheint, Sie sind ein Philosoph, Herr Lemasque.«

Der Theaterdirektor senkte die Arme und schüttelte lachend den Kopf. »Das ist zu viel der Ehre. Ich biete den Menschen, was sie wollen – Zerstreuung vom Alltag, die Möglichkeit, ungehindert Ängste und Triebe auszuleben, das Grauen zu genießen.«

Leo sah ihn nachdenklich an. »Sie meinen, man kann die Angst mit der Angst bekämpfen und das Grauen mit dem Grauen vertreiben?«

»Die Menschen können die Angst vor Armut, neuerlichem Krieg oder Krankheit vergessen, indem sie ihre ganze Furcht auf etwas richten, das nicht real ist. Und wenn sie die Aufführung überstanden haben, verspüren sie eine Art Stolz, als hätten sie etwas geleistet.«

»Aber für Sie gilt das nicht, oder?«

Zum ersten Mal zeigte sich ein Anflug von Schmerz in Lemasques Gesicht. »Nein. Ich fürchte mich nicht mehr, weder vor der Wirklichkeit noch vor den Illusionen, die wir aus Holz, Gummi und Farbe erschaffen. Über die Angst bin ich hinaus. Und das ist ein Trost, so seltsam es sich auch anhören mag.«

Es klang wie ein Schlusswort. Sie kehrten in die Werkstatt zurück, wo Walther mit Fleurette plauderte und dabei eine Zigarette rauchte. Er stand auf und kam herüber. Leo bemerkte, dass sein Freund Lemasque nur aus dem Augenwinkel ansah, doch der Theaterdirektor reagierte nicht darauf.

»Falls ich Ihnen sonst noch behilflich sein kann …«

»Wir werden noch die übrigen Angestellten und das Ensemble befragen«, sagte Leo und gab ihm seine Visitenkarte. »Ich danke Ihnen für die Hilfe und die Führung. Sollte Ihnen noch etwas zu dem Verstorbenen oder der Frau einfallen, geben Sie uns bitte Bescheid.«

Im Foyer hatten Sonnenschein und Klein bereits mit der Befragung der Angestellten begonnen, die hinter der Theke arbeiteten. Der Zeichner Hermann Schmidt kam Leo mit dem aufgeklappten Skizzenblock entgegen.

»Das ist ausgezeichnet«, sagte Leo und betrachtete die Zeichnung der jungen Frau, die so lebendig aussah, als hätte sie Schmidt Modell gesessen. »Rüster hat einen sehr genauen Blick.«

»Ich wünschte, alle Zeugen wären wie er«, sagte Schmidt. »Der hat keine Ruhe gegeben, bis alles so war, wie er es in Erinnerung hatte.«

»Ausgezeichnete Arbeit. Wir zeigen das Bild sofort den Leuten, die hier arbeiten.«

»Schon wieder Geld für Schulbücher?«, fragte Leo und sah überrascht von seinem Teller auf. Clara hatte Bratkartoffeln mit Spiegelei und Spinat gemacht, weil Georg sich das Gericht gewünscht hatte.

Sein Sohn nickte. »Fürs nächste Halbjahr. Demmich hat uns das erst gestern gesagt.«

Walter Demmich war sein Deutschlehrer, dessen Ehrgeiz darin bestand, mit der Klasse mindestens ein Werk jedes bedeutenden Schriftstellers der vergangenen hundertfünfzig Jahre zu lesen.

»Was macht ihr denn so?«, fragte Clara beiläufig.

»Goethe. Keller. Fontane. Freytag.«

»Da hat er sich einiges vorgenommen. Soll ich dir die Bücher bestellen?«

Georg schob sich rasch einen Bissen in den Mund und kaute heftig. Er schluckte und schüttelte den Kopf. »Nein, danke, Demmich besorgt sie für die ganze Klasse. Er bekommt einen Rabatt.«

»Möchte noch jemand Bratkartoffeln?«

Marie hob die Hand. »Ich! Die sind so lecker.« Verschwörerisch flüsternd fügte sie hinzu: »Noch besser als die von Tante Ilse.«

Leo schob den Teller beiseite und schaute auf seine Familie. Es kam nicht oft vor, dass sie alle zusammen aßen. Entweder war er im Dienst, Georg bei Wolfgang, Clara noch im Laden, oder sie schrieb an einem Vortrag. Darum genoss er diese Augenblicke umso mehr. Und stellte nicht die Frage, die seit zwei Tagen überfällig war.

Er erzählte von seinem Besuch im Theater und musste neugierige Fragen nach den blutigen Fotografien und Requisiten beantworten, die Georg besonders zu interessieren schienen. Leo lieferte eine zensierte Fassung, um Marie keine Angst zu machen, doch seine Tochter hatte ihn schnell durchschaut.

»Vati, du kannst das ruhig erzählen. Es ist ja nicht echt. Und ich habe bei Clara im Laden *Dracula* gelesen, das ist richtig unheimlich. Mit Vampiren.«

»Jetzt hast du mich verraten«, sagte Clara augenzwinkernd. »Vielleicht ist es schlimmer, wenn man es auf der Bühne sieht.«

Marie schaute sie nachdenklich an. »Wenn ich lese, bin ich allein mit dem, was ich mir vorstelle. Und das ist sehr, sehr unheimlich. Darum gefällt es mir besser, ein Buch über Vampire zu lesen als sie zu sehen.«

Georg lachte. »Ich kann mich erinnern, wie du mal zu mir ins Bett gekrochen bist, weil du Albträume hattest. Jemand hatte dir eine Filmillustrierte gezeigt, da war ein Bild aus *Nosferatu* drin.«

»Der war aber auch wirklich gruselig«, warf seine Schwester ein, und Clara nickte nachdrücklich.

Georg schob seinen Stuhl zurück. »Ich muss noch was für die Schule machen.«

»Warte.« Leo ging in den Flur, nahm sein Portemonnaie aus der Manteltasche und gab ihm zehn Mark.

Georg drückte die Zimmertür zu und lehnte sich mit geschlossenen Augen dagegen. Der Geldschein brannte ihm förmlich in der Hand. Er atmete stoßweise, und sein Herz schlug so heftig, dass ihm fast schlecht wurde.

Er hörte noch die Stimme seines Vaters, die sich wie ein Messer in seinen Kopf bohrte, sah die selbstverständliche Geste, mit der der Vater ihm das Geld gegeben hatte.

Er dachte an Wolfgang, der ihn beschwörend angesehen hatte. »Ich weiß, du brauchst sie nicht. Aber denk nur, wie prima du darin aussehen würdest. Wenn du die trägst, kommt dir keiner mehr dumm. Dann gehörst du wirklich dazu.«

Georg trat an seinen Schreibtisch und öffnete die Zigarrenkiste, die in der obersten Schublade lag. Er hatte das Geld von seiner Zeitungsrunde gespart. Zusammen mit dem Zehner müsste es reichen für die Uniform.

11

Mittwoch, 18. Januar 1928

Am nächsten Morgen ging Leo die Friedrichstraße in Richtung Hallesches Tor entlang. Dreieinhalb Kilometer, schnurgerade, der kürzeste Weg von Nord nach Süd. Darum drängten sich hier Omnibusse, Autos und vereinzelte Pferdefuhrwerke, als gäbe es keine andere Straße in Berlin. Mit jedem Schritt ließ er die Restaurants, Filmstudios und glanzvollen Revuetheater weiter hinter sich. Die südliche Friedrichstraße war unscheinbarer, da fiel die elegante Schweizer Botschaft in der Nr. 31 geradezu auf.

Sie hatten am Vortag das Theaterensemble des »Cabaret«, die Kassiererin und die beiden Frauen, die Erfrischungen verkauften, befragt und ihnen die Fotografie des Toten und die Zeichnung von der Unbekannten vorgelegt. Ohne Ergebnis.

Deshalb hatte Leo die Aufnahme des Toten heute an die Presse gegeben, damit sie am nächsten Morgen oder sogar noch in der Abendausgabe erscheinen konnte.

Niemand außer Albrecht Rüster und einer Frau Henriette Moltke, die im Vorderhaus aus dem Fenster geschaut hatte, hatten die Unbekannte im Innenhof gesehen. Frau Moltke hatte die Aussage des Hausmeisters bestätigt und keine weiteren Erkenntnisse geliefert, auch wenn sie großes Aufhebens um ihre Zeugenaussage gemacht hatte. Sie habe die Frau gesehen und wie das Butterbrot den Besitzer wechselte und sich gewundert, was eine so schäbig gekleidete Person im Hinterhof zu suchen hatte. Davon abgesehen sei sie sehr froh, dass die Polizei sich endlich um dieses Theater kümmere, das dem guten Ruf des … An diesem Punkt hatte der Kollege Klein sich freundlich, aber bestimmt verabschiedet.

Die Zeichnung war bereits vervielfältigt und an die Dienststellen der Schutzpolizei und innerhalb der Mordkommission verteilt worden.

Walther hatte Leo beiseitegenommen. »Warum hast du die Zeichnung nicht auch an die Presse gegeben?«

»So wie Rüster die Frau beschrieben hat, ist sie arm und kann sich kaum verständigen. Sie wirkte verängstigt. Stell dir vor, sie wird erkannt und von Leuten bedrängt, die auf eine Belohnung hoffen und sie gegen ihren Willen aufs Präsidium schleppen wollen. Und wir wissen nicht, was passiert, wenn sie das Bild selbst entdeckt.«

Walther war skeptisch geblieben, doch Leo wollte es zuerst auf anderem Weg versuchen. Ihm war eine Idee gekommen, der er unbedingt nachgehen wollte.

Die beißende Kälte schnitt ihm ins Gesicht. Er senkte den Kopf und stemmte die Schultern gegen den Wind. Er kam an der Markthalle II vorbei, wo ein Fuhrwerk quer auf dem Gehweg stand. Der Fuhrmann versuchte, sein bockendes Pferd zu beruhigen. Die Ladeklappe hatte sich geöffnet, Kartoffeln rollten über Pflaster und Straße. Eine Frau mit Eimer machte sich seelenruhig daran, die Kartoffeln aufzulesen. Leo zwängte sich zwischen Fuhrwerk und Mauer vorbei und blieb dann vor der Nr. 16 stehen.

Im Hausflur suchte er Aufgang 6, an dem ihm ein

Emailleschild mit der Aufschrift *РУЛЬ ГАЗЕТА – Rul-Zeitung* den Weg wies. Oben angekommen, klopfte er an die Tür der Redaktion und trat ein.

Hinter einer Schreibmaschine saß eine Frau. Sie trug die dunklen Haare sehr kurz geschnitten und streng nach hinten gekämmt.

»Guten Morgen, was kann ich für Sie tun?« Sie sprach gut Deutsch, aber mit russischem Akzent.

Leo wies sich aus. »Ich würde gern mit Herrn Josef Wladimirowitsch Gessen sprechen.«

Sie lächelte, als er beim Vatersnamen stockte. Dann stand sie auf und klopfte an die Tür, auf deren Milchglasscheibe in goldenen Buchstaben *ГЛАВНЫ РЕДАКТОР* stand. Leo tippte auf »Chefredakteur«, was naheliegend schien. Die Frau sprach in schnellem Russisch mit jemandem und bat Leo hinein.

Ein Mann mit Halbglatze und einer kleinen runden Brille, dessen Bart an Trotzki erinnerte, kam hinter dem Schreibtisch hervor und gab Leo die Hand. An den Wänden drängten sich Bilder jeder Art – Karikaturen, Fotografien, Zeichnungen und einige Aquarelle, die Leo an den Katalog erinnerten, den er vor sechs Jahren bei der 1. Russischen Kunstausstellung erworben hatte.

»Darf ich Ihnen einen Tee anbieten, Herr Oberkommissar? Sie sehen reichlich durchgefroren aus.«

»Danke, gern.«

Die Sekretärin brachte zwei Teegläser in schön verzierten silbernen Haltern sowie eine Schale Zucker und zwei kleine Löffel. Nachdem sie sich bedient hatten, lehnte sich Gessen auf seinem Stuhl zurück.

»Was kann ich für Sie tun?«

»Sie könnten mir bei der Aufklärung eines Mordfalls

helfen, Josef Wladimirowitsch«, sagte Leo, wie es dem höflichen russischen Umgang entsprach.

»Mein Fachgebiet ist Kunst und Literatur, mit Kriminalistik kenne ich mich nicht aus«, sagte der Redakteur bedauernd.

Leo schilderte kurz den Fall. »Wir wissen nicht, ob der Tote Russe war. Die Frau, die sich nach ihm erkundigt hat, schien allerdings Russisch zu sprechen.« Er holte Fotografie und Zeichnung aus der Tasche und legte beide nebeneinander auf den Schreibtisch. »Erkennen Sie eine dieser Personen?«

Der Redakteur schaute sich die Bilder an und schüttelte den Kopf. »Mit Verlaub, aber Berlin hat vier Millionen Einwohner, darunter viele Russen. Vielleicht hunderttausend? Wir mögen eine Minderheit sein, aber das heißt nicht, dass wir einander alle kennen.«

Leo rührte in seinem Teeglas. »Ich hatte nicht erwartet, dass Sie die Frau kennen. Aber Sie geben die einzige russische Tageszeitung in Berlin heraus. Daraus schließe ich, dass Sie mit dem russischen Leben in der Stadt vertraut sind.«

Gessen nickte. »Ich lebe und arbeite seit Jahren in Berlin. Und werde Ihnen selbstverständlich helfen, soweit es in meiner Macht steht.«

»Es handelt sich offenbar um arme Leute, die bisher niemand vermisst«, sagte Leo. »Der Mann ist seit über zehn Tagen tot, die Frau hat kürzlich nach ihm gesucht. Angenommen, sie sind fremd in der Stadt. Wohin würden sie sich wenden, um Hilfe zu bekommen? Wo würden sie unterkommen? Wer hilft solchen Leuten?«

Gessen überlegte kurz. »Ich nehme an, die Leiche wurde untersucht?«

»Gewiss.«

»War der Tote beschnitten?«

Leo sah ihn überrascht an, dann begriff er die Frage. »Nein, das war er nicht.«

»Gut. Das schließt natürlich nicht aus, dass die Frau Jüdin ist.«

Er griff nach einem Notizblock und begann zu schreiben, während Leo sich an seinem Teeglas wärmte. »Eine erste Anlaufstelle wäre der Hilfsverein der deutschen Juden. Er betreibt eine Einrichtung am Schlesischen Bahnhof, wo man Neuankömmlinge berät und verpflegt. Falls Ihr Paar aus dem Osten stammt, müssten sie dort angekommen sein. Selbst wenn es keine Juden sind, könnten sie dort Hilfe gesucht haben. Wer besonders bedürftig ist, erhält sogar ein wenig Geld.« Gessen klopfte sich mit dem Stift gegen die Lippen. »Dann wäre da der Verband russischer Juden. Dort kümmert man sich vor allem um jene, die sich in Deutschland eine Existenz aufbauen wollen. Der Verband trifft sich einmal in der Woche in der Kleiststraße 11. Ich schreibe Ihnen die Telefonnummer auf. Und dann wäre da natürlich die Gegend um die Grenadierstraße, wo viele Juden aus dem Osten eine erste Unterkunft finden.«

Leo machte sich eine Notiz. Das war etwas für Jakob Sonnenschein. Dessen Eltern wohnten gleich um die Ecke in der Hirtenstraße.

Sonnenschein kannte viele Leute im Scheunenviertel und konnte sich umhören, ohne dass man ihm mit Angst begegnete. Dort war er kein Polizist, sondern der Sohn vom Fleischer Sonenszajn.

»Und wer kein Jude ist – wohin würde der sich wenden?«

Gessen überlegte. »Da wäre noch das Nansenheim am Tempelhofer Feld.«

»Nansenheim?«

Der Redakteur nickte. »Eine Barackensiedlung, ehemaliges Lazarett. Dort sind seit Jahren russische Flüchtlinge untergebracht. Ich weiß nicht, ob Neuankömmlinge dorthin finden würden, aber es lohnt den Versuch. Es gibt auch noch Unterkünfte in Zehlendorf, Adlershof und Karlshorst. Und die große russische Gemeinschaft in Charlottenburg, aber dort wohnen eher gut situierte Emigranten.«

Leo steckte sein Notizbuch weg und reichte Gessen die Hand. »Ich danke Ihnen sehr, Josef Wladimirowitsch.«

»Ich wünsche Ihnen Erfolg. Jeder Tote verdient einen Namen.«

Auf der Straße schaute Leo sich um. Er fand ein Café mit einem Münzfernsprecher und rief im Präsidium an. Als Walther sich meldete, gab er rasch die Anweisungen für den Tag durch. »Sonnenschein soll mit dem Foto des Toten und der Zeichnung von der Frau in die Grenadierstraße und die Hirtenstraße gehen und sie allen Leuten zeigen, die er kennt. Ja, ich weiß, das Foto erscheint morgen, aber dort lesen viele keine Zeitung. Du fährst mit den Bildern zum Schlesischen Bahnhof und zeigst sie beim Hilfsverein der deutschen Juden vor. Hasselmann kümmert sich um den Verband russischer Juden, schreib mal die Telefonnummer mit.«

»Und was machst du?«

»Ich fahre zum Tempelhofer Feld.«

Robert Walther musste nicht lange suchen, bis er den Auswandersaal des Schlesischen Bahnhofs gefunden hatte, da ihm die russische, polnische und jiddische Beschilderung den Weg wies. Er trat ein und sah sich um. Eine Theke, an der Frauen Tee ausschenkten; lange Sitzbänke, auf denen Menschen mit Koffern und Rucksäcken geduldig warteten. Einige hielten dampfende Teebecher umklammert und schauten sich halb hoffnungsvoll, halb ängstlich in dem großen Raum um. An den Wänden hingen Tafeln, ebenfalls in drei Sprachen. Helfer kümmerten sich um die Leute und sprachen auf sie ein.

In einer Ecke standen mehrere Holztische, hinter denen gut gekleidete Männer saßen und die Neuankömmlinge berieten. Plötzlich heulte eine Frau auf, schrill und klagend, und begann sich an die Brust zu schlagen.

»Gefälschte Schiffskarte«, sagte jemand lakonisch hinter Walther.

Er drehte sich um.

Ein schlanker Mann im grauen Anzug deutete mit dem Kopf auf die jammernde Frau. »Das kommt leider öfter vor. Die Leute geben ihr ganzes Geld für die Schiffskarten aus, die sie nach Amerika bringen sollen. Erst bei uns stellen sie fest, dass sie betrogen wurden. Finden sich gestrandet und mittellos in einer fremden Großstadt wieder.« Er musterte Walther. »Sie sehen nicht aus, als würden Sie unsere Hilfe brauchen.«

»In gewisser Weise schon.« Er wies sich aus, holte Fotografie und Zeichnung heraus und zeigte sie dem Mann. »Haben Sie eine dieser Personen hier gesehen?«

Der Mann betrachtete die beiden Gesichter. »Wann soll das gewesen sein? Hier kommen viele Menschen durch.«

»Das weiß ich nicht«, sagte Walther.

»Leider kann ich Ihnen nicht weiterhelfen. Aber Sie können meine Kollegen fragen und die Frauen, die den Tee ausgeben. Die haben einen guten Blick für Gesichter.«

Walther machte die Runde. Er fragte die Männer hinter den Schreibtischen, auch den, der die weinende Frau zu beruhigen versuchte. Doch niemand hatte den Mann namens Fjodor und die mutmaßliche Russin gesehen.

Dann begab er sich zum Teeausschank, wo zwei Frauen in schlichten dunklen Kleidern die Becher aus großen Kannen füllten. Eine dritte stand in einer Ecke und legte Brotscheiben in einen großen Korb.

Beide Frauen schüttelten den Kopf, als er ihnen die Bilder zeigte. Dann drehte sich die eine um. »Trude, komm mal her. Hier ist ein Herr von der Kriminalpolizei.«

Ihre Kollegin zeigte sofort auf die Zeichnung. »Die war hier. Vor zwei Wochen vielleicht. Ich erinnere mich an sie, weil sie ganz schüchtern hereinkam und zu mir herübersah. Ich habe sie hergewinkt. Bei uns gibt es Tee, so viel man möchte, zum Aufwärmen für Leib und Seele. Sie kam herüber, drehte sich aber ständig zur Tür, als ob sie auf jemanden wartete. Ich habe gefragt, woher sie kommt und wie wir ihr helfen können. Sie hat sich nicht getraut, den Mund aufzumachen, so kam es mir jedenfalls vor. Dann fiel ihr die Tasche hin, und als sie sich danach gebückt hat, rutschte etwas aus ihrem Mantelausschnitt. Sie hat es schnell zurückgesteckt, aber ich habe gesehen, was es war.«

Walther schaute sie fragend an.

»Ein kleines goldenes Kreuz an einer Kette.«

»Haben Sie sie weggeschickt?«

Die Frau namens Trude schüttelte den Kopf. »So streng sind wir nicht. Aber sie hat bemerkt, dass ich es bemerkt habe, hat mir den Becher zurückgegeben und ist schnell zum Ausgang gelaufen. Danach habe ich sie nicht mehr gesehen.«

»Und Sie sind sicher, dass es diese Frau war?«

»Ganz sicher. Die Zeichnung ist ihr sehr ähnlich. Auch der Mantel. Wegen der Sache mit dem Kreuz erinnere ich mich so genau an sie.«

Walther gab ihr seine Karte. »Falls Ihnen das genaue Datum einfällt, melden Sie sich bitte.« Er bedankte sich und verließ den Auswandersaal.

»Mein Junge, was kommst denn mitten am Tag hierher?«, fragte Mava Sonenszajn und zog ihren Sohn besorgt am Arm in den Hausflur. »Ist etwas mit Esther? Oder mit dem Kleinen?«

Jakob Sonnenschein schüttelte den Kopf und nahm seine Mutter sanft bei den Schultern. »Nein, Mame, es geht ihnen gut. Niemand ist krank. Ich bin wegen der Arbeit hier.«

Frau Sonnenschein führte ihn in die Küche, drückte ihn auf seinen Stuhl und stellte ihm einen Becher Tee hin. »Ist kaltes Wetter, Jankele. Also trink.«

Er löffelte Zucker in den Tee und nahm gehorsam einen Schluck. Dann holte er Fotografie und Zeichnung aus der Tasche und legte sie auf den Tisch. »Hast du diese Leute hier in der Gegend gesehen?«

Seine Mutter kramte in ihrer Rocktasche und holte eine leicht verbogene Lesebrille heraus, die sie aufsetzte und sorgsam zurechtrückte, bevor sie sich die Bilder ansah. Sie hielt die Fotografie, die den Toten zeigte, vors

Gesicht, dann ein Stück weg, holte sie wieder heran. Danach sah sie ihren Sohn halb strafend, halb neugierig an. »Kommst her und zeigst mir einen toten Mann?«

Sonnenschein zuckte mit den Schultern. »Wir wissen nicht, wer er ist.«

»Sieht nicht aus wie ein Jid.«

»Darum geht es nicht. Es sind arme Leute, vermutlich fremd in Berlin. Mein Chef denkt, sie könnten vielleicht hier im Viertel eine Unterkunft gefunden haben.«

Mava Sonenszajn schüttelte den Kopf. »Hab die noch nie gesehen, Jankele. Könntest aber bei Löws nachfragen, du weißt, vier Häuser weiter. Die vermieten Zimmer. Und in der Grenadierstraße. Da kommen arme Jidden unter, die keinen kennen in Berlin.« Sie wiegte den Kopf. »Sieht aus wie eine Schickse. Aber kannst mal fragen den Meir Rosenbaum und den Fischmann. Die vermieten an jeden, solange er bezahlen kann.«

Sonnenschein stand auf, worauf ihn seine Mutter enttäuscht ansah. »Willst schon gehen?«

»Wir sehen uns am Freitag, Mame, falls ich keinen Dienst habe. Sag Vater, ich lasse ihn grüßen.«

Mit diesen Worten verließ er die Küche.

Er war Polizist geworden, was eigentlich kein Beruf für einen Juden aus der Hirtengasse war, und hatte sich von Jankel Sonenszajn in Jakob Sonnenschein verwandelt, aber seine Eltern hatten ihren Frieden damit geschlossen. Nathan Sonenszajn sprach inzwischen sogar mit leisem Stolz von seinem Jankel, der im Präsidium am Alexanderplatz arbeitete.

Doch wenn er am Freitagabend nicht mit am Tisch saß, wenn seine Mutter die Sabbatkerzen angezündet hatte und der Vater den Kiddusch sprach, ließen die

Eltern ihn beim nächsten Mal ihre Enttäuschung spüren.

Sie respektierten Leo Wechsler. Er war für sie zu einer Art Held geworden, nachdem er die Fleischerei von Nathan Sonenszajn vor fünf Jahren gegen eine Horde judenfeindlicher Schläger verteidigt hatte. Das hatten sie dem Vorgesetzten ihres Sohnes nicht vergessen. Doch sie missbilligten es, wenn die Polizei ihren Jankel vom Schabbesmahl fernhielt oder, schlimmer noch, am Schabbes selbst beanspruchte.

Sonnenschein musste den Zwiespalt verdrängen, damit seine Arbeit nicht darunter litt. Leo hatte ihn zwei- oder dreimal am späten Freitagnachmittag nach Hause geschickt, weil angeblich nichts mehr zu tun war. Er hatte sich bedankt und sich dennoch schlecht dabei gefühlt, da er wusste, dass andere jetzt seine Arbeit taten. Irgendwann hatte er freundlich, aber bestimmt abgelehnt, und Leo hatte es nicht mehr erwähnt.

Als Sonnenschein die Hirtenstraße entlangging, spürte er wieder einmal deutlich, dass er nicht mehr hierhergehörte. Er war in dieser Gegend aufgewachsen, hatte als Kind nur Jiddisch gesprochen und später alle Kraft daran gesetzt, Hochdeutsch zu lernen. Er hatte seine Eltern überredet, ihn auf ein staatliches Gymnasium zu schicken. Sein Vater schwankte bis heute zwischen dem Stolz auf seinen Sohn und dem Kummer darüber, dass sein Jankele das Viertel hinter sich gelassen hatte.

12

MITTWOCH, 18. JANUAR 1928

Leo nahm am Halleschen Tor die U-Bahn-Linie C und fuhr bis zur Endstation. Je weniger er bei der Kälte draußen umherlaufen musste, desto besser. Bevor er ausstieg, wickelte er sich den Schal fester um den Hals und nahm den Ausgang in Richtung Paradestraße.

Im Gehen warf er einen Blick aufs Tempelhofer Feld mit dem neuen Zentralflughafen. Auf der weiten Fläche waren die Abfertigungshallen und die großen Hangars zu erkennen, in denen die Flugzeuge untergestellt waren. Leo hatte erst kürzlich in der Zeitung gelesen, dass der Flughafen schon jetzt aus allen Nähten platzte. Man werde über kurz oder lang wohl ein viel gewaltigeres Gebäude errichten müssen, um dem neuen Zeitalter der Luftfahrt gerecht zu werden.

Der Wind fegte ungehindert über den freien Platz, und Leo war froh, dass er dem Tempelhofer Feld den Rücken kehren konnte. Vor dreißig Jahren war dies der Exerzierplatz der Regimenter gewesen, die hier stationiert waren, in strategischer Nähe zur Eisenbahn, damit man die Truppen so schnell wie möglich zu ihren Einsatzorten bringen konnte. In den ehemaligen Kasernen waren heute Behörden wie das Reichsversorgungsamt untergebracht.

Vor vierzehn Jahren wäre Leo durch ein gewaltiges

Barackenlazarett gelaufen, das stetig angewachsen war, je länger der Krieg dauerte, und das erst 1921 geschlossen wurde. In dessen Resten lebten seither russische Flüchtlinge.

Niedrig und geduckt, als wollten sie sich vor dem kalten Wind schützen, standen die Baracken da. Sie waren aus dunklem Holz gefertigt und wirkten provisorisch, hielten aber seit über zehn Jahren der Witterung stand. Wie kalt musste es jetzt im Winter darin sein, wie unerträglich heiß im Sommer, dachte Leo flüchtig.

Über der Eingangstür einer Baracke, deren Efeubewuchs dem Winter trotzte, hing ein Schild mit der Aufschrift »Nansenheim«. Davor kniete ein Mann, der mit rot gefrorenen Händen einen Blecheimer schrubbte. Er stand auf, als er Leo bemerkte.

»Ja, bitte?« Seine spärlichen grauen Haare waren sorgfältig gekämmt, und er trug eine verblichene Krawatte, die seidig schimmerte. Sein Anzug war abgetragen und glänzte an Knien und Ellbogen, doch der Mann hielt sich gerade wie ein Soldat beim Appell.

Leo wies sich aus, worauf ihn der Mann mit einem ängstlichen Blick bedachte.

»Gibt es hier einen Leiter, an den ich mich wenden kann?«

»Wir haben einen Sprecher, Herr Oberkommissar.« Der Mann sprach bedächtig, als müsste er sich die deutschen Worte zurechtlegen. »Kusmin, Sergej Michailowitsch mein Name. Ich kann Sie zu ihm führen.«

Er deutete auf die geöffnete Tür der Baracke, um Leo den Vortritt zu lassen. Sie kamen durch einen Gang, der von Türen gesäumt war. An einer Wand lehnte ein Fahrrad, ein Stück weiter stand ein Paar abgenutzte Rollschuhe säuberlich auf einem alten Lappen. Der Gang mündete in einen großen Gemeinschaftsraum, der mit einem alten Sofa, einem Sammelsurium von Stühlen und einigen überraschend gut bestückten Bücherregalen eingerichtet war. Ein Kohleofen spendete schwache Wärme, doch die Fensterscheiben waren von innen dünn vereist.

Kusmin deutete auf einen älteren Mann mit grauem Vollbart, der mit einem aufgeschlagenen Buch im Schoß dasaß.

»Ein Kommissar von der Kriminalpolizei, Leonid Grigorjewitsch«, sagte Kusmin und trat respektvoll beiseite.

Der bärtige Mann legte das Buch weg, erhob sich und gab Leo die Hand. »Nowikow, Leonid Grigorjewitsch. Ich bin der gewählte Sprecher unserer Siedlung. Womit kann ich Ihnen dienen?«

Er bot Leo einen Platz auf dem Sofa an, worauf sich Kusmin zurückzog.

Leo schaute sich um. »Sie haben eine beachtliche Bibliothek.«

Nowikow lächelte. »Die so gar nicht zu der elenden Umgebung passt, meinen Sie? Auch wer in einer Holzbaracke lebt, sollte Zugang zu Wissen und anspruchsvoller Zerstreuung haben. Es sind viele Klassiker dabei, Russen, Franzosen, Engländer, Deutsche. Philosophie und Geschichtsschreibung. Wir haben sie im Laufe der Jahre zusammengetragen. Es gibt auch einen Kindergarten in der Siedlung. Wir halten Vortragsabende und spielen Theater.«

»Darf ich fragen, seit wann Sie hier leben?«

»Seit 1922.« Er zuckte mit den Schultern. »Anfangs habe ich noch nach einer anderen Wohnung gesucht, aber seit meine Frau gestorben ist … erscheint es mir nicht mehr wichtig. Hier kann ich etwas bewirken, den Menschen helfen. Früher war ich Professor an der Moskauer Universität, aber in Deutschland habe ich nie eine entsprechende Anstellung gefunden. Also gebe ich Unterricht und verdiene damit genug, um gelegentlich ins Konzert zu gehen oder neue Bücher anzuschaffen. Wenn man alles verloren hat, wird man bescheiden.« Der ehemalige Professor strahlte eine Gelassenheit aus, die seine Worte unterstrich. »Aber Sie sind nicht gekommen, um meine Lebensgeschichte zu hören, Herr Oberkommissar.«

Leo holte Fotografie und Zeichnung hervor und reichte sie Nowikow. »Kennen Sie diese Leute, Leonid Grigorjewitsch?«

Der Professor betrachtete die Gesichter eingehend, zuerst das der Frau, dann das des Toten, wobei seine Augen länger auf Letzterem verweilten. Er wiegte den Kopf und gab Leo die Bilder zurück. »Bedaure, aber ich habe sie noch nie gesehen. Der Mann … ist tot?«

»Ja. Und die Frau hat nach ihm gesucht und wurde von einem Zeugen für eine Russin gehalten. Wir müssen sie unbedingt finden. Man gab mir den Hinweis, mich hier in der Siedlung umzuhören.«

»Wie gesagt, ich kenne sie nicht. Die meisten Bewohner des Nansenheims leben schon lange hier, die Baracken sind eine Art Heimat geworden, auch wenn sie sich ihr Leben in Deutschland anders vorgestellt hatten. Es kommen selten neue Gesichter hinzu. Ich kenne alle, die seit 1922 hier gewohnt haben, und diese Leute habe ich nie gesehen.«

»Ich danke Ihnen, Leonid Grigorjewitsch.« Leo erhob sich.

Nowikow lächelte. »Es tut mir leid, dass ich Ihnen nicht helfen konnte. Wer immer Sie hergeschickt hat, hat es gut gemeint. Ich hoffe sehr, dass Sie Ihre Antworten finden. Es ist traurig, wenn ein Mensch stirbt und niemand etwas über ihn zu wissen scheint.«

Leo kam noch ein Gedanke. »Beziehen Sie hier im Heim Zeitungen?«

»Wir lesen alle großen Tageszeitungen und natürlich *Rul.*«

»Morgen bringen sie ein Bild des Toten. Würden Sie dafür sorgen, dass die Bewohner es sich ansehen? Ich weiß, die Aussichten sind gering, aber ich wäre Ihnen sehr dankbar, Leonid Grigorjewitsch.«

Nowikow nickte. »Sie können sich auf mich verlassen.«

Sonnenschein kam als Letzter ins Büro, die Wangen von der Kälte gerötet.

Leo schob ihm eine Kaffeetasse hin. »Hier, wärm dich auf.«

»Danke.« Er hängte Mantel und Hut an den Wandhaken und ließ sich auf einen Stuhl fallen. »Die Grenadierstraße zieht sich ganz schön, wenn man in jedem Haus haltmacht.«

»Robert hat etwas herausbekommen«, sagte Leo.

»Ich auch«, sagte Sonnenschein. »Sie heißt Jelena. Einen Nachnamen hat sie nicht angegeben. Sie und der Tote haben am 6. Januar eine Schlafkammer bei einem gewissen Herschel Fischmann gemietet. Fischmann hat beide nach den Bildern erkannt.«

»Gut gemacht, Jakob! Hat er etwas über sie erzählt?«, fragte Leo.

»Nicht viel. Zurückhaltend, ärmlich, höflich. Die

Frau spricht kein Deutsch, der Mann nur stockend und unsicher.«

»Hat er zufällig erwähnt, dass beide keine Juden waren?«, warf Walther ein. »Ich habe herausgefunden, dass sie ein goldenes Kreuz als Anhänger trägt.«

Sonnenschein nickte. »Sie hätten anständig gewirkt, und er weise niemandem die Tür, nur weil er anderen Glaubens sei. Wer bezahle und sich benehme, sei ihm willkommen.«

»Wusste er, wie sie auf ihn gekommen sind?«

»Sie haben wohl einfach auf gut Glück herumgefragt. Die Gegend hatte sie angelockt, weil man dort ihre Sprache spricht.«

»Hast du die Frau angetroffen?«

Sonnenschein schüttelte den Kopf. »Fischmann ist mit mir nach oben gegangen und hat geklopft. Es war niemand da. Er schien überrascht, da die Frau wohl fast nie das Haus verlässt. Dann wurde er ungehalten, weil die Miete fällig war und er auf ihre Ehrlichkeit vertraut hatte.«

»Hast du dich nach Fjodor erkundigt?«

»Den Mann hat er schon länger nicht gesehen. Bevor du fragst – er hat sich Fischmann nur als Fjodor vorgestellt, das war offenbar ausreichend.«

»Wir müssen diese Jelena finden«, sagte Leo. »Jakob, du wartest bei Fischmann. Falls sie nicht zurückkommt, rufen wir sie zur Fahndung aus.«

Sonnenschein nickte und zog den Mantel wieder an. Mit seiner freundlichen, zurückhaltenden Art war er am besten für die heikle Mission geeignet; außerdem kannte er sich im Viertel bestens aus.

Jelena hatte lange gesucht, bis sie einen Händler fand, der ihr etwas Brot und ein paar Äpfel für ihre wenigen Münzen verkaufte. Was morgen oder übermorgen werden sollte, wenn sie alles aufgegessen hatte, und was sie dem Hauswirt wegen der Miete sagen sollte, wusste sie nicht.

Sie ging achtlos zwischen den Menschen hindurch, schaute nur auf ihre Füße, hielt den Beutel mit dem Essen fest umklammert. Dann und wann drangen Worte an ihr Ohr, die sie verstand, ein Hauch von Heimat. Doch wenn sie aufsah, wirkte alles fremd.

Anfangs hatte sie auf der Straße jeden angeschaut, nach den Schultern, dem Kopf, dem Gang gesucht, die ihr vertraut waren. Doch nun, da ihre Hoffnung zerfaserte wie ein zu straff gespanntes Seil, wagte sie nicht mehr, nach ihm zu suchen. Nur schnell zurück in das schäbige Zimmer, das sie ein wenig vor der gewaltigen Ödnis dieser Stadt beschützte.

Jelena sehnte sich nach dem Land, den Wiesen und Feldern und kleinen Häusern, dem Dorf, aus dem sie stammte.

Sie erinnerte sich an ihren Schrecken, als der Zug in den Bahnhof eingefahren war, die gewaltige Halle, die vielen Gleise, das Gedränge und Stimmengewirr. Sie hatte noch nie so viele Menschen auf einmal gesehen. Doch Fjodor war bei ihr gewesen, unsicher zwar, aber immerhin in seinem Heimatland.

Sie erkannte das Haus an den ausgetretenen Stufen und der Metallstange, an der man sich den Schmutz von den Schuhen reiben konnte. Sie hatte sich gemerkt, wie die Stufen aussahen, damit sie gar nicht aufblicken musste.

Rasch trat sie in den Flur und wollte zur Treppe huschen, um nicht bemerkt zu werden –

»Frau Jelena?«

Das Brot fiel zu Boden, die Äpfel rollten durch den Flur. Ein Mann mit dunklen Locken bückte sich und sammelte sie auf. Noch kniend, reichte er ihr die Äpfel, die sie wieder in den Beutel steckte, stand auf und schaute den Hauswirt an, der neben ihm stand.

Dieser sagte auf Russisch: »Das ist Kriminalassistent Sonnenschein. Er hat nach Ihnen gesucht und möchte Ihnen helfen. Sie sollen ihn aufs Polizeipräsidium begleiten.«

Jelena sah sich panisch um. Polizei! Warum die Polizei? Was wollte dieser Mann von ihr? Sie hatte für alles bezahlt, hatte nichts genommen, das ihr nicht gehörte … Sie stieß eine Flut von Wörtern hervor, die der Hauswirt übersetzte.

Der Polizeibeamte sah sie freundlich an, einen Hauch von Mitgefühl in den dunklen Augen. Dann sagte er etwas auf Deutsch, und weil Jelena zumindest den wohlbekannten Namen verstand, hob sie schließlich die Hände, als wollte sie sich ergeben.

Sie raffte mit einer Hand den Mantel zusammen, drückte mit der anderen den Einkaufsbeutel an die Brust und folgte dem Mann namens Sonnenschein zur Haustür.

»Es wird später«, sagte Leo zu Clara. Er war bedrückt; Georg lag ihm auf der Seele. Spätestens seit der Geschichte mit dem Friedhof spürte er, dass sein Sohn etwas vor ihm verbarg. Doch Sonnenschein hatte die Russin gefunden, da konnte er unmöglich Feierabend machen.

»Es ist alles gut«, sagte Clara und schaffte es, die kurzen Worte mit so viel Liebe zu füllen, dass Leo beruhigt den Hörer auf die Gabel legte.

Walther hatte Fräulein Anna Andrejewna Melnikowa verständigt, die der Polizei als Dolmetscherin diente. Sie würde helfen, Jelena, die ohnehin eingeschüchtert war, die schockierende Nachricht zu überbringen.

Fräulein Melnikowa saß bei Leo im Büro und trank eine Tasse Kaffee. Sie war Anfang dreißig, mit hellblondem Haar und hellblauen Augen, die immer ein bisschen verwundert blickten und darüber hinwegtäuschten, wie klug und erfahren sie war. Sie war nach dem Krieg als Flüchtling nach Berlin gekommen, hatte schnell Deutsch gelernt und sich eine beachtliche Karriere als Dolmetscherin aufgebaut.

Sie warf einen Blick auf die Fotografien, die den Toten aus dem Schuppen zeigten. »War er ihr Mann oder ihr Verlobter?«

»Er trug keinen Ring. Aber sie hat sehr besorgt, geradezu verzweifelt, nach ihm gefragt. Daher nehme ich an, dass sie einander nahestanden.«

Fräulein Melnikowa nickte und deutete auf den Schreibtisch, auf dem ein Teller mit belegten Broten stand. »Wollen Sie ihr die vorher oder nachher anbieten?«

Er zuckte mit den Schultern. »Warten wir ab, was sich ergibt.«

In diesem Augenblick erklangen Schritte im Flur. Die Tür ging auf, und Sonnenschein führte eine junge Frau in einem verschlissenen Mantel herein. Leo genügte ein Blick, um die Frau von der Zeichnung zu erkennen.

Er gab ihr die Hand und stellte sich vor. Dann deutete

er auf die Dolmetscherin, die ebenfalls ihren Namen nannte und in schnellem Russisch auf Jelena einsprach. Diese sah sie überrascht an und holte tief Luft. Dann antwortete sie mit leiser, aber fester Stimme.

Fräulein Melnikowa deutete auf die Brote, und zu Leos Erstaunen setzte Jelena sich hin und begann zu essen, ohne Gier, aber mit erkennbarem Hunger. Sonnenschein zog sich zurück. Je weniger Leute bei einer heiklen Befragung zugegen waren, desto besser. Leo folgte ihm in den Flur.

»Gute Arbeit, Jakob. Du kannst Feierabend machen.«

Sein Kollege nickte. »Seid behutsam mit ihr. Sie hat bestimmt einiges durchgemacht.«

13

Mittwoch, 18. Januar 1928

Walther saß mit dem Notizbuch schräg hinter Jelena, damit sie sich nicht so beobachtet fühlte. Leo hatte am Schreibtisch Platz genommen, Fräulein Melnikowa neben der jungen Frau.

»Anna Andrejewna, die Zeugin möchte bitte Angaben zur Person machen: Name, Geburtsdatum, Wohnsitz.«

Die Dolmetscherin übersetzte Leos Worte, hörte sich die Antwort an, fragte etwas und schaute Leo an. »Ich weise Sie darauf hin, dass die Zeugin Ukrainisch spricht. Sie stammt aus einem Dorf bei Halytsch in Galizien. Die Sprachen sind allerdings so eng verwandt, dass wir uns gut verständigen können. Es ist auch nicht verwunderlich, dass man sie bisher für eine Russin gehalten hat. Für deutsche Ohren klingen die Sprachen sehr ähnlich. Ihr voller Name lautet Jelena Wladimirowna Nikitina, geboren am 18. April 1896 in Lozy bei Halytsch.«

Sie war älter, als Leo gedacht hatte. Ihre schmale Gestalt und das blasse Gesicht mit den ausgeprägten Wangenknochen ließen sie jünger erscheinen. »Fragen Sie Jelena Wladimirowna, ob sie einen Mann namens Fjodor kennt.«

Die Dolmetscherin wiederholte seine Worte, worauf die Frau heftig nickte und etwas sagte. Leo bemerkte, wie sie mühsam schluckte. Dann stürzten die Worte aus ihr heraus. Sie griff sich an den Hals, als wollte sie nach dem Kreuz tasten, und schaute die Dolmetscherin hilfesuchend an. Diese legte ihr die Hand auf den Arm, bevor sie sich an Leo wandte.

»Er ist ihr Verlobter. Sie ist mit ihm zusammen nach Berlin gekommen. Nun ist er seit Tagen verschwunden.«

»Wie heißt er mit Nachnamen?«

»Das weiß sie nicht.«

»Sie kennt den Nachnamen ihres Verlobten nicht?«

»Sie sagt, es sei nicht wichtig gewesen.«

Als sie Leos ungläubigen Blick bemerkte, fügte sie hinzu: »Die Gegend, aus der sie stammt, ist – wie soll ich sagen – recht rückständig. Die Menschen sind stark bäuerlich geprägt. Bei einer Volkszählung sollten sie einmal ihre Nationalität angeben und nannten sich ›Leute von hier‹.«

Er nickte. »Na schön. Wann hat sie ihn zuletzt gesehen?« Leo warf einen Blick auf die Mappe mit der Fotografie des Toten. Er fühlte sich immer unwohl, wenn er Zeugen schlechte Nachrichten vorenthielt.

Die Zeugin breitete die Finger aus und tippte darauf, als zählte sie die Tage ab.

»Letzte Woche Montag.«

»Also am 9.« Das passte zum mutmaßlichen Todeszeitraum, den Dr. Lehnbach angegeben hatte. »Sie soll bitte schildern, was sich an dem Tag ereignet hat.«

Die Dolmetscherin sprach in ruhigem Ton auf Jelena ein, die die Hände im Schoß verschränkt hatte und nach einer Weile stockend zu sprechen begann.

»Sie sagt, er habe das Zimmer in der Grenadierstraße am Nachmittag verlassen. Er sagte nicht, wohin er wollte.«

Fräulein Melnikowa legte eine Pause ein, während

Jelena verzweifelt einige Sätze hervorstieß und sich mit der Hand an die Brust schlug. »Sie fragt, ob Sie etwas über Fjodor wissen. Sie macht sich große Sorgen. Er ist seit über einer Woche nicht heimgekommen, und sie kennt sich nicht aus und weiß nicht, wen sie fragen soll. Sie hat es bei einem Theater versucht, aber dort konnte man ihr auch nicht helfen.«

»Warum hat sie ihn dort gesucht?«

»Er hatte die Adresse auf einen Zeitungsausschnitt geschrieben, den er immer bei sich trug. Sie hat sich bis zum Theater durchgefragt.«

Leo schlug die Mappe auf.

»Gut, dazu kommen wir später. Zunächst muss ich Jelena Wladimirowna leider bitten, sich diese Aufnahme anzusehen. In der Nähe des Theaters wurde ein Toter gefunden, und wir befürchten, dass es sich dabei um Fjodor handelt.«

Fräulein Melnikowa nahm die Fotografie entgegen und sprach in sanftem Ton auf die Zeugin ein.

Jelena Wladimirowna wurde so blass, dass Walther loslief, um ein Glas Wasser zu holen. Sie streckte eine zitternde Hand nach der Fotografie aus und ließ sie fallen, als hätte sie sich daran verbrannt. Dann sprang sie so abrupt auf, dass ihr Stuhl beinahe umkippte, und sah sich panisch im Dienstzimmer um. Das einzige Wort, das sie wieder und wieder hervorstieß, brauchte Fräulein Melnikowa nicht zu übersetzen.

»Njet! Njet! Njet!«

Dann sackte sie auf dem Stuhl zusammen, vornübergebeugt, das Gesicht in den Händen.

Die Dolmetscherin legte ihr den Arm um die Schultern und nahm das Glas entgegen, das Walther ihr reichte. Jelena richtete sich auf, zitterte aber so sehr, dass sie Wasser auf ihren Rock verschüttete. Sie murmelte vor sich hin, vielleicht ein Gebet, dachte Leo, da Fräulein Melnikowa nicht übersetzte.

»Ich weiß, dass die Zeugin sehr erschüttert ist, aber ich muss sie bitten, den Toten zu identifizieren.«

Jelena bückte sich nach der Fotografie, die sie fallen gelassen hatte, strich sie auf ihrem Schoß glatt und schaute reglos darauf.

Fräulein Melnikowa wiederholte Leos Frage, dann endlich kam die Antwort. Die Stimme klang leise und rau.

»Ja, es ist Fjodor, der Mann, mit dem sie nach Berlin gekommen ist.« Jelena begann zu weinen, die Tränen tropften auf das Bild in ihrer Hand.

»Robert, wir machen für heute Schluss. Ruf bitte Fräulein Wieking an, damit sie sich um die Zeugin kümmert.«

Friedrike Wieking arbeitete mit ihren sechs Kolleginnen in der Inspektion K, der neu gegründeten weiblichen Kriminalpolizei. Sie hatte früher die Frauenhilfsstelle der Polizei geleitet und kannte sich in der Frauenfürsorge bestens aus. Leo hatte sie gebeten, im Präsidium zu bleiben, da er Jelena nicht zurück in die Grenadierstraße lassen wollte. Zum einen befürchtete er, sie könnte in ihrer Trauer und Verwirrung verschwinden, zum anderen sollte sie in dieser Lage nicht allein sein.

Es klopfte, und Fräulein Wieking trat ein. Sie war eine resolute Frau von sechsunddreißig, mit der Leo gute Erfahrungen gemacht hatte. Wie ihre Kolleginnen kleidete sie sich betont sachlich und unauffällig. Die sieben Polizeibeamtinnen ihrer Abteilung hatten es nicht leicht. Es gab immer wieder spitze Bemerkungen und anzügliche Witze, wenn auch meist hinter vorgehaltener Hand.

»Guten Abend, Fräulein Wieking.« Er stellte Jelena vor. »Bitte kümmern Sie sich um eine angemessene Unterkunft für Jelena Wladimirowna. Es sollte jemand anwesend sein, der Russisch oder Ukrainisch spricht, falls sie Beistand benötigt. Sie hat soeben vom Tod eines nahestehenden Menschen erfahren. Außerdem braucht sie ein Abendessen und ein warmes Bad. Morgen früh um neun möchte ich sie wieder hier sehen.«

Fräulein Wieking reichte ihr die Hand, während Fräulein Melnikowa erklärte, was nun geschehen würde. Jelena stand zögernd auf und folgte der Kriminalbeamtin mit gesenktem Kopf aus dem Büro.

Wolfgang klopfte an die Tür. Der Flur war dunkel und eng, es roch nach abgestandenem Essen.

Schritte von drinnen, dann ging die Tür auf.

»Guten Abend, Johanna«, sagte Wolfgang.

Das junge Mädchen hatte die Haare gebleicht und trug ein selbst genähtes Kleid aus Kunstseide. Immerhin saß es recht gut und ließ eine Menge Bein frei.

»Tag, Wolfgang.« Sie ließ die beiden eintreten. »Da haste ja 'nen feinen Herrn mitgebracht.«

Georg folgte den beiden zögernd in die Wohnküche. In der Ecke lugte hinter einem halb geschlossenen Vorhang ein Bett mit buntem Überwurf hervor. Johanna wohnte allein, wie Wolfgang ihm berichtet hatte. Sein Freund hatte angedeutet, dass dieses Arrangement von Vorteil sei und er bei ihr seine Unschuld verloren habe.

»Wollt ihr ein Bier?«

Schon standen drei Flaschen auf dem Tisch. Wolfgang öffnete seine mit weltmännischer Geste, während Georg zögernd danach griff.

Johanna setzte sich und schlug die Beine übereinander. Ihr Kleid rutschte hoch, so dass man ihr Strumpfband sah.

»Du bist 'n bisschen schüchtern, wie?«, sagte sie und schaute Georg prüfend an. »Aber so 'n schickes Jackett. Wie es sich für einen vom Gymnasium gehört.«

Er besaß zwei Jacketts, eins für die Schule, eins für besondere Anlässe, die ihm nie besonders elegant erschienen waren. In der Klasse gab es Jungen, die sich viel teurer kleideten als er, weil ihre Väter höhere Beamte oder Fabrikanten waren.

Georg schaute sich unauffällig um. Johanna wohnte in einem Zimmer, in dem sie kochte, arbeitete und schlief. Es gab keine Bücher, und die einzige Dekoration waren Fotos aus Filmillustrierten, die sie mit Heftzwecken an der Wand befestigt hatte. Eine winzige Kochnische statt einer richtigen Küche. Die Nähmaschine war ramponiert und altmodisch.

Er zuckte zusammen, als sie plötzlich vor ihm stand und ihn am Ärmel hochzog.

»Na los, steh mal auf. Schön gerade, die Arme ausgestreckt.« Sie begann, seine Maße zu nehmen.

Georg merkte, wie ihm warm wurde, als Johanna das Band um seine Brust legte und sich den Wert notierte. Dann kam seine Taille dran. Die Arme. Der Halsumfang. Sie bückte sich. »Beine auseinander.«

Sie legte das Band knapp neben seinem Schritt an und maß bis zum Knie.

Hinter Georg war ein Prusten zu hören. »Mensch, Junge, genieß es, statt wie ein Zinnsoldat dazustehen.«

Georg versuchte, ruhig zu atmen und nicht an Johannas Hand zu denken, die seine Leistengegend streifte.

»So.« Sie richtete sich auf. »Das wird 'ne schicke Uniform. Du kannst so was tragen.« Sie trat einen Schritt zurück, kniff ein Auge zu und musterte ihn. »Weißte was? Du bist einer von denen, die alles tragen können und gut drin aussehen. Und in Uniform biste doppelt so schick. Obwohl ich Braun ja nicht so schön find. Du bist eher der Typ für Blau.«

Georg holte seinen zerknitterten Zehner aus der Hosentasche und war froh, als er auf dem Küchentisch der jungen Näherin lag. Johanna griff sofort danach und ließ ihn in einer Schublade verschwinden, als könnte er es sich noch anders überlegen.

Danach tranken sie ihr Bier, doch Georg wollte weg. Der Raum schien ihn zu erdrücken. Außerdem konnte er nicht jeden Abend so lange wegbleiben, sein Vater würde irgendwann misstrauisch werden.

»Ich muss dann mal los.« Er stand auf und sah Wolfgang an, doch der nickte zu Johanna und zuckte mit den Schultern.

»Hab noch zu tun.«

»Bis morgen dann.«

Er war schon an der Tür, als Johanna sagte: »Für dich beeile ich mich. Die ist morgen fertig.«

Georg nickte und war froh, als er im dunklen Flur stand. Er ging langsam die Treppe hinunter und spürte, wie seine Augen brannten. Er dachte an die Zeit, als er mit seinem Vater und Marie auf den Friedhof gegangen war, als es keine Uniformen gegeben hatte, keine lärmerfüllten Lokale und Mädchen in billigen Kleidern.

14

Donnerstag, 19. Januar 1928

Einen Moment lang fühlte Jelena sich wie daheim. Keine hohen Mauern, keine grauen Häuser, die auf sie herabblickten. Die Bäume waren kahl, standen aber in Gärten, waren von Rasen umgeben, und in der dunklen Erde schimmerten hell die ersten Christrosen.

Sie war schnell gelaufen und lehnte sich an einen Zaun, um Luft zu holen.

In dem Haus waren sie nett zu ihr gewesen, eine Frau sprach sogar Russisch und hatte ihr dicke Suppe und Brot gegeben. Man hatte ihr ein Zimmer gezeigt, vier Betten, saubere Wäsche, ein Stuhl, über den sie ihre Kleidung hängen konnte. Sie hatte sich bis auf den Unterrock ausgezogen, sich vors Bett gekniet und gebetet, das Kreuz mit der Rechten umklammert, und dann hingelegt.

Das Haus war still gewesen. Sie hatte das Zimmer für sich allein gehabt.

Im Bett hatte sie sich auf die Seite gerollt und die Knie angezogen, so wie sie als Kind geschlafen hatte. Hatte sich an den Tag erinnert, an dem sie vor dem Haus gesessen und die späten Kirschen entsteint hatte, die im Garten wuchsen. Sie hatte es wie im Traum getan, ohne hinzusehen, die Augen auf etwas gerichtet, das nur in ihrem Kopf war. Ein Schiff mit geblähten Segeln, eine Oase in der Wüste, eine Stadt mit turmhohen Häusern, lauter Dinge, die sie nie gesehen hatte und nie sehen würde, die sie sich aus Bildern in Illustrierten oder dem, was sie von Wanderarbeitern gehört hatte, zusammenfügte. Eine Welt jenseits der Dorfstraße.

Die Welt rückte näher, aber nicht mit Schiffen und Oasen, sondern mit Geschützdonner, der die Erde erbeben ließ.

Jelena hatte nicht gewusst, um was es ging, wer gegen wen um was kämpfte. Ihr Leben und das ihrer Familie war immer von den Jahreszeiten bestimmt gewesen, vom Reifen des Getreides, von der Obsternte und der Sorge für das Vieh, dem Gebet und den Feiertagen, die dem Jahr einen festen Rahmen gaben.

An diesem Tag war es still gewesen, die Geschütze schwiegen, und so hatte sie sich mit den Kirschen auf die Bank vor dem Haus gesetzt. Ihre Haare waren nicht mit einem Tuch zusammengebunden, sondern fielen offen auf die Schultern. Seit die Mutter gestorben war und der Vater seiner Arbeit nachging, ohne sich um die Tochter zu kümmern, die ihm den Haushalt führte, verzichtete sie auf strenge Regeln. So auch auf das Tuch, das sie früher getragen hatte. Sie genoss die warme Sonne auf den Haaren, während die Kirschen durch ihre Finger glitten.

Er war blond und groß gewesen und hatte ganz anders ausgesehen als die Männer aus ihrem Dorf. Er war den Weg entlanggeschlendert, hatte eine dünne Gerte sausend durch die Luft geschwungen und damit die hohen Gräser geköpft. Er hatte sich lächelnd an die Mütze getippt, auf die Kirschen gedeutet und seinen Mund berührt.

Er hatte freundlich und sorglos gewirkt, und Jelena

hatte es nicht gekümmert, dass er eine fremde Uniform trug.

Schritte schreckten sie aus dem Schlaf. Jemand kam herein, machte das Licht an. Eine weinende Frau sank auf das Bett, das Jelenas am nächsten stand. Sie lugte über die Bettdecke, hörte Frauenstimmen, die sie natürlich nicht verstand. Jemand sprach beruhigend auf die Neue ein, bevor es wieder dunkel wurde.

Die Frau hörte nicht auf zu weinen. Sie warf sich im Bett umher, setzte sich ruckartig auf, dann spürte Jelena eine tastende Hand. Sie wich zurück, bis sie mit dem Rücken an der Wand lag, doch die Hand folgte ihr.

Sie wusste nicht, was die Frau wollte, konnte ihre flüsternden, von Schluchzen erstickten Worte nicht verstehen. Sie wusste nur, dass sie sich fürchtete. Wenn sie in diesem Zimmer blieb, würden die schlimmen Gedanken über sie hereinbrechen, die sie verzweifelt mit den schönen Erinnerungen zu verdrängen suchte.

Also schob sie die Frau beiseite, raffte eilig ihre Sachen zusammen, schlich zur Tür und drückte die Klinke hinunter. Beinahe verwundert bemerkte sie, dass dies tatsächlich kein Gefängnis war. Sie tastete sich durch den Flur, an den sie sich vage erinnerte. Kurz vor der Eingangstür bemerkte sie eine Gestalt, die dort auf einem Stuhl saß. Man wurde also doch bewacht.

Sie machte kehrt. Durch einen Spalt fiel schwaches Licht. Dann stand sie in einer Küche. Sie kletterte auf einen Tisch, öffnete das Fenster dahinter und stieg vorsichtig hindurch. Als sie auf dem Gehweg stand, schaute sie noch einmal zurück und rannte los, bis sie sich drei Straßen weiter erschöpft an einen Zaun lehnte.

»Das kann doch nicht wahr sein, Fräulein Wieking!« Leo hatte die Hand, die nicht den Hörer hielt, zur Faust geballt. »Wie konnte das passieren? Das nennen Sie sichere Unterkunft?«

Walther steckte den Kopf durch die Verbindungstür und deutete fragend auf den Apparat.

»Das mag sein. Es ist nicht Ihre Schuld, aber ich erwarte, dass Sie sich darum kümmern. Wir können nicht öffentlich fahnden, damit verschrecken wir sie nur. Ja, Sie und Ihre Kolleginnen, das wäre der beste Weg. Ich erwarte Ihre Meldung.«

Er legte den Hörer auf und atmete tief durch, bevor er Walther ansah. »Es reicht nicht, dass wir uns mit idiotischen Anrufen beschäftigen müssen, denen zufolge der Tote Kellner in den Kolibri-Festsälen oder Krawattenverkäufer in Treptow war. Jetzt ist uns auch noch die wichtigste Zeugin abhandengekommen.«

»Sie ist abgehauen?«, fragte Walther konsterniert.

Leo zuckte mit den Schultern. »Vermutlich eine Kurzschlusshandlung. Sie stand unter Schock, nachdem sie von Fjodors Tod erfahren hatte. Ich weiß nicht, wie man in dieser Fürsorgeeinrichtung mit ihr umgegangen ist. Jedenfalls ist sie verschwunden.«

»Und die Zeitungen?«

»Bis jetzt nur Wichtigtuer. Ich habe Fräulein Wieking und ihre Kolleginnen mit der Fahndung beauftragt. Wenn wir die Schupos losschicken, fürchtet sie sich nur noch mehr.«

Walther setzte sich ihm gegenüber. »Du warst ziemlich barsch mit der Wieking.«

»Ich habe mich auf sie verlassen.« Leo sah ihn an und seufzte entnervt. »Nein, es hat nichts damit zu tun, dass sie eine Frau ist. Einen Mann hätte ich genauso angefahren.«

Walther grinste. »Das glaube ich dir sogar.« Er schaute sich im Raum um und verschränkte behaglich die Hände hinter dem Kopf, als hätte er nichts Besseres zu tun. »Dann müssen wir wohl warten, bis unsere Zeugin wieder auftaucht.«

»Du kannst gern die Anrufe der Zeitungsleser entgegennehmen, falls du dich langweilst«, sagte Leo sarkastisch.

Walther gab sich beleidigt. »Spielverderber.« Er wollte nach nebenan gehen, machte dann aber abrupt kehrt und ging ins Vorzimmer, wo er kurz mit Fräulein Meinelt sprach. Dann legte er Leo eine maschinegeschriebene Seite auf den Tisch und deutete auf einen Absatz.

»Jelenas Aussage von gestern Abend. Sie sagt, er habe das Zimmer in der Grenadierstraße am Nachmittag verlassen. Er sagte nicht, wohin er wollte. Und er habe einen Zeitungsausschnitt bei sich gehabt.«

Leo schaute Walther an. »Wir haben bei der Leiche keinen Zeitungsausschnitt gefunden. Entweder hat er ihn weggeworfen, oder der Täter hat ihn an sich genommen.«

»Wir müssen sie unbedingt fragen, worum es in dem Ausschnitt ging.«

»Du sprichst noch einmal mit sämtlichen Bewohnern des Vorderhauses von Nr. 27. Zeig ihnen die Bilder. Und frag nach, ob sie die Namen Fjodor und Jelena Wladimirowna Nikitina kennen.«

Walther nickte.

»Und ich sehe nach, was die Fahndung nach unserer Zeugin macht.«

Walther ging in der Halleschen Straße 27 von Tür zu Tür, zeigte seine Bilder, nannte die Namen und erntete Schulterzucken, Kopfschütteln und bedauernde Blicke.

Nachdem er überall geklingelt hatte, stieg er langsam die Treppe hinunter. Auf dem letzten Absatz kniete eine Frau und schrubbte mit einer Bürste die oberste Stufe, neben sich einen Eimer mit Seifenlauge.

»Verzeihung«, sagte Walther und wartete, bis sie aufblickte. Sie hatte ein verwaschenes Tuch um den Kopf gebunden, aus dem graue Haarsträhnen rutschten. Ihm kam ein spontaner Gedanke. »Wohnen Sie hier?«

Die Frau rappelte sich auf und stützte die Hand in den Rücken. »Seh ick so aus?«

»Sie sind also die Zugehfrau?«

»Ja. Und wenn Se jetzt weiterjehn, kann ick ooch meene Arbeit tun.« Sie deutete mit der Hand nach unten.

»Einen Moment, bitte.« Er wies sich aus. »Haben Sie diese Personen schon einmal vor oder im Haus gesehen? Oder im Hof?«

Sie warf einen Blick auf seine Dienstmarke und zeigte mit dem Daumen über die Schulter. »Ach, Sie sind wejen dem Toten inner Schule hier? Den se im Schuppen jefunden ham?«

»So ist es.«

Die Putzfrau betrachtete das Bild des Mannes. »Nee, den hab ick noch nie jesehn. Janz schön schmaler Hering, wa?« Als sie die Zeichnung von Jelena sah, stutzte sie und tippte darauf. »Moment mal. Det Jesicht kommt mir bekannt vor. Ick jloob, die hab ick mal vorm Haus jesehn.«

»Können Sie mir sagen, wann das war?«, sagte Walther rasch und holte sein Notizbuch hervor.

»Dit muss letzte Woche jewesen sein. Uffer Straße hab ick se jesehn, am Morgen, bin jrad jekommen.«

»Sind Sie immer donnerstags hier?«

»Meestens. Aba letzte Woche nich, dit war – ja, Freitag. Am Donnerstag hat meene Cousine jeheiratet, da hab ick jefragt, ob ick uff 'n Freitag wechseln kann.«

Das passte zu dem, was Hausmeister Rüster ausgesagt hatte.

»Sie sind sicher, dass es diese Frau war?«

»Ick kann noch jradeaus kieken, Herr Kommissar.« Walther nahm die Zurechtweisung schweigend hin. »Dit war se. Ick stand vor der Tür und hab noch eene jeraucht, da kam se an und is an mir vorbei in 'n Hof.«

Walther hob die Hand. »Augenblick, bitte, das ist wichtig. Sie standen vor der Tür und die Frau ging an Ihnen vorbei in den Hof. Hat sie irgendwo geklingelt? Oder Sie angesprochen?«

»Zuerst hat se mir nich anjesehn. Dann isse stehn jeblieben und hat mir een Stück Papier jezeigt. Dit war so 'ne Verhuschte, hat mir nich in de Oogen jekiekt. Und da stand die Adresse und Hinterhaus. Also hab ick ihr dahinjeschickt.«

»Haben Sie die Frau danach noch einmal gesehen?«

»Nee, ick hab dann jearbeitet, wie et sich jehört.« Dann schaute sie noch einmal auf die Bilder. »Hat se ihn umjebracht?«

»Wir suchen die Frau, weil sie eine wichtige Zeugin ist.«

»Muss ick irjendwo unterschreiben?«, fragte sie hoffnungsvoll.

»Bitte nennen Sie Ihren Namen und Ihre Adresse, wir melden uns bei Ihnen.«

»Frieda Schulte, Ackerstraße 132–133, dritter Hof.«

Walther steckte das Notizbuch ein und stieg vorsichtig über den Putzeimer.

Frau Schulte schien Gefallen an der Unterhaltung zu finden. »Da is doch dit komische Theater im Hof. Ob die ihr jenommen haben?«

Walther, der schon an ihr vorbei war, drehte sich um. »Genommen?«

»Na, als Schauspielerin. Dit war so eene Schlanke mit jroßen Oogen, da hab ick mir jedacht, die will bestimmt zur Bühne. Die hatte so was Leidendes. In der Schule hab ick mal die heilje Johanna …«

Er trat rasch auf die Straße, bevor Frau Schulte sich in Erinnerungen an alte Schulaufführungen ergehen konnte.

15

Donnerstag, 19. Januar 1928

Der Anruf kam gegen elf. Leo eilte mit Hut und Mantel aus dem Büro, nachdem er Fräulein Meinelt angewiesen hatte, die Dolmetscherin zu verständigen. Diesmal würde er dafür sorgen, dass sich Jelena sicher fühlte. Es mochte nicht vorschriftsmäßig sein, eine Zeugin in einem öffentlichen Lokal zu befragen, doch das Polizeipräsidium, die Rote Burg am Alexanderplatz, wie es auch genannt wurde, hatte schon selbstbewusstere Menschen eingeschüchtert.

Das Lokal befand sich in der Turmstraße, nicht weit von seiner Wohnung. Um diese Tageszeit war es leer, die Gäste für den Mittagstisch waren noch nicht da. Die Wirtin, eine mollige Frau namens Else, begrüßte ihn. »Gleich gibt's Eintopf«, sagte sie, als könnte ihr Eintopf alle Leiden dieser Welt kurieren.

Leo war geneigt, dem zuzustimmen.

Else führte ihn in eine Nische hinter der Theke. Dort saß Fräulein Wieking mit Jelena Wladimirowna, die eine dampfende Kaffeetasse mit den Händen umschloss.

Leo hängte Hut und Mantel auf, setzte sich und nickte der Kriminalbeamtin zu. »Danke, das ging ja schnell.«

Es war keine richtige Entschuldigung, aber ihr Blick verriet Leo, dass sie ihn verstanden hatte.

»Sie war nicht sehr weit gekommen. Anscheinend

hatte sie die Flucht nicht richtig durchdacht, wir fanden sie auf einer Parkbank. Sie hatte kein Geld für Essen dabei und wusste nicht, wie sie zurück in ihr Zimmer kommen sollte.«

Leo bestellte sich auch einen Kaffee und hob die Tasse, als wollte er Jelena Wladimirowna zutrinken. »Charascho.«

Sie nickte überrascht und trank einen Schluck.

»Sie sprechen Russisch?«, fragte seine Kollegin.

»Nur ein paar Wörter.«

Als die Tür aufging und Fräulein Melnikowa hereinkam, sagte er erleichtert: »Das vereinfacht die Sache. Würden Sie stenografieren?«

Fräulein Wieking holte Block und Stift hervor.

Als alle vier saßen und etwas zu trinken vor sich hatten, bat Leo die Dolmetscherin, sich erzählen zu lassen, was seit dem Vorabend geschehen war.

»Jelena Wladimirowna hat sich in dem Heim gefürchtet. Eine Frau ist zu ihr ins Bett gekrochen und hat furchtbar geweint. Das hat ihr Angst gemacht. Daher ist sie weggelaufen. Es tut ihr leid. Sie ist sehr durcheinander und muss ständig an Fjodor denken.«

Er kam zu der Frage, die Walther aufgeworfen hatte: Was hatte es mit dem Zeitungsausschnitt auf sich und was war daraus geworden?

»Der Zeitungsausschnitt ... Das war so. Fjodor und ich leben auf dem Dorf. Wir sind einfache Leute, ich jedenfalls, über ihn weiß ich nicht viel. Er spricht ... er sprach wenig von sich. Er war ein guter Mann, auch wenn er viel gelitten hat und manchmal schwierig war. Dann saß er stundenlang auf der Bank vor dem Haus und hat vor sich hin geschaut. Nicht auf die Felder oder die

Obstbäume, nur auf den Boden vor seinen Füßen. Ich habe eine alte Tante in Lemberg. Als Kind habe ich sie öfter besucht, das war schön. Wir sind in eine Konditorei gegangen, das weiß ich noch. Mir kam das wie die größte Stadt der Welt vor.«

Fräulein Melnikowa hob alle paar Sätze die Hand, damit Jelena innehielt und sie für Leo übersetzen konnte.

»Tante Pelageja ist schon alt und wollte mich noch einmal sehen. Fjodor hat gezögert, aber ich habe ihn überredet. Sie sollte ihn kennenlernen. Wir sind ein Stück mit Vaters altem Pferdefuhrwerk gefahren und haben dann die Bahn genommen. Es war eine lange Fahrt. Fjodor hat sich mit den Händen an den Sitz geklammert und ganz schwer geatmet. Ich hatte ein schlechtes Gewissen, weil ich ihn überredet hatte. Mir selbst macht eine große Stadt auch Angst.« Sie beschrieb einen Kreis mit der Hand, als wollte sie Berlin damit umfassen.

Leo ließ sie erzählen. Er spürte, wie Jelena allmählich selbstsicherer wurde. Sie hatte ihren Kaffee ausgetrunken und nickte, als man ihr einen zweiten anbot.

»Aber das ist nur die Angst einer Frau vom Dorf. Bei Fjodor war es anders. Das kam wohl durch den Krieg. Tante Pelageja hat sich gefreut, uns zu sehen. Sie hatte Kuchen gebacken und Suppe gekocht. Wir saßen in ihrer kleinen Wohnung mit den vielen Bildern. Sie hat von früher erzählt. Dass die ersten Jahre nach dem Krieg schlimm waren und Lemberg jetzt wieder eine stolze Stadt ist. Fjodor war still. Aber er sah aus, als würde er sich wohlfühlen. Tante Pelageja hat uns vom Kuchen eingepackt. Wir sollten etwas Gutes mit nach Hause nehmen.«

Die Wirtin kam an den Tisch und fragte, wer Eintopf

wolle. Leo sah in die Runde und bestellte vier Portionen. Der Kaffee tat Jelena sichtlich gut, da würde ein warmer Eintopf sicher auch nicht schaden.

»Wir sind erst am nächsten Morgen heimgefahren, weil es spät geworden war. Wir haben den Kuchen eingepackt und uns von Tante Pelageja verabschiedet. Sie hat uns gesegnet und gesagt, Fjodor ist ein guter Mann. Dass er Deutscher war, hat ihr nichts ausgemacht –«

»Was? Er war Deutscher?«

»Ja. Er kam im Krieg zu mir …«

»Das hätte ich gern etwas genauer«, warf Leo ein.

Jelena schilderte kurz, dass sein Regiment in der Nähe gegen die Russen gekämpft hatte und er eines Tages im Dorf aufgetaucht war. Nach dem Krieg sei er zu ihr zurückgekommen, einfach so. Er habe nie viel über sich gesprochen.

Leo beschloss, später noch einmal darauf zurückzukommen. »Bitte fahren Sie fort. Ihrer Tante machte es nichts aus, dass Fjodor Deutscher war …«

»Wir müssen alle leben, hat Tante Pelageja gesagt. Lemberg ist eine Stadt, in der sich alles mischt.« Sie hielt inne und schluckte, worauf Fräulein Melnikowa ihr die Hand auf den Arm legte.

»Dann wurde alles anders.«

»Warum?«

»Zu Hause habe ich den Kuchen ausgepackt. Tante Pelageja hatte ihn in eine alte Zeitung eingewickelt. Ich habe gesehen, dass es eine deutsche Zeitung war. In Lemberg sprechen viele Deutsch. Also habe ich zu Fjodor gesagt, schau, eine deutsche Zeitung, willst du sie lesen?«

Leo sah, wie ihr eine Träne übers Gesicht lief. Sie wischte sie mit dem Handrücken ab.

»Was ist geschehen?«

»Fjodor hat sich mit der Zeitung auf die Bank gesetzt, und ich habe Feuer gemacht. Ich wollte Brot backen. Plötzlich stürzte er herein und rief nach einer Schere. Er tat manchmal seltsame Dinge, also habe ich ihm die Schere gegeben. Dann hat er eine Ecke aus der Zeitung geschnitten und in die Hosentasche gesteckt. Die Zeitung hat er ins Feuer geworfen. Er hat zugesehen, wie sie zu Asche verbrannte.«

Die Wirtin wollte den Eintopf servieren, doch Leo gab ihr ein Zeichen, noch zu warten.

»Danach war er nicht mehr derselbe. Er sprach fast gar nicht mehr, berührte mich kaum. Ich habe oft gesehen, wie er auf den Zeitungsausschnitt schaute.«

»Ist das derselbe Zeitungsausschnitt, auf dem er die Adresse des Theaters notiert hatte?«, warf Leo ein.

Jelena nickte.

»Haben Sie nicht versucht, selbst einen Blick darauf zu werfen?«

Fräulein Melnikowa übersetzte.

»Ich habe daran gedacht. Aber … es kam mir falsch vor. Er hatte ihn fast immer bei sich. Und nachts aufzustehen und seine Kleider zu durchsuchen …« Sie schüttelte entschieden den Kopf. »So bin ich nicht erzogen. Eine Frau muss ihrem Mann vertrauen. Und ich kann doch auch kein Deutsch«, fügte sie hinzu.

»Was passierte dann?«

»So ging es ein paar Wochen. Dann hat er sich das Fuhrwerk genommen und ist nach Halytsch gefahren. Er hat mir nicht gesagt, warum. Er ist einfach gefahren. Er kam mit zwei Zugfahrkarten zurück. Wir fahren nach Berlin, hat er gesagt. Ich dachte, er ist verrückt geworden. Doch er hatte über die Jahre etwas gespart und hat alles für die Karten ausgegeben. Willst du nicht mehr hier leben, habe ich ihn gefragt. Doch, aber ich muss nach Berlin fahren. Warum, wollte er nicht sagen.«

Leo nickte langsam. Fräulein Wieking hatte beim Schreiben innegehalten. Was für eine erstaunliche Geschichte.

»Die Fahrt war lang und beschwerlich. Wir haben zwei Tage gebraucht, immer auf harten Bänken, Fjodor konnte nur die dritte Klasse bezahlen. Es war sehr anstrengend. Ich habe nur aus dem Fenster gesehen, weil ich das da draußen gar nicht begreifen konnte. Diese Welt. Es war alles so groß und fremd.«

»Sie sind auf dem Anhalter Bahnhof angekommen und haben dort um Hilfe gebeten, ist das richtig?«

Jelena nickte. »Fjodor ging es nicht gut. Er hat mir erklärt, dass man dort Juden hilft und ich solle mal nach einer Unterkunft fragen. Sie hatten ein Schild auf Russisch an der Tür. Die Leute waren sehr freundlich, aber dann ist mir mein Kreuz herausgerutscht … und ich hatte Angst, dass sie böse werden. Also bin ich gegangen.«

Das deckte sich mit dem, was man Walther erzählt hatte.

»Fjodor hat sich etwas ausgeruht. Dann haben wir einen Gepäckträger gefragt, wo man billig unterkommt. Er hat uns komisch angesehen und in die Grenadierstraße geschickt. Da haben wir Herrn Fischmanns Haus gefunden. Im Fenster war ein Zettel, dass sie Zimmer frei haben. Am zweiten Tag hat Fjodor sich nach draußen getraut. Als er zurückkam, hat er gezittert und wollte nur, dass ich ihn im Arm halte. Am nächsten Tag ging es besser. Ich habe Essen besorgt und sonst nur gewartet. Er wollte mich nicht mitnehmen. Darum kenne ich mich auch nicht aus. Ich kenne nur die Straße und das Zimmer und den Bahnhof.«

»Was geschah dann?«

»Am dritten Tag sah er froher aus, als er nach Hause kam. Er hat mir die Rückseite des Zeitungsausschnitts gezeigt. Dort hatte er eine Adresse aufgeschrieben. Er hat gesagt, bald wird alles gut. Am nächsten Tag ist er wieder losgegangen.« Sie drückte die Handballen vor die Augen. »Danach habe ich ihn nicht mehr gesehen. Als er nicht wiederkam, ging ich los, um ihn zu suchen. Den Zeitungsausschnitt hatte er ja mitgenommen, aber er hatte die Adresse auch auf einen Zettel geschrieben und auf dem Tisch liegenlassen.« Jelena griff in ihre Manteltasche und holte ein zerknittertes Stück Papier hervor. *Hallesche Straße 27, Hinterhaus.*

»Das habe ich Leuten gezeigt. Es war ein weiter Weg zu Fuß, aber ich habe das Haus gefunden. Da war eine Frau. Ich habe ihr den Zettel gezeigt, und sie hat mich in den Hof geschickt.«

Leo, Fräulein Wieking und Fräulein Melnikowa sahen einander an. Er gab der Wirtin ein Zeichen, den Eintopf zu servieren. Die Mahlzeit hatten sie sich verdient.

Danach würde er im Präsidium anrufen. Klein und Becker sollten sich sofort daransetzen, den verdammten Zeitungsausschnitt aufzutreiben. Sobald sie herausgefunden hatten, welche deutschen Zeitungen in Lemberg verfügbar waren, würden sie Jelena die Titelseiten zeigen. Mit etwas Glück würde sie die Zeitung identifizieren, und die Kollegen könnten den Artikel im Archiv finden.

Mühevolle Kleinarbeit, aber unverzichtbar.

»Hallo?«, sagte Walther, nachdem Fräulein Meinelt ihn an den Apparat geholt hatte. »Ja, da sind Sie richtig. Sie haben was? – Oh. Ich bin in wenigen Minuten bei Ihnen. Danke.«

Leos Sekretärin sah ihn erwartungsvoll an. »Endlich ein brauchbarer Hinweis?«

»Sieht so aus, als hätte jemand unseren Toten erkannt. Ein Zeitungsverkäufer, keine fünf Minuten von hier.«

Walther zog Hut und Mantel an und eilte hinaus.

Der Lärm traf ihn immer wieder wie ein Schlag. Die Baustelle am Alexanderplatz würde auf Jahre hinaus bestehen, und die Kollegen, deren Büros zu dieser Seite gingen, wollten schier verzweifeln. Im Winter machte es ihnen nichts aus, bei geschlossenen Fenstern zu arbeiten, doch im Sommer blieb ihnen nur die Wahl zwischen Presslufthammer und Schweißausbruch. Wo nicht die Erde aufgewühlt wurde, riss man alte Mietskasernen ab, um Platz für die U-Bahn und breitere Straßen zu schaffen.

Er ging am Bahnhof vorbei. Links ragte die gewaltige, an den Ecken von Kuppeln gekrönte Zentralmarkthalle auf, die ihn immer ans Präsidium erinnerte. Er hatte seiner Freundin Jenny erzählt, sie sei größer als die Markthallen in Paris und London, worauf sie erwidert hatte, das sei kein Grund, nicht mit ihr dorthin zu reisen. Jenny wollte hoch hinaus, und Walther konnte nur hoffen, dass sie als Sängerin so viel Erfolg haben würde, dass sie ihn einladen konnte. Von seinem Beamtengehalt konnte er sich solche Reisen jedenfalls nicht erlauben.

Er fand den fahrbaren Zeitungsstand an der Ecke Neue Friedrich- und Kaiser-Wilhelm-Straße. Der Verkäufer hatte jeden Zentimeter, den ihm sein Wagen bot, sinnvoll genutzt und präsentierte neben Zeitungen und

Illustrierten auch Zigaretten und Süßigkeiten. Außen an dem Wagen waren mit Holzklammern so viele Zeitungen und Illustrierte befestigt, dass er aussah wie eine Plakatwand voller Rennautos und Filmschönheiten.

Der Verkäufer schaute Walther kaum an, die Augen schon auf den nächsten Kunden gerichtet, der hinter ihm wartete. Dann bemerkte er die Dienstmarke.

»Na, det jing aba schnell.« Er schob zwei Finger in den Mund und pfiff durchdringend, worauf ein halbwüchsiger Junge aus dem Tor der Markthalle stürzte und zu ihm gelaufen kam. »Aufpassen, bin gleich zurück.«

Sie gingen hinter den Stand.

»Klausnitzer, Rudolf?«, fragte Walther.

»Ja. Ich habe vorhin angerufen.«

»Was können Sie mir sagen?«

»Hab vorhin das Bild in der Zeitung gesehen.«

»Und Sie haben den Mann erkannt?«

»So ist es. Der war hier.« Er runzelte die Stirn. »Muss etwa zehn Tage her sein.«

»Sie sehen viele Menschen am Tag, was?«, warf Walther ein.

»Und ob. Ich merk mir nicht alle, falls Sie das meinen. Dieser sah auch gar nicht besonders aus. Hager, bisschen kränklich. Schäbig gekleidet. Ist mir nur aufgefallen, weil er so dastand und sich die Zeitungen angesehen hat. Ich dachte erst, der will Zigaretten klauen und wartet auf den richtigen Moment. Darum hab ich ihn im Auge behalten. Er hat minutenlang auf die Filmzeitschriften gestarrt und auf die Theaterprogramme. Und dann hat er sich geräuspert und mir einen Zettel hingehalten. ›Kennen Sie das?‹, hat er gefragt.«

»Was hat er Ihnen gezeigt?«

Der Verkäufer drückte die Brust heraus, überzeugt von seiner Wichtigkeit. »Einen Zeitungsausschnitt. Da war eine Fotografie von einem Theater drauf, das Cabaret des Bösen. Kennen Sie vielleicht.«

»Sind Sie sicher, dass es dieses Theater war?«

»Bin ich. Ich war mal da. Meine Frau konnte danach nächtelang nicht schlafen. Musste ihr Baldrian besorgen.«

»Können Sie die Fotografie näher beschreiben?«

»Da gibt's nicht viel zu beschreiben. Es war die Fassade des Theaters mit diesen Kirchenfenstern und dem Klopfer mit dem Drachenmaul. Davor stand der Besitzer.«

Walther sah ihn aufmerksam an. »Der Besitzer? Kennen Sie ihn?«

»Nee, aber es stand drunter.«

»Haben Sie dem Verstorbenen Auskunft gegeben?«

»Sicher. Hab ihm die Adresse genannt. Er hat sie auf den Zeitungsausschnitt geschrieben. Ich hab ihm noch auf einem Stadtplan gezeigt, wo die Straße liegt. Dann hat er sich bedankt und ist gegangen.«

»Können Sie mir den Mann beschreiben? Ist Ihnen etwas an ihm aufgefallen?«

Klausnitzer zündete sich eine Zigarette an. »Wie gesagt, ärmlicher Typ. Und er sprach sehr leise, konnte ihn kaum verstehen. Seine Stimme hörte sich an, als würde er wenig reden. Und er schaute immer auf seine Füße, als könnte er einem nicht in die Augen sehen.« Er nahm einen tiefen Zug und stieß den Rauch aus. »Und jetzt isser tot. Armes Schwein.«

16

Donnerstag, 19. Januar 1928

In der Hannoverschen Straße 6 musste Leo immer an den Artikel von Kisch denken, den er vor einigen Jahren gelesen hatte. »Dies ist das Haus der Opfer«, hatte der Reporter geschrieben, ein Satz, der Leo seither begleitete. Er betrachtete ihn als Mahnung, wenn ihm im Dienstalltag das zu entgleiten drohte, worum es letztlich ging: der Blick auf die Opfer.

Er hätte Jelena Wladimirowna Nikitina den Besuch in der Leichenhalle gern erspart, doch sie war die Einzige, die den Toten zweifelsfrei identifizieren konnte. Er wusste, dass er ihr viel zumutete, nachdem sie den ganzen Nachmittag lang ausgesagt hatte. Aber er hatte sich mit Fräulein Wieking beraten, und sie waren zu dem Schluss gekommen, dass es wohl gnädiger wäre als eine weitere Nacht in Ungewissheit.

Viele Menschen hegten noch Hoffnung, solange sie die Toten nicht gesehen hatten. Eine Fotografie konnte man verdrängen, sich einreden, man habe sich getäuscht, sie sei verschwommen und zeige in Wahrheit jemand anderen. Vielleicht redete Jelena sich ein, Fjodor sei überfallen worden und irre nun durch die fremde Großstadt ... Leo hatte oft genug erlebt, dass Menschen zu den unglaublichsten Ausflüchten griffen, um dem Undenkbaren zu entgehen.

Gegen halb sechs trafen sie vor dem hufeisenförmigen Ziegelbau ein. Im flacheren Mitteltrakt mit den großen Bogenfenstern war die Leichenhalle untergebracht. Die Tafel, die gewöhnlich »Leichenschauhaus geöffnet« verkündete, hatte man schon hereingeholt.

Leo klingelte. Er hatte sich bei Dr. Lehnbach angemeldet und darum gebeten, dass man sie sofort zu dem Toten und nicht erst durch die Schauhalle führte.

Dort standen die gekühlten gläsernen Schaukästen mit den unbekannten Toten auf leicht gekippten Brettern, die tagsüber durch das Glasdach beleuchtet wurden, das die Halle überspannte. Wenn an Abenden wie diesem das Mondlicht von oben auf die Toten fiel und sie in einen bläulichen Schein tauchte, ließ das selbst Leo nicht kalt.

Viele Leute kamen her, um sich gratis einen Schauer zu verschaffen, und bei Kindern galt es als Mutprobe, sich an den Wachleuten vorbeizustehlen und einen Blick auf die Leichen zu werfen. Doch wer abends diesen Saal betrat, konnte sich der geisterhaften Atmosphäre schwer entziehen.

Wenigstens dies wollte er Jelena ersparen.

Man hatte Fjodor nicht ausgestellt, da die öffentliche Zurschaustellung einer Leiche das letzte und nicht das erste Mittel bleiben sollte.

Lehnbach begrüßte Leo, Fräulein Wieking, Jelena und Fräulein Melnikowa und führte sie in einen Flur mit vielen Türen. Ihre Schritte hallten auf den Fliesen, und Leo nahm sofort den Geruch von Formalin wahr, der immer in den Räumen hing. Er hörte, wie Jelena neben ihm leise schniefte, und legte ihr behutsam die Hand auf den Rücken.

Lehnbach blieb vor einer Tür stehen und sah zu Leo. Er nickte. »Bereit?«

»Ja, wir sind bereit.«

Die Kriminalbeamtin und die Dolmetscherin blieben auf der Schwelle stehen, während Leo und Jelena dem Arzt langsam folgten. Er trat vor die Reihe metallener Schubfächer und zog eins davon heraus.

Man hatte den Toten so gut wie möglich hergerichtet. Er war bis zum Hals mit einem Tuch bedeckt, um die Einschnitte im Oberkörper zu verbergen. Die Würgemale aber waren deutlich zu erkennen.

Jelena war sehr still. Sie streckte langsam die Hand aus und sah Leo an, als wollte sie seine Zustimmung einholen.

Sie fuhr dem Toten mit dem Zeigefinger über die Wange. Dann ging sie einmal um die herausgezogene Bahre herum, strich über seine Füße unter dem Tuch, berührte seinen rechten Arm und die Schulter. Zuletzt nahm sie ihre Kette ab und sagte leise ein paar Worte.

»Das ist mein Fjodor. Darf ich?«, übersetzte Fräulein Melnikowa, die zu ihnen getreten war.

Lehnbach nickte, schob die Hände unter den Kopf des Toten und hob ihn leicht an, damit sie ihm die Kette umlegen konnte. Dann nickte Jelena einmal knapp, fast militärisch, bekreuzigte sich und verließ den Raum.

Walther und Sonnenschein saßen unterdessen im Präsidium zusammen und überflogen Jelenas Aussage, die Fräulein Wieking zum Abtippen gebracht hatte.

»Ich habe Fjodor im Krieg kennengelernt, im Sommer 1916. Sie kämpften ganz in unserer Nähe, Deutsche und Österreicher und Russen. Man konnte die

Kanonen hören. Ich habe auf der Bank vor unserem Haus gesessen und Kirschen entsteint. Es war ein schöner Tag, und ich habe mir Abenteuer ausgemalt. Auf einmal kam ein Soldat durchs Gartentor, einfach so. Er war groß und blond und wirkte ganz sorglos. Er hat gepfiffen, als wäre es ein Sommertag im Frieden. Er ist auf mich zugekommen und hat auf die Kirschen gezeigt. Ich habe ihm die Schüssel hingehalten, und er hat welche genommen. Dann hat er sich den Bauch gerieben, um zu zeigen, dass sie ihm schmecken.

Nein, ich hatte keine Angst. Er hat mich nicht bedroht. Er war freundlich und hat Kirschen gegen Zigaretten getauscht. Die waren für meinen Vater. Er ist kurz vor dem Frieden gestorben.

Der Soldat hat so freundlich gelächelt und auf meine Augen gezeigt und die Hand auf sein Herz gelegt. Da musste ich auch lächeln. Er hat sich an die Mütze getippt und ist wieder gegangen. Am Tor hat er sich umgedreht und mir zugewinkt.«

Walther schaute seinen Kollegen verblüfft an. »Das muss an die zwölf Jahre her sein! Wieso ist er jetzt erst nach Berlin gekommen? Wo hat er die ganzen Jahre gesteckt?«

Sonnenschein tippte auf die Seiten. »Nicht so ungeduldig, Robert. Du glaubst doch nicht, der Chef hätte vergessen, danach zu fragen.«

»In der Nacht habe ich von ihm geträumt. Am nächsten Morgen hatte ich ein schlechtes Gewissen, weil er Deutscher war. Aber die Russen waren auch

nicht unsere Freunde. Also habe ich gebetet, und die Heilige Jungfrau hat mir verziehen.
Ich musste in den Tagen danach immer wieder an ihn denken. Mein Vater fing schon an zu fragen, ob ich krank bin. Halt lieber das Haus in Ordnung, statt Löcher in die Luft zu starren, sagte er. Er hätte nie geglaubt, dass ich mich in einen deutschen Soldaten verliebt hatte.
Ich war noch nie verliebt gewesen und wusste nicht, wie es sich anfühlt. Doch wenn ich an ihn dachte, wurde mir ganz warm. Nicht wie von der Sonne, es fühlte sich anders an. Von innen warm.
Wir hörten, dass in der Nähe gekämpft wurde. Mein Vater hatte Angst, dass sie bis auf unser Land kommen würden, dass sie unsere Tiere mitnehmen und uns töten und unser Haus anzünden würden. Ich hatte keine Angst. Es war, als ob ich eine Rüstung trug, die niemand außer mir sehen konnte.
Und dann, nach ein paar Tagen, war er wieder da. Ganz früh am Morgen. Ich habe die Hühner gefüttert, das machte ich immer als Erstes, und da stand er, die Uniformjacke über der Schulter, in der Hand eine Tafel Schokolade. Ich hatte seit Jahren keine gegessen, die kannte ich nur von meiner Tante in Lemberg.
Er gab sie mir, und ich steckte sie in die Schürzentasche. Wir sahen uns an, er nahm mir die Futterschüssel aus der Hand und stellte sie weg. Ich sah über die Schulter, ob mein Vater in der Nähe war. Dann hat er mich geküsst. Nicht grob, ganz sanft. So hatte ich es mir vorgestellt, wenn ich an ihn dachte. Es war schön.

Ich weiß nicht, wie lange wir so dagestanden haben. Fünf Minuten, eine halbe Stunde, ich kann es nicht sagen.
Dann ging es ganz schnell. Sie kamen plötzlich, riefen laut: Da ist einer, da ist einer! Es waren Russen, das konnte ich hören. Sie stürmten in den Hof, die Hühner stoben in alle Richtungen davon.
Er sah mich an, ich schob ihn weg, deutete zum Tor. Doch als er davonlief, schossen sie auf ihn, dann haben sie ihn mit sich geschleift. Dabei hat er seine Mütze verloren. Ich habe sie aufgehoben. Sie liegt immer noch bei mir im Schrank.«
(Es wird eine Pause eingelegt, damit die Zeugin sich fassen und etwas trinken kann.)

»Ein Kriegsgefangener, wie wir vermutet hatten«, sagte Sonnenschein, bevor sie weiterlasen.

»Wann ich ihn wiedergesehen habe? Sechs Jahre später. So lange hat es gedauert. Mein Vater war gestorben, ich habe versucht, den Hof zu halten. Es war schwer. Durch den Krieg und die Revolution ging alles durcheinander. Ich konnte die Felder nicht mehr bestellen, weil unser Knecht weggelaufen war. Also habe ich nur Hühner gehalten und Obst auf dem Markt verkauft. Es reichte kaum zum Leben. Zum Glück hatte ich den Garten mit Obst und Gemüse. Und den Buchweizen, den ich angebaut habe. Der macht satt.
Eines Tages habe ich Wäsche aufgehängt, da knarrte das Gartentor. Es musste geölt werden, aber dafür war nie Zeit. Ich habe mich umgedreht – und da

stand ein Mann. Er war dünn und gebeugt. Die Haare hingen ihm fast bis auf die Schultern, sie waren ungekämmt. Er trug eine Hose, die so kaputt war, dass man die Beine sehen konnte. Keinen Gürtel, nur einen Strick. Er hinkte, kam langsam auf mich zu. Ich hatte Angst, er könnte ein Landstreicher sein.

Und dann habe ich seine Augen gesehen. Ganz hellblau. Drum herum waren dunkle Schatten und Falten, aber es waren seine Augen. Er war nach sechs Jahren zurückgekommen.«

Walther und Sonnenschein sahen einander an.

»Ich lese ja keine Liebesromane«, sagte Walther zögernd. »Aber das hier …«

»Ich weiß, was du meinst. Und jetzt liegt er tot in der Hannoverschen Straße.«

»Was er erlebt hat? Er hat nie viel erzählt. Er war nicht mehr der Mann, der damals durchs Gartentor gekommen war. Er hat kaum gelächelt und wenig geredet. Es hatte wohl mit dem Krieg zu tun. Manchmal hat er im Traum gesprochen. Meistens hat er nur ›Njet, njet!‹ gerufen und die Arme vors Gesicht gehalten. Einmal waren wir auf einem Fest. Er wollte nicht mit, ist dann aber doch gekommen, weil ich es wollte. Da hat er Wodka getrunken. Und danach hat er was von der Eisenbahn erzählt und wie schlimm es war. Dass sie geschlagen wurden und kein Essen bekamen und wie viele gestorben sind. Was für eine Eisenbahn das ist, weiß ich nicht.

Wir haben nicht geheiratet, weil er Deutscher ist. Die Leute im Dorf haben uns in Ruhe gelassen, aber ihn zu heiraten wäre nicht richtig gewesen. Wir kamen zurecht. Wir hatten genug zu essen. Fjodor hat das Buchweizenfeld vergrößert und neue Obstbäume gepflanzt. Wir sind arm, aber es ist kein schlechtes Leben.
Ich habe ihn gefragt, wie er heißt. Und er hat gesagt, Fjodor. Ich wollte seinen deutschen Namen wissen, aber er hat gesagt, den Mann gebe es nicht mehr. Also wurde er Fjodor für mich. Das war genug.«

Sonnenschein schob die Blätter beiseite und sah Walther an. »Was für eine Geschichte. Ein deutscher Soldat, der nicht heimkehrt, sondern in ein gottverlassenes galizisches Dorf zu einer Frau zieht, die er nur zweimal gesehen hat. Und dann plötzlich entdeckt er einen Zeitungsartikel, fährt nach Berlin und landet tot im Schuppen neben diesem Schauertheater.«

Walther nickte. »Die Presse wird sich die Hände reiben.«

Es klopfte, Klein und Becker kamen herein.

»Ist Herr Wechsler nicht da?«

Walther schüttelte den Kopf. »Soll ich ihm etwas ausrichten, wenn er kommt?«

»Ja, er hat gesagt, es sei dringend. Es geht um den Zeitungsausschnitt. Die letzte deutschsprachige Zeitung in Lemberg, das *Deutsche Volksblatt für Galizien,* wurde 1918 eingestellt«, erklärte Becker. »Von dort kann der Artikel also nicht stammen. Allerdings gibt es in Lemberg nach wie vor eine aktive deutsche Gemeinde, die sicherlich auch deutsche Zeitungen bezieht. Da von einem Berliner Theater berichtet wurde, können wir annehmen, dass der Artikel aus einer Berliner Zeitung stammt.«

Klein legte einige Titelseiten auf den Tisch. »Die *Vossische*, das *Tageblatt,* die *Morgenpost,* die *B. Z. am Mittag*, die *Berliner Illustrirte Zeitung*. Mit denen können wir beginnen. Sollte die Zeugin keine davon erkennen, machen wir mit den kleineren Blättern weiter.«

»Danke, ich gebe es weiter.«

Walther schaute nachdenklich auf die Uhr. »Es ist schon spät, vielleicht kommt Leo nicht mehr rein. Ich gehe jetzt zur Wieking, fahre mit ihr nach Hause und zeige Jelena die Zeitungen. Falls etwas dabei herauskommt, rufe ich Leo an.« Die Kriminalbeamtin hatte die Zeugin vorübergehend bei sich aufgenommen.

»Brauchst du keine Dolmetscherin?«, fragte Sonnenschein.

Walther schlug sich an die Stirn. »Verdammt. Ruf sie für mich an, und gib ihr die Adresse durch. Sie soll ein Taxi nehmen, Hauptsache, sie ist schnell vor Ort. Leo will morgen zu Lemasque. Er würde ihm sicher gerne den Artikel vorlegen und sehen, wie er reagiert.«

Clara Wechsler sah auf die Uhr. Halb sieben. Sie hatte ganz vergessen, um halb sechs die Ladentür abzuschließen. Sie schrieb an einem Vortrag über neu erschienene Bücher, den sie nächsten Monat an der Freien Sozialistischen Hochschule halten sollte. Clara hatte noch nie in einer solchen Institution gesprochen und war ein bisschen nervös.

Elly Kaiser, die für die SPD im Reichstag arbeitete und hier in Moabit wohnte, hatte Clara vor einer Weile angesprochen. Ob sie Interesse daran habe, in der Hochschule zu sprechen. Keine wissenschaftliche Vorlesung, sie solle von ihren eigenen Leseerfahrungen berichten, um die Hörer zur Lektüre anzuregen. Und Clara hatte, wie es ihr Naturell war, begeistert zugesagt und sich erst nachher gefragt, ob sie der Aufgabe gewachsen war.

Inzwischen machte sie gute Fortschritte. Sie hatte Leo, Ilse und Magda den ersten Entwurf zu lesen gegeben, und alle waren beeindruckt. Sie schob die Blätter zusammen, legte sie in eine Mappe und steckte sie in die Tasche. Dann zog sie Mantel, Hut und Schal an und sah sich noch einmal im Laden um. Dabei fiel ihr Blick auf einen braunen Umschlag, der auf der Theke neben der Kasse lag.

Ein bestelltes Buch. Die Käuferin war alt und konnte kaum noch das Haus verlassen. Clara würde einen kleinen Umweg bis zur Quitzowstraße gehen und es in den Briefkasten werfen.

Sie schloss den Laden ab und ging die Beusselstraße entlang in Richtung Bahnhof. In diese Gegend kam sie selten, meist nahm sie den Weg durch die Turmstraße. Sie fühlte sich unwohl in der Nähe der Bahnstrecke, wo Fabrikschornsteine und die Kräne des Westhafens aufragten und die Tage selbst im Sommer grau und trübe wirkten.

Sie tröstete sich mit dem Gedanken an die warme Wohnung, einen Abend mit Leo und den Kindern, die leckere Suppe, die Ilse gestern vorbeigebracht hatte. Vor der Brücke bog sie nach rechts in die Siemensstraße ab, die nur auf der rechten Seite bebaut war. Links lag der schwach beleuchtete Güterbahnhof, dessen Gebäude sich als Schatten vor der Kulisse des Hafens abzeichneten. Wer unterwegs war, hatte es eilig. Sie sah nur ins Gesicht gezogene Mützen und Hüte und hochgeklappte Kragen, mehr war von den Passanten nicht zu erkennen.

Vor ihr tauchte der kleine Unionplatz auf, dessen Büsche kahl und lustlos wirkten, dann noch drei Häuser weit in die Quitzowstraße, und sie war da. Im Flur suchte Clara den richtigen Briefkasten und schob den Umschlag hinein.

Ihre Schritte wurden beschwingter, als sie das Industriegebiet hinter sich ließ und die Bremer Straße erreichte. Die Gegend wurde vertrauter, und es kam ihr vor, als leuchteten hier selbst die Straßenlaternen heller. So hell, dass sie die beiden Jungen, die plötzlich aus einem Hausflur traten und die Straße überquerten, deutlich sehen konnte.

Clara blieb wie angewurzelt stehen. Sie wollte ihnen hinterherrufen, weil sie hoffte, dass sie sich getäuscht hatte, tat es aber nicht. Sie tat es nicht, weil sie wusste, dass sie Georg erkannt hatte. Ihn und seinen Freund Wolfgang.

Georg, viel zu dünn gekleidet in ein braunes Hemd und eine dunkle Hose, die in dicken Kniestrümpfen steckte. Er trug einen breiten Gürtel und eine Binde um den rechten Arm, auf der ein Hakenkreuz zu sehen war.

17

Freitag, 20. Januar 1928

An diesem Morgen hatte Georg die erste Stunde frei. Clara schob Marie fast zur Wohnungstür hinaus und lehnte sich mit geschlossenen Augen dagegen. Sie hatte nachts lange wach gelegen und immer wieder zu Leo geschaut, der nichtsahnend neben ihr schlief. Er hatte einen langen Tag gehabt und danach noch mit Robert Walther telefoniert. Darum hatte Clara ihm noch nicht erzählt, was sie in der Bremer Straße gesehen hatte.

Sie ging in die Küche, goss sich Kaffee ein und setzte sich Georg gegenüber, der sein Vokabelheft aufgeschlagen neben dem Teller liegen hatte. Er schaute hoch und lächelte verlegen. »Die werden heute abgehört. Ich wollte nur noch mal draufschauen.«

Clara nahm das Heft und klappte es zu. Georg sah sie überrascht an.

»Kommt nicht wieder –«

»Es geht nicht um die Vokabeln.«

Georg setzte sich aufrecht hin und drückte die Schultern durch, als hätte ihn ein strenger Lehrer angesprochen.

Clara schluckte. Sie hatte versucht, sich die passenden Worte zurechtzulegen, aber das war wirklich heikel. Sie liebte Leos Kinder und betrachtete sie als ihre eigenen. Doch in solchen Momenten wurde ihr bewusst, dass sie nicht ihre Mutter war.

Egal, es duldete keinen Aufschub. Sie musste Klarheit haben, bevor sie mit Leo darüber sprach. Und wollte Georg, wenn möglich, dazu bewegen, seinem Vater alles zu gestehen.

»Ich habe dich gestern Abend gesehen.«

Georg zog verwundert die Augenbrauen zusammen, als begriffe er nicht, worauf sie hinauswollte.

»Ich habe auf dem Heimweg noch ein Buch in die Quitzowstraße gebracht. Danach habe ich dich mit Wolfgang in der Bremer Straße gesehen.«

Georg wurde blass.

»Dein Vater weiß es noch nicht. Du solltest es ihm selbst sagen.«

Sein Kopf schoss hoch, seine Augen blitzten. »Dann gibt es ein Riesendonnerwetter. Du weißt, wie er denkt!«

»Wenn du dich erwachsen genug fühlst, um ohne unser Wissen in die Hitlerjugend einzutreten, solltest du dazu stehen. Irgendwann wird dein Vater es ohnehin erfahren, und je länger du es vor ihm verbirgst, desto schlimmer wird es.«

Er zupfte mit den Zähnen an der Unterlippe und sah zur Küchenuhr, als wollte er die Zeiger beschwören. Dann schaute er auf den Teller und schob das Butterbrot mit dem Zeigefinger hin und her. Er sah so jung aus, dass es Clara in der Seele wehtat.

Doch seine Antwort klang trotzig. »Es wird auch jetzt schon schlimm. Du weißt, wie Vati denkt, wenn es um Politik geht. Er hält es mit den Roten, mit Leuten wie Kern …«

»Der von der SA verprügelt worden ist«, warf Clara ein.

»Die Roten sind doch viel schlimmer!« Er holte Luft,

es war fast ein Schluchzen. »Und du bist immer auf seiner Seite. Ihr wollt über alles reden, aber mit Reden schafft man nichts. Den Nationalen geht es um die Zukunft, die vertrauen auf die Jugend, die wollen, dass wir eine bessere Welt aufbauen.«

Clara stand auf und sah ihn entschlossen an. »Georg, du sagst mir bis heute Abend, ob du freiwillig mit deinem Vater sprichst. Länger kann ich das nicht vor ihm verbergen.«

Er wandte sich abrupt ab und ging aus der Küche. Sie hörte nur noch, wie die Wohnungstür zuschlug.

»Erstklassige Arbeit«, sagte Leo und schaute auf die Ausgabe der *B.Z. am Mittag* vom 23.November 1927, die vor ihm auf dem Schreibtisch lag. »Becker und Klein waren verdammt flott. Und wir hatten Glück, dass es die *B.Z. am Mittag* mit dem charakteristischen Schriftzug war. Daher hat Jelena die Titelseite sofort erkannt.«

»Ich habe heute Morgen um halb sieben in der Redaktion angerufen und mich erkundigt, ob und wann sie etwas über Lemasques Theater gebracht haben. Als ich hinkam, hatten sie schon das Datum ermittelt, und ich brauchte nur noch ins Archiv zu gehen und mir die Ausgabe zu besorgen«, erklärte Becker zufrieden. »Und es ist genau, wie der Zeitungshändler es Walther beschrieben hat.«

Die Fassade des Theaters war unverkennbar. Davor stand Louis Lemasque, eine Hand lässig in die Hüfte gestützt, mit der anderen deutete er auf das Eingangsportal mit dem Drachenmaul. Es waren keine weiteren Personen abgebildet.

Darunter war zu lesen:

Unser Tipp für einen erregenden Abend: Seit einigen Jahren betreibt Direktor Louis Lemasque – der mit bürgerlichem Namen Carl-Theodor Immendorf heißt – in einem Kreuzberger Hinterhof ein neuartiges Sensationstheater. Die Idee stammt aus Paris, wo Lemasque sein Handwerk gelernt hat. Bei ihm erlebt das Publikum fesselndes Grauen und prickelnde Schauer, die nicht nur vom Sekt herrühren, der in der Pause angeboten wird.

Louis Lemasque stand vor dem Modell, das Harry ihm gebaut hatte. Der Bühnenbildner hatte nicht einen Tag gebraucht, sondern vier, doch dafür war das Ergebnis umso überzeugender. Ein Miniatur-OP-Tisch mit Hebeln zum Verstellen, Rollwagen für die chirurgischen Instrumente, ein fahrbares Waschbecken, alles aus besonders glattem Holz gefertigt und mit einer silbernen Spezialfarbe versehen, die matt schimmerte und aus der Entfernung tatsächlich wie Stahl aussah.

Lemasque ging einmal um den Tisch herum, auf dem das Modell stand, schob die einzelnen Gegenstände prüfend hin und her, nahm eine Ankleidepuppe, die er für diese Probeszenarien verwendete, und legte sie auf den OP-Tisch. Er schnallte sie mit den winzigen Riemen fest, die Harry dort angebracht hatte, und trat vom Tisch zurück, um das Szenario zu betrachten. Er strich sich nachdenklich übers Kinn und holte eine Taschenlampe aus der Schublade. Dann schaltete er das Licht im Büro aus und hielt die Taschenlampe über den puppenhausgroßen OP-Tisch.

Perfekt.

Er würde das Stück umschreiben und das Bühnenbild

so arrangieren, dass der Operationssaal deutlich realistischer wirkte. Es gab noch Spielraum, was die Schauereffekte betraf. Er zündete sich eine türkische Zigarette an, trat an das Regal mit der Guillotine und strich sanft über die stumpfe Klinge. Sie gaben immer zwei Stücke pro Vorstellung. Diesmal war es die moderne Medizingeschichte, gepaart mit einem Bilderbogen zur Französischen Revolution: historische Persönlichkeiten, die enthauptet worden waren, letzte Worte auf dem Schafott und Blut, viel Blut.

Ihm war eine Idee gekommen, die er unbedingt ausprobieren wollte: Marie-Antoinette bei ihrer Hinrichtung. Die bedauernswerte Königin erhebt ein letztes Mal das Haupt und bettet es auf den Block, bevor sich der Mechanismus hörbar löst, das Beil herabsaust. Der Saal wird dunkel, von überall spritzt warmes Wasser auf das Publikum …

Er lächelte zufrieden.

Es klopfte.

»Ich habe zu tun«, rief er unwillig. Diese Zeit am Morgen gehörte ihm, war seinen Überlegungen und Plänen vorbehalten.

»Louis, der Kommissar ist hier«, sagte Fleurette.

Lemasque öffnete die Tür und schaute von der Maskenbildnerin zu Oberkommissar Wechsler, der hinter ihr im Flur stand.

»Was gibt es denn noch? Ich dachte, es wäre alles besprochen.«

Leo schob Fleurette sanft beiseite und ging an Lemasque vorbei ins Büro. »Wir haben neue Erkenntnisse, Herr Lemasque. Darüber müssen wir uns unterhalten.«

Leo hatte bereits Platz genommen, bevor ihm der

Theaterdirektor den Stuhl vom letzten Mal anbieten konnte.

»Ihr Hausmeister hat uns geholfen, die Phantomzeichnung einer Frau anzufertigen, die hier im Hof gesehen worden ist.«

Lemasque bot ihm eine Zigarettendose an, doch Leo winkte ab. Er selbst zündete sich eine an, schüttelte in aller Ruhe das Streichholz aus und nahm einen Zug, bevor er antwortete. »Und wie kann ich Ihnen behilflich sein?«

»Wir haben die Frau ausfindig gemacht. Sie war hier, weil sie ihren Geliebten suchte. Sein Name ist Fjodor.«

Lemasque zuckte mit den Schultern. »Der Name klingt russisch, ansonsten sagt er mir leider gar nichts.« Sein Gesicht verzerrte sich zu etwas, das wohl ein bedauerndes Lächeln sein sollte.

Leo holte die Zeitung aus der Tasche, schlug sie auf und legte sie vor Lemasque auf den Tisch.

»Bei dem Mann, den die Zeugin Fjodor nennt, handelt es sich um den Toten aus dem Schuppen nebenan. Er kam nach Berlin, nachdem er in Lemberg in einer deutschen Zeitung diesen Artikel entdeckt hatte. Er nahm die weite Reise auf sich und suchte, in Berlin angekommen, nach der Adresse Ihres Theaters. Er erfuhr sie von einem Zeitungsverkäufer und notierte sie auf der Rückseite des fraglichen Artikels. Als er mehrere Tage nicht nach Hause kam, machte unsere Zeugin sich Sorgen. Ihr einziger Anhaltspunkt war die Adresse Ihres Theaters. Also kam sie her und fragte Rüster nach ihm. Er konnte ihr nicht weiterhelfen, da er den Mann noch nie gesehen hatte.«

Das Gesicht des Theaterdirektors ließ keine Regung

erkennen. »Warum sollte dieser Mann von Lemberg nach Berlin kommen, nur weil er etwas über mein Theater in der Zeitung gelesen hat?«

»Das fragen wir uns auch. Wie Sie sehen, werden Sie in dem Artikel namentlich genannt. Und Sie sind auf dem Foto zu sehen. Könnte es sein, dass er Sie erkannt hat?«

Lemasque zog an seiner Zigarette. »Ich kenne niemanden in Lemberg. Ich kann mir wirklich nicht erklären, was diesen Mann hierhergelockt haben sollte.«

»Er war kein Einheimischer, sondern ein ehemaliger deutscher Soldat. Er hat es vorgezogen, in einem fremden Land zu bleiben, statt aus der Gefangenschaft heimzukehren.«

Lemasque beugte sich vor. »Das ist interessant. Und unvorstellbar, nicht wahr? Ich selbst war nie in einem fremden Land gefangen, aber was einen aufrechterhält, sollte doch die Hoffnung sein, in die Heimat zurückzukehren.« Er schien sich für das Thema zu erwärmen. »Wie ich Ihnen bereits erzählte, habe ich eine Zeit lang in Frankreich gelebt. Paris ist eine faszinierende Stadt, der ich viel verdanke.« Er strich sich mit dem Zeigefinger über das Gesicht. »Doch ich hätte mir nie vorstellen können, für immer dort zu leben. Es zog mich zurück in die Heimat.«

»Ich muss Sie der Ordnung halber noch einmal fragen, ob Sie den Toten, bekannt als Fjodor, jemals gesehen haben und ob er dieses Theater aufgesucht hat?«

Lemasque klopfte gelassen die Zigarettenasche ab. »Nein. Dieser Mann war nicht hier. Sein Name sagt mir nichts. Gelegentlich berichten Zeitungen über mich und mein Theater, und es mag sein, dass dieser Artikel bis nach Lemberg gelangt ist. Doch warum dies den Mann dazu bewogen haben soll, nach Berlin zu reisen und nach mir oder dem Theater zu suchen, ist mir unerklärlich.«

Leo wechselte das Thema. »Wie ich dem Artikel entnehme, tragen Sie einen Künstlernamen?«

»Ja, das ist in meiner Branche nicht weiter ungewöhnlich. Ich fand ihn passender als Carl-Theodor Immendorf.« Er deutete auf sein Gesicht. »Die Sinnvielfalt des Wortes Maske erschien mir reizvoll, und das Französische ist eine Reminiszenz an das Land, in dem ich meine Zukunft entdeckt habe.«

Leo erhob sich. »Sollte Ihnen doch noch etwas einfallen, wissen Sie, wo Sie mich finden. Ich schließe nicht aus, dass wir uns noch einmal hier im Theater umsehen müssen.«

Lemasque breitete die Arme aus. »Mein Haus steht Ihnen offen, Herr Oberkommissar.« Er gab Leo die Hand, hielt die Tür auf und zupfte sein blütenweißes Einstecktuch zurecht.

Leo ging nachdenklich zum Askanischen Platz. Er war nicht klüger als zuvor. Louis Lemasque war zuvorkommend und hilfsbereit gewesen. Die Befragungen am Theater hatten nichts ergeben. Sie konnten nicht beweisen, dass Fjodor jemals dort gewesen, geschweige dort getötet worden war. Oder dass jemand aus dem Theater das Tor in der Mauer genutzt hatte, um sich der Leiche zu entledigen. Oder dass jemand dort ein Motiv besaß.

Und doch liefen die wenigen Spuren, die sie hatten, im Cabaret des Bösen zusammen.

Ein wohlhabender Theaterdirektor aus Berlin und ein

ärmlicher Toter aus Galizien. Beide hatten im Krieg gekämpft, beide hatte er für immer gezeichnet. Und wenn Jelena die Wahrheit sagte, hatte Fjodor, ein zutiefst verstörter Mann, den weiten Weg nach Westen auf sich genommen, um dieses Theater aufzusuchen. Was hatte er hier gewollt?

Vor dem Hotel Excelsior blieb Leo stehen. Was hatte Lemasque bei seinem ersten Besuch im Theater doch gleich gesagt?

Sie können mich ruhig anschauen, das bin ich gewöhnt. Und um Ihre unausgesprochene Frage zu beantworten: Kriegsverletzung.

Lemasque hatte nicht erwähnt, wo er gekämpft hatte. Angenommen, die Männer kannten sich von der Ostfront?

Leo ging schneller. Er wollte zum U-Bahnhof Friedrichstadt und dort die A1 zum Alexanderplatz nehmen. Er würde Sonnenschein mit weiteren Recherchen beauftragen, darauf verstand er sich besonders gut. Auf einmal bemerkte er eine bekannte Gestalt.

»Tag, Heinz.«

Der Gymnasiast blieb wie ertappt stehen und sah Leo verlegen an.

Der warf einen Blick auf die Uhr. Kurz vor elf. »Müsstest du nicht längst in der Schule sein?«

Heinz Baumgarten schluckte und nickte. »Meine Mutter ist krank, ich musste den Doktor holen. Mein Vater hat Frühdienst. Der Doktor hatte noch andere Patienten, da musste ich warten.« Er trat von einem Fuß auf den anderen. »Ich hoffe, ich kann die Entschuldigung nachreichen.«

Leo überlegte kurz und deutete auf eine Kaffeestube

mit beschlagenen Scheiben. »Ich kaufe dir einen Kakao. Dann bringe ich dich persönlich zur Schule und entschuldige dich.«

Der Junge sah ihn aus großen Augen an, bevor er zögernd mitging.

Leo bestellte einen Kakao und eine Schrippe und für sich einen Kaffee. Mit dem Jungen allein und außerhalb der Schule zu sprechen konnte nützlich sein.

Baumgarten wirkte jetzt etwas mutiger und biss herzhaft in die Schrippe. Die Luft in der Kaffeestube war dick vom Rauch, aber wohltuend warm.

»Was hat deine Mutter denn?«

»Sie hat es an der Lunge. Und macht sich Sorgen, wenn sie nicht putzen gehen kann. Der Doktor sagt, sie ist zu früh aufgestanden und hat einen Rückfall erlitten.«

Die Mutter ging putzen, damit es für das Schulgeld reichte, dachte Leo.

»Ich hoffe, es geht ihr bald besser. Sag mal, Heinz, was erzählt man sich in der Schule über den Toten im Schuppen?«

Der Junge sah ihn überrascht an. »Ach, nur Gerede. Einer hat gesagt, das wäre ein Sohn vom letzten Zaren. Aber die haben sie doch alle erschossen, oder?«

»So wurde jedenfalls berichtet. Du erinnerst dich doch an die Frau, nach der wir euch gefragt haben.«

»Die Russin?«

»Ja. Wir haben sie gefunden. Sie hat den Toten identifiziert.«

Der Junge wischte sich den Mund ab. Sein Gesicht verriet seinen Stolz darüber, von einem Kriminalbeamten ins Vertrauen gezogen zu werden.

»Dann wissen Sie, wer's getan hat?«, fragte er eifrig.

»Noch nicht, aber wir kommen voran. Wir wissen, dass der Tote in das Theater wollte. Und fragen uns, wen oder was er dort gesucht haben mag. Schade, dass du nichts darüber weißt.« Er behielt Heinz im Auge.

Der Junge räusperte sich. »Über das Theater weiß ich wirklich nichts.« Es klang, als wollte er eigentlich noch etwas hinzufügen.

»Aber …?«

Der Junge wurde rot und biss sich auf die Lippe, sah verstohlen zur Tür. Leo spürte, wie angespannt er war.

»Heinz, wenn du etwas weißt, das zur Aufklärung eines Mordfalles beitragen kann, musst du es mir sagen.«

»Auch wenn ich Ärger bekomme?«

»Du meinst, mit dem Direktor?«

Kopfschütteln. »Mit Rath.«

»Hör mal.« Leo legte Heinz die Hand auf die Schulter. »Wenn es dazu beiträgt, den Fall aufzuklären, tust du nur deine Pflicht.«

»Na gut. Also, der Werner Rath arbeitet für den Mann, dem das Theater gehört.«

»Was heißt das, er arbeitet für ihn?«

Der Junge zuckte mit den Schultern. »Weiß ich nicht genau. Er tut immer sehr geheimnisvoll.«

»Und das hat er ausgerechnet dir anvertraut?«, fragte Leo zweifelnd.

Heinz grinste. »Das war Zufall. Vor ein paar Monaten hatte ich Schulhofdienst nach der letzten Stunde. Als ich nach Hause gehen wollte, kam Werner aus dem Innenhof von Nr. 27. Als er mich sah, guckte er ganz komisch. Dann hat er mich in eine Ecke gedrängt und mir Schokolade versprochen, wenn ich keinem was sage. Am nächsten Tag hat er mir eine Tafel mitgebracht.

Ich habe gefragt, was er da gemacht hat. Und da hat er mir erzählt, dass er für den Fratzenmann arbeitet.«

»Den Fratzenmann?«

»So hat er ihn genannt. Ich kenne den nicht, aber Werner hat gesagt, der sieht ganz gruselig aus. ›Der braucht gar keine Maske‹, hat er gesagt.«

»Und warum solltest du keinem erzählen, dass er sich was dazuverdient?«, fragte Leo.

»Sein Vater ist sehr streng. Aber Werner raucht. Und ich glaube, er trinkt auch schon mal ein Bier«, fügte Heinz vertraulich hinzu. »Dafür braucht er Geld.«

Leo bezahlte und ging mit Heinz in Richtung Gymnasium. »Und er hat es uns verschwiegen, damit sein Vater nicht davon erfährt?«

»Genau.«

Nachdem Leo ihn im Sekretariat abgeliefert und eine Entschuldigung wegen Fehlens unterzeichnet hatte, begab er sich auf dem schnellsten Weg zur U-Bahn.

18

Freitag, 20. Januar 1928

Frau Irene Rath schaute Leo Wechsler missbilligend an, nachdem das Hausmädchen ihn in den Salon geführt hatte. Eine Wohnung in Wilmersdorf, Beletage, Parkettböden, Antiquitäten, Ölgemälde, ein Hort bürgerlichen Wohlstands. Leo war nicht überrascht, wenn er an die Begegnungen mit Vater und Sohn dachte. Beide verströmten eine selbstverständliche Überlegenheit, die typisch für diese Klasse war. Er war mit der Zeit dagegen immun geworden.

»Ich hatte noch nie die Kriminalpolizei im Haus. Worum geht es denn?«

Frau Rath trug ein graues Seidenkleid, das perfekt zu ihren dunklen Haaren passte, in denen die ersten silbernen Strähnen schimmerten und die sie, entgegen der herrschenden Mode, zu einem Knoten frisiert trug. Einreihige Perlenkette mit passenden Ohrsteckern, dezent, wie es sich für eine Dame gehörte.

Immerhin hatte sie Leo einen Platz angeboten, wenn auch auf einem ungepolsterten Stuhl.

»Geht es noch um diesen obskuren Mordfall in der Schule?«

»Solange dieser *obskure Mordfall* nicht aufgeklärt ist, geht unsere Arbeit weiter.«

Sie ließ sich nicht anmerken, ob sie Leos Sarkasmus

bemerkt hatte. »Gewiss, aber was habe ich damit zu tun?«

Leo ließ sich Zeit mit der Antwort. »Kennen Sie das Theater, das sich im Hof neben dem Askanischen Gymnasium befindet?«

»Nein.«

»Es nennt sich Cabaret des Bösen.«

Um ihren Mund zuckte es spöttisch. »*Wir* gehen in die Oper, Herr Oberkommissar, nicht ins Schauertheater.«

»Wir vermuten, dass der Tote, den man in der Schule gefunden hat, mit dem Theater zu tun hatte.«

»Ich fürchte, mir ist immer noch nicht klar, worauf Sie hinauswollen.«

»Wir haben nach einer Verbindung zwischen Schule und Theater gesucht. Und sind fündig geworden.«

Ihr kühler Blick ruhte unverwandt auf ihm.

»Es gibt einen Schüler am Askanischen Gymnasium, der sich im Theater etwas hinzuverdient.«

»Und warum kommen Sie damit zu mir?«

»Weil der fragliche Schüler Ihr Sohn ist.«

Frau Rath stemmte die Hände auf die Armlehnen ihres Sessels, als wollte sie aufspringen. »Werner hat es nicht nötig, in irgendeinem Hinterhoftheater auszuhelfen. Er bekommt genug Taschengeld. Wer behauptet so etwas?«

»Es gibt eine glaubwürdige Zeugenaussage. Haben Sie davon gewusst?«

»Natürlich nicht.« Frau Rath stand auf und ging im Zimmer auf und ab. »Können Sie das diskret behandeln?«

Leo zog die Augenbrauen hoch. »Wie meinen Sie das?«

»Ich würde es vorziehen, die Angelegenheit mit Werner selbst zu klären. Mein Mann soll es nicht erfahren.«

Eine Mutter, die sich als Barriere zwischen Vater und Sohn stellte, vielleicht aus bitterer Erfahrung. Offenbar fürchtete sich Werner Rath vor seinem Vater, der große Erwartungen in ihn setzte. Das hatte auch Heinz Baumgarten angedeutet.

»Frau Rath, es geht hier nicht um eine familiäre Angelegenheit, sondern um ein Kapitalverbrechen.«

»Sie wollen doch nicht behaupten, Werner hätte etwas mit dieser ... Sache zu tun? Er macht im nächsten Jahr sein Abitur, es geht um seine Zukunft. Und um den guten Ruf unserer Familie.«

»Im Augenblick geht es vor allem darum, Ihren Sohn als Zeugen zu hören. Möglicherweise hat er etwas gesehen oder gehört, das zur Aufklärung des Falles beitragen kann«, erwiderte Leo ungerührt.

»Aber Sie haben ihn doch schon in der Schule befragt.«

Allmählich verlor Leo die Geduld. »Ihr Sohn hat Ihnen – und uns – verschwiegen, dass er in diesem Theater aushilft, weil er sich vor dem Zorn Ihres Mannes fürchtet. Falls er etwas weiß, konnte er es uns nicht sagen, sonst wäre sein Geheimnis aufgeflogen.«

Sie blieb stehen und ballte die Hände zu Fäusten. »Na gut. Darf ich Ihnen einen Vorschlag machen?« Die Worte kosteten sie sichtlich Überwindung. »Ich spreche mit Werner und sorge dafür, dass er zu Ihnen ins Präsidium kommt. Dafür erfährt mein Mann vorerst nichts davon.«

Leo nickte. »Vorerst. Wie es weitergeht, hängt davon ab, was Werner uns erzählt.«

Wie groß die Angst des Sohnes vor dem Vater sein musste, dachte Leo, als er das Haus verließ. Und erinnerte sich daran, wie lange er schon sein Gespräch mit Georg aufgeschoben hatte.

Jakob Sonnenschein saß im Lesesaal der Volksbücherei in der Adalbertstraße, vor sich ein aufgeschlagenes Notizbuch, in dem er sich Leos Stichpunkte notiert hatte. Er klopfte mit dem Bleistift gegen die Lippen und ließ die Augen über die Regale schweifen, wobei sein Blick auf einen schlanken Mann fiel, der über einen Karteikasten gebeugt dastand.

Sonnenschein ging zu ihm hinüber und räusperte sich höflich.

Der Mann blickte auf. Ein schmales, kluges Gesicht, aufmerksamer Blick, eine Halbglatze, für die er eigentlich zu jung wirkte.

»Ja, bitte?«

Sonnenschein wies sich aus, worauf der Mann leicht bestürzt aussah. »Ist etwas passiert? – Mein Name ist Philipp Schaeffer, Bibliotheksangestellter.«

»Verzeihung, ich habe heute nur eine Recherchefrage«, sagte Sonnenschein, der sich nicht an die Sorge gewöhnen konnte, die sein Erscheinen oft in den Leuten weckte.

»Da bin ich aber erleichtert«, sagte Schaeffer. »Bei uns sterben die Menschen gewöhnlich nur zwischen zwei Buchdeckeln.«

»Ich möchte etwas über die Gegend von Halytsch in Galizien erfahren. Vor allem, was das Kampfgeschehen im letzten Krieg betrifft.«

Schaeffer sah ihn überrascht an. »Ich wusste gar nicht,

dass sich Kriminalbeamte mit Militärgeschichte beschäftigen. Das muss ein interessanter Fall sein.«

Sonnenschein nickte. »Können Sie mir helfen?«

»Ich denke schon.« Der Bibliothekar lächelte, während er Sonnenschein aus dem Lesesaal führte. »Welch glücklicher Zufall, dass Sie bei mir gelandet sind. Ich bin nämlich in St. Petersburg geboren und habe dort studiert.«

»Sie haben den Krieg dort verbracht?«

»So kann man es nennen. Meine Familie und ich wurden nach Archangelsk verbannt und haben dort bis Kriegsende gelebt. Wir sind erst nach dem Frieden von Brest-Litowsk zurückgekehrt.« Er öffnete eine Tür und ließ Sonnenschein eintreten. »Wir leben seit zehn Jahren in Deutschland.«

»Es hat Sie von St. Petersburg und Archangelsk in eine Berliner Volksbücherei verschlagen?«

Schaeffer zuckte mit den Schultern. »So kann es gehen.« Er trat an ein Regal und zog mehrere Bücher heraus, die er an Sonnenschein weiterreichte. »Ich weiß nicht, wie detailliert die Informationen sein müssen. Falls Sie mehr brauchen, würde ich Sie an die Stadtbibliothek oder die Archive des Reichswehrministeriums verweisen, Herr Sonnenschein.«

Sie kehrten in den Lesesaal zurück, wo Sonnenschein sich bei Schaeffer bedankte und sich mit den Bänden an einem gut beleuchteten Tisch niederließ.

Bericht von Kriminalassistent Jakob Sonnenschein über die Nachforschungen in der Volksbücherei Adalbertstraße, mit Unterstützung durch Herrn Philipp Schaeffer:

Die fragliche Front verlief auf einer Breite von vierhundert Kilometern, auf denen sich die Streitkräfte des Deutschen Reichs, Österreich-Ungarns und Russlands gegenüberstanden. Uns ist bekannt, dass sich der Tote während des Krieges und in der Nachkriegszeit im Dorf Lozy bei Halytsch aufgehalten hat. Die Gegend gehörte damals zu Österreich-Ungarn, die vorherrschende Sprache war Ukrainisch. Dies wird durch Aussage der Jelena Wladimirowna Nikitina bestätigt.

Die Zeugin gab zu Protokoll, dass sie den Toten im Sommer 1916 kennengelernt habe, ohne einen genauen Zeitpunkt zu nennen. Im Juni 1916 befand sich nur eine einzige deutsche Division in Galizien, da dort größtenteils österreichisch-ungarische Truppen kämpften. Im August 1916 hingegen befanden sich bereits 54 deutsche Divisionen an dieser Front. Angesichts der Bedrohung durch die sogenannte Brussilow-Offensive waren massiv deutsche Truppen nach Galizien verlegt worden, um die Armee Österreich-Ungarns zu unterstützen. Ich konnte keine genauen Angaben darüber finden, wie viele deutsche Soldaten in der Gegend stationiert waren. Laut Verlustlisten fielen im Verlauf der Brussilow-Offensive etwa 128.000 deutsche Soldaten, während 20.000 in Gefangenschaft gerieten. Der Tote dürfte einer dieser 20.000 Kriegsgefangenen gewesen sein.

Welche deutschen Regimenter dort stationiert waren, lässt sich bei der Verwaltung der Reichswehr oder den zuständigen Kriegsministerien herausfinden. Zur allgemeinen Information empfahl man

mir den Bericht ›Unter Kriegsgefangenen in Rußland und Sibirien 1914–1920‹ von Elsa Brändström, den ich mir ausgeliehen habe und umgehend lesen werde.
Wir müssen herausfinden, zu welchem Regiment der Tote gehört hat. Dazu sind jedoch Nachforschungen in den o. g. Einrichtungen erforderlich.

Leo legte den Bericht lächelnd beiseite. Das war typisch Jakob – korrekt, sachlich, kein einziger Tippfehler. Genau der richtige Mann, um herauszufinden, ob Lemasque und Fjodor einander an der Ostfront gekannt hatten. Leo beschloss, bei Fräulein Wieking vorbeizugehen und Jelena noch einmal zu Fjodors Kriegserlebnissen zu befragen.

Er rief Clara an, um ihr Bescheid zu sagen, dass es später würde. Sie klang seltsam verhalten.

»Was ist los? Habe ich eine wichtige Verabredung vergessen?«

Er spürte ihr Zögern.

»Nein. Ist schon gut.« Sie räusperte sich. »Ich habe Marie versprochen, dass wir uns das Chemiebuch anschauen, das ich für sie bestellt habe. Ich stelle dir das Essen warm. Bis nachher, Leo.«

Er legte auf und ließ die Hand nachdenklich auf dem Hörer liegen, den Blick auf die Tischplatte gerichtet. Clara beschwerte sich nie, wenn er später nach Hause kam oder am Wochenende im Dienst war. Es war nicht ihre Art, zumal sie eigene Interessen und Freundinnen hatte, mit denen sie Zeit verbrachte.

Etwas stimmte nicht. Er würde sich beeilen, damit er möglichst bald zu Hause war.

Fräulein Wieking nahm ihn im Flur beiseite. »Herr Wechsler, ich weiß nicht, wie lange ich sie hier beherbergen kann. Mal angenommen, sie hätte doch etwas mit dem Mord zu tun? Wenn sich herausstellt, dass sie bei einer Kriminalbeamtin gewohnt hat …«

Leo spürte die unausgesprochene Sorge, die in ihren Worten mitschwang. Die weibliche Kriminalpolizei war noch neu, viele Kollegen begegneten den Frauen herablassend und nahmen sie nicht ernst. Da konnte sie sich kein Gerede leisten.

»Nur noch die eine Nacht«, bat er. »Ich kenne eine Ärztin. Sie kann ihr vielleicht eine Unterkunft besorgen, die sie nicht an Polizei und Gefängnis erinnert.«

Fräulein Wieking nickte und führte ihn ins Wohnzimmer, wo Jelena auf dem Sofa saß und ein Kartenspiel vor sich aufgefächert hatte. »Sie legt Patiencen, das scheint sie zu beruhigen. Leider können wir uns nur in den gröbsten Alltagsdingen mit Handzeichen verständigen – essen, trinken, waschen, schlafen.«

Dann klingelte es. »Ich habe Fräulein Melnikowa gebeten, zu kommen«, sagte Leo.

Die Befragung erbrachte nicht viel. Fjodor hatte ungern über Krieg und Gefangenschaft gesprochen. Jelena hatte manches vermutet: dass er in der Gefangenschaft gehungert hatte und misshandelt worden war. Wo er all die Jahre gewesen war, konnte sie jedoch nicht sagen.

Leo wollte sich schon verabschieden, als Jelena plötzlich die Hand auf den Arm der Dolmetscherin legte und schnell auf sie einsprach.

Fräulein Melnikowa hörte zu und sagte dann: »Sie weiß nicht, ob es etwas zu bedeuten hat. Aber Fjodor litt unter Albträumen und sprach dann im Schlaf. Meist auf

Deutsch, was sie natürlich nicht verstand. Das Wort *Murman* sagte er öfter, das hat sie sich gemerkt.«

Leo sah die Frauen fragend an.

»Murman nennt man die Nordküste der Halbinsel Kola. Haben Sie einen Atlas, Fräulein Wieking?«, fragte die Dolmetscherin.

Die Kriminalbeamtin holte ihn aus dem Regal. Fräulein Melnikowa suchte die richtige Karte und deutete auf den fraglichen Küstenstreifen. »Die Gegend liegt nördlich des Polarkreises. Sehr unwirtlich.«

»Hilft uns das weiter?«, fragte Leo.

»Ich denke schon.« Fräulein Melnikowa deutete auf einen Punkt, der ein Stück im Landesinneren lag. »Die Stadt Murmansk. Sie wurde erst vor zwölf Jahren gegründet und bildet die Endstation der Murmanbahn.«

»Davon habe ich gehört.«

»Die Strecke ist fast 1500 Kilometer lang und führt von Leningrad nach Murmansk. Beim Bau wurden Zehntausende Kriegsgefangene eingesetzt, auch Deutsche. Die Verluste waren enorm.«

Und danach hat er was von der Eisenbahn erzählt und wie schlimm es war. Dass sie geschlagen wurden und kein Essen bekamen und wie viele gestorben sind.

Etwas fügte sich zusammen. »Fragen Sie Jelena, ob es wirklich dieses Wort war.«

Jelena nickte nachdrücklich.

»Ich glaube, Ihr Toter aus dem Schuppen hat als Gefangener an der Murmanbahn gearbeitet«, sagte Fräulein Melnikowa. »Nach allem, was ich darüber weiß, ist es kein Wunder, dass er sich in einem so schlechten Gesundheitszustand befand. Die Bedingungen dort waren brutal. Und Jelena hat ausgesagt, dass er erst sechs

Jahre später zu ihr zurückgekommen ist. Sechs Jahre Gefangenschaft, Arbeit an der Murmanbahn, später womöglich in Sibirien. Das kann einen Menschen brechen.«

»Warum war der Kommissar schon wieder hier?«, fragte Fleurette und streckte den Arm nach dem Feuerzeug aus. Sie setzte sich im Bett auf, zündete sich eine Zigarette an und lehnte sich zurück.

Louis stand mit dem Rücken zu ihr vor dem Kamin und schaute nachdenklich in die Flammen. Er bevorzugte eine altmodisch gediegene Lebensweise, was sie anfangs überrascht hatte. Sie selbst war froh, dass ihre eigene Wohnung alle modernen Annehmlichkeiten bot.

»Sie haben die Frau gefunden, die nach dem Toten gefragt hat.«

Fleurette sah ihn überrascht an. »Dann haben sie den Fall sicher bald aufgeklärt. Komm wieder ins Bett.«

Er drehte sich zu ihr um. Sie kannte ihn seit vier Jahren und hatte sich an sein Gesicht gewöhnt. Doch als die Schatten des Feuers über seine Züge flackerten, fühlte sie sich unwillkürlich an die Masken erinnert, die sie mit ihren Händen erschuf.

»Was ist? Warum sagst du nichts?«

Er bohrte die Hände in die Taschen seines Morgenmantels und ging langsam auf und ab. Er hatte die Schultern hochgezogen, als wollte er sich verkriechen, eine Haltung, die untypisch für ihn war. Dann blieb er stehen und schaute sie an.

»Ich habe ein ungutes Gefühl.«

Fleurette drückte die Zigarette aus, stand auf und ging

nackt auf ihn zu. Sie blieb vor ihm stehen und legte die Hände auf seine Brust. »Wie meinst du das, *mon cher*?«

Louis lachte ohne jede Fröhlichkeit. »Sieh mich an.« Er deutete auf sein entstelltes Gesicht. »Der vollkommene Verdächtige. Die Fratze, der Mann, den keiner ansehen will. Der sich mit Tod und Entsetzen umgibt, weil er in einer solchen Welt nicht auffällt.«

»*Tais-toi!* Was hat dir dieser Kommissar nur eingeredet? Warum solltest du verdächtig sein?«

Er erzählte ihr von dem Zeitungsartikel, der den Toten nach Berlin gelockt hatte.

Fleurette sah ihn forschend an. Sie war so sehr an seine souveräne Art gewöhnt, dass es ihr einen Stich versetzte, Louis verunsichert zu sehen. Es erinnerte sie an die ersten Monate in Paris, als er noch in seine Erscheinung hineinwachsen musste.

»Wenn die Polizei weiß, wer er ist, werden sie auch feststellen, dass ihr euch nicht kennt.«

»Bis jetzt vermuten sie nur, dass er ein deutscher Soldat war, der in Gefangenschaft geriet und in Russland geblieben ist. Und dann findet er Jahre später diese Zeitung, steigt in einen Zug, kommt nach Berlin, landet tot im Schuppen nebenan. Und seine Freundin taucht hier auf und stellt Fragen.«

»Louis, *mon cher,* nicht du musst deine Unschuld beweisen. Die Polizei muss deine Schuld beweisen. So ist es auch in Deutschland, *n'est-ce pas*?«

Er legte seine Hände auf ihre. »Ja.«

»Und der Mann war vielleicht … krank im Kopf? Wenn er nicht nach Hause gekommen ist, als der Krieg aus war? Das ist doch nicht normal.«

Er zuckte mit den Schultern.

»Komm wieder ins Bett«, sagte Fleurette und zog ihn mit sich.

Im Bett legte sie den Kopf auf seine Brust und fuhr mit der linken Hand sanft über seinen Arm. »Ich halte zu dir. Sag, wenn du meine Hilfe brauchst.«

Er drehte sich zu ihr und lächelte mit einem Mundwinkel. »Das ist lieb von dir. Aber nicht nötig.«

Als Leo um Viertel nach neun die Treppe hinaufstieg, waren seine Schritte beschwingt. Der Hinweis mit der Murmanbahn würde sie weiterbringen, dessen war er sicher. Wenn sie ermitteln konnten, in welchem Regiment der Tote möglicherweise gedient hatte … und falls sich dann noch herausstellte, dass Carl-Theodor Immendorf im selben Regiment gedient hatte …

Was ihm sofort auffiel, war die seltsam bedrückende Stille, die in der Wohnung herrschte. Dann fiel ihm das Telefongespräch von vorhin ein. Seine Euphorie verflog.

Clara saß im Wohnzimmer, einen Stapel Bücher neben sich, ein Notizbuch im Schoß. Sie sah auf, als er hereinkam, und ihr Blick spiegelte die sonderbare Stille.

Sie stand auf und kam ihm entgegen. Statt ihn zu umarmen, fuhr sie mit den Händen an seinen Armen auf und ab, als wollte sie ihn trösten.

»Was ist passiert?«, fragte er mit enger Kehle.

»Setz dich.« Sie zögerte. »Möchtest du etwas essen?«

»Nein, ich will es sofort hören.«

Clara holte ihm eine Flasche Bier und stellte sie auf den Tisch. Leo setzte sich aufs Sofa. Doch sie kam nicht zu ihm, sondern ließ sich wieder in den Sessel sinken.

Er öffnete den Verschluss, das Geräusch hallte von den Wänden wider.

»Wo sind die Kinder?«

»Marie schläft heute Nacht bei Ilse.«

»Und Georg?« Als er Claras Gesicht sah, begriff er. Es ging um Georg. Ihm fiel die Geschichte mit dem Friedhof ein und dass er seinen Sohn in letzter Zeit kaum noch gesehen hatte. Dass er mit Georg hatte reden wollen und es aufgeschoben hatte.

»Ist etwas in der Schule passiert? Schlechte Noten? Hat er geschwänzt? Ärger mit den Lehrern?«

Clara schüttelte den Kopf.

»Nun sag schon«, stieß er hervor. »Sonst frage ich ihn selbst.«

»Georg ist in die Hitlerjugend eingetreten.«

Leo setzte die Flasche ab, ganz langsam, fast behutsam. Dann schaute er Clara an. »Das ist nicht wahr.«

»Ich habe es selbst gesehen. Und Georg hat es zugegeben.«

Er stand auf, bevor ihm klar wurde, dass er gar nicht wusste, wohin er wollte. Er schaute zur Tür, machte einen Schritt darauf zu, wandte sich abrupt zum Fenster, wobei er Claras Blick auf sich spürte.

»Wolfgang«, stieß er hervor und drehte sich um, die Hände zu Fäusten geballt. »Es ist dieser Wolfgang, oder?«

»Ja und nein.«

»Was soll das heißen?«, fragte er barsch und bereute es sofort. Clara war nur die Überbringerin, er durfte seinen Zorn nicht an ihr auslassen.

»Setz dich, bitte.« Ihre Stimme war leise, duldete aber keinen Widerspruch.

Leo ließ sich schwer aufs Sofa fallen und schloss flüchtig die Augen.

»Als ich gestern Abend aus der Bücherei kam, bin ich

einen Umweg gegangen. Da habe ich die beiden gesehen, ihn und Wolfgang. Georg trug die Uniform«, sagte Clara leise.

»Und Wolfgang?«, fragte er tonlos.

»Darauf habe ich nicht geachtet, ich war zu bestürzt. Heute Morgen habe ich mit ihm gesprochen.«

Leo blickte hoch. »Du hast mit meinem Sohn darüber gesprochen, bevor du es mir gesagt hast?« Er hatte es kaum ausgesprochen, da sah er Claras Gesicht, stützte die Ellbogen auf die Knie und vergrub das Gesicht in den Händen.

»Wie kurios«, sagte Clara, und er spürte den Schmerz, den sie unter dem leichten Tonfall verbarg. »Gewöhnlich sagen Männer ›dein Sohn‹ oder ›deine Tochter‹, wenn die Kinder etwas ausgefressen haben. Bei dir ist es umgekehrt.«

Er schluckte, suchte nach Worten. »So war es nicht gemeint, und das weißt du.«

Sie ging nicht darauf ein. »Du warst gestern Abend müde. Und ich konnte schlecht heute Morgen vor Arbeit und Schule davon anfangen. Also habe ich versucht, herauszufinden, was überhaupt dahintersteckt.«

»Und?«

»Georg glaubt, sie würden eine bessere Welt aufbauen. Und traut sich nicht, mit dir darüber zu reden, weil du gegen die Nationalsozialisten bist.«

»Da hat er völlig recht«, sagte Leo heftig.

Claras Blick war undurchdringlich. »Ich weiß. Das macht es nicht leichter für ihn.«

»Er ist alt genug, um zu wissen, dass er es nicht immer leicht haben kann. Ich will, dass er damit zu mir kommt. Ich will, dass er ehrlich zu mir ist.«

19

Samstag, 21. Januar 1928

Leo hatte kaum geschlafen und war wie gerädert, als er im Präsidium die Treppe hinaufstieg. Georg war schon vor dem Frühstück verschwunden. Er musste den Dienst irgendwie hinter sich bringen und danach seinen Sohn zur Rede stellen.

»Ich sollte mich bei Ihnen melden, Herr Oberkommissar. Im Vorzimmer war niemand.«

Leo blickte auf und sah sich Werner Rath gegenüber. Der Junge hatte offenbar im Flur auf ihn gewartet. Ihm fiel ein, dass Fräulein Meinelt sich den Tag freigenommen hatte.

»Werner, ja, richtig.« Er schloss die Tür auf und ließ den Jungen eintreten. Einen Moment lang spielte er mit dem Gedanken, Walther oder Sonnenschein die Befragung zu überlassen. Er fürchtete, die Beherrschung zu verlieren, wenn er sich ausgerechnet heute mit einem arroganten Halbwüchsigen herumschlagen musste. Allerdings wirkte Werner an diesem Morgen deutlich zurückhaltender als sonst.

»Setzen Sie sich.« Leo legte Hut und Mantel ab, stellte die Aktentasche neben den Tisch und nahm dem Jungen gegenüber Platz.

»Ihre Mutter hat mit Ihnen gesprochen?«

Werner nickte.

»Und Ihr Vater weiß noch nichts?«

»Nein.«

Leo kam gleich zur Sache. »Es wurde ein Mord verübt. Die Leiche ist in Ihrer Schule gefunden worden. Der Tote war nach Berlin gekommen, um ein Theater aufzusuchen, das sich genau neben Ihrer Schule befindet und in dem Sie aushilfsweise arbeiten. Sie sind das einzige Bindeglied zwischen beiden Orten.«

Werner sah ihn erschrocken an. »Ich habe nichts damit zu tun. Ich weiß nicht, wer der Mann war. Ich habe ihn noch nie gesehen.«

»Auch nicht im Theater? Wie sind Sie überhaupt an die Arbeit gekommen?«

Werner zögerte. »Als ich den Theaterdirektor zum ersten Mal gesehen habe, habe ich mich erschreckt. In unseren Kreisen gibt es keine entstellten Veteranen, nur Dr. Nussbaum, der hat bei Verdun einen Arm verloren. Er hat eine Prothese mit Lederhand, die hat mir als Kind enormen Respekt eingeflößt. Aber Lemasque – der hat ein Gesicht wie aus einem Albtraum. Beim nächsten Mal hat er wieder an den Hut getippt, und ich habe zurückgegrüßt. Er hat mir einen Zettel gegeben. Darauf stand *Aushilfe gesucht.*«

»Und was machen Sie da?«

»Ich helfe manchmal beim Aufräumen und Aufbauen, nach der Schule. Oder lege Handzettel in Lokalen aus.«

»Keiner der Mitarbeiter hat Sie erwähnt«, sagte Leo.

Werner zuckte mit den Schultern. »Lemasque ist ein prima Kerl. Er weiß, dass mein Vater nicht will, dass ich für ihn arbeite. Also hat er den Leuten gesagt, sie sollen den Mund halten. Was im Theater geschieht, bleibt im Theater, hat er gesagt.«

Leo legte die Fingerspitzen aneinander. »Wie lange geht das schon so?«

»Um die acht Monate.«

»Werner, ich frage Sie noch einmal: Ist Ihnen irgendetwas aufgefallen? Haben Sie einen Fremden in der Nähe des Theaters gesehen? Hat jemand, der dort arbeitet, etwas erwähnt? Wir wissen, dass der Tote dorthin wollte, er hat eine sehr weite Reise deswegen unternommen.«

Werner schluckte. Er wirkte auf einmal sehr jung. »Nein, wirklich nicht. Ich kann Ihnen nicht helfen.« Er zögerte. »Mein Vater …«

Leo konnte nicht an sich halten. »Was sind Sie nur für Menschen? Ihrer Mutter geht es nur um Ihre Zukunft und den guten Ruf der Familie. Und Sie wollen sich vor dem Zorn Ihres Vaters drücken.« Er stand auf, stützte die Hände auf den Tisch und beugte sich vor. »Wie wäre es, wenn Sie einfach ehrlich zu ihm wären? Wenn Sie ihm ins Gesicht sehen und gestehen würden, dass Sie ihn hintergangen haben?«

Die Verbindungstür flog auf. »Was ist denn los? Warum schreist du so?«

Erst da wurde ihm bewusst, wie laut er geworden war. Er sah Werners blasses Gesicht und Walthers verwunderte Miene. Leo atmete tief durch und setzte sich wieder. Dann winkte er Walther, damit er sie allein ließ.

»Es tut mir leid. Ich habe schlecht geschlafen.« Die Worte kosteten ihn Mühe. »Aber ich nehme nur die Lautstärke zurück, nicht den Inhalt. Verstanden?«

Werner nickte.

»Sie können gehen.« Leo sah zu, wie Werner aufstand und zur Tür ging.

Dort drehte er sich noch einmal um. »Danke, Herr Oberkommissar. Auf Wiedersehen.«

»Das kann durchaus passieren«, knurrte Leo noch, bevor die Tür zufiel.

Er hatte sich gerade Kaffee aus der Thermosflasche eingegossen, die Clara ihm zum Geburtstag geschenkt hatte, als Walther wieder den Kopf hereinsteckte. Als er sah, dass Leo allein war, kam er ins Zimmer und ließ sich auf den Stuhl fallen.

»Was sollte das denn? Sicher, er ist ein arroganter Schnösel, aber trotzdem noch ein Junge.« Sein Freund wirkte ehrlich bestürzt.

Leo trank wortlos.

»Na los, raus mit der Sprache. Es hatte gar nichts mit dem Fall zu tun, oder? Der Junge hat uns angelogen, schön. Aber ...«

»Er hat nicht nur uns belogen, er hat auch seinen Vater hintergangen.«

»Leo, du hast den Mann gesehen, mit dem ist nicht gut Kirschen essen. Da dreht sich alles um die Karriere des Jungen, um Zukunft und guten Ruf. Der will auch mal ein Geheimnis haben. Väter müssen nicht alles wissen«, fügte Walther unbekümmert hinzu.

»Georg ist in der Hitlerjugend.«

Einen Moment herrschte völlige Stille. Sein Freund sah ihn ungläubig an. »Dein Sohn – in diesem Verein? Willst du mich auf den Arm nehmen?«

»Clara hat ihn in der Uniform auf der Straße gesehen. Mit seinem Freund Wolfgang.«

Walther rückte näher mit dem Stuhl heran, obwohl sie allein im Büro waren. »Und ihr habt nichts geahnt?«

Leo schüttelte den Kopf. »Er ist oft mit Wolfgang

unterwegs, obwohl sie nicht mehr auf dieselbe Schule gehen. Aber ich habe mir nichts dabei gedacht. Jungs suchen sich ihre Freunde selbst.«

»Ist der auch …?«

»Das nehme ich an.« Leo schob die Thermosflasche auf der Tischplatte hin und her, ohne Walther anzusehen. »Allein ist er nicht darauf gekommen. Das soll keine Entschuldigung sein, ich versuche nur, es mir zu erklären. Wolfgang hat ihn letztes Jahr mit in seine Jugendgruppe genommen, die Adler. Sie gehen zelten, suchen Tierspuren im Wald, hocken ums Lagerfeuer. Georg war begeistert.«

»Und du meinst, dieser Wolfgang hat ihn zu den Braunen geschleppt?«

»Ja.«

»Was hast du jetzt vor?«

Leo zuckte mit den Schultern. »Ich will, dass er von sich aus zu mir kommt.«

»Hast du ihm das gesagt?«

»Clara wollte es ihm sagen. Warum siehst du mich so an?«

Walther ließ sich Zeit mit der Antwort. »Das ist eine Sache zwischen euch, Leo. Ich weiß, Clara liebt die Kinder, sie ist die beste Mutter, die sie sich wünschen können. Aber Georg ist dein Sohn. Werner Rath fürchtet sich vor seinem Vater. Bei euch war das immer anders.« Als Leo schwieg, fügte er hinzu: »Mensch, denk mal dran, wie wir als Jungs waren. Hätten wir unseren Eltern freiwillig gestanden, dass wir was ausgefressen haben? Natürlich sollte er von sich aus mit dir reden, aber er ist ein Junge von vierzehn Jahren. Vielleicht schämt er sich sogar.«

»Er hat zu Clara gesagt, die Nationalsozialisten würden eine neue Welt aufbauen.«

Walther wiegte den Kopf. »Es könnte Gerede sein, um sich Mut zu machen. Oder er glaubt es wirklich. Aber du musst mit ihm sprechen, und zwar dringend.«

Leo schluckte, sein Mund war auf einmal sehr trocken. Dann atmete er tief durch und nickte knapp. »Du hast recht. Ich weiß noch, wie ich ...« In diesem Augenblick klingelte das Telefon.

»Wechsler.«

Als er einhängte, sah Walther ihn fragend an. »Was ist los? Wer war dran?«

»Lemasque. Er sagt, er habe im Theater einen Schlüssel gefunden. Im Flur vor seinem Büro.«

»Was für einen Schlüssel?«

»Einen einzelnen Schlüssel mit einem kleinen Anhänger dran. Darauf stehe kein Name, sondern *Bierschuppen.*«

Walther runzelte die Stirn. »Und warum ruft er dich ... oh.«

»Das dachte ich mir auch. Lemasque sagt, ein Schüler des Askanischen Gymnasiums helfe gelegentlich gegen ein Taschengeld bei ihm aus. Möglicherweise habe der den Schlüssel verloren, das klinge doch irgendwie nach einem Jungen, der angeben will. Womit wir wieder bei Werner Rath wären.«

Walther zog eine Augenbraue hoch. »Den nehmen wir uns vor.«

Madga Schott sah Leo besorgt an, als sie ihm die Tür öffnete. »Ist jemand krank?«

»Nein, es geht um etwas anderes. Tut mir leid, dass

ich dich zu Hause störe, aber hättest du einen Augenblick Zeit?«

Sie ließ ihn eintreten. Er war noch nie bei ihr zu Hause gewesen. Gewöhnlich schaute er sich Wohnungen aufmerksam an, weil sie viel über ihre Bewohner verrieten. Diesmal aber nahm er die helle, freundliche Einrichtung und die gerahmten Zeichnungen an den Wänden nur flüchtig wahr.

»Möchtest du einen Kaffee? Oder was Stärkeres? Du siehst aus, als könntest du es vertragen.«

Er knöpfte den Mantel auf und ließ sich schwer in einen Sessel fallen. »Kaffee reicht, danke. Zu früh für Schnaps.«

Er hörte sie in der Küche rumoren, bevor sie mit einem kleinen Tablett zurückkam, auf dem Tasse, Milch und Zucker standen.

Sie setzte sich ihm gegenüber. »Was ist los? Du siehst aus, als hättest du schlecht geschlafen. Schwieriger Fall?«

Er nickte. »Ich muss eine Zeugin unterbringen. Sie spricht nur Ukrainisch, ist verängstigt und allein in der Stadt. Ihr Geliebter wurde ermordet. Aus einer Unterkunft ist sie bereits geflohen, weil sie sich fürchtete.«

Magda überlegte. »Eine Freundin von mir betreibt ein privates Heim für Frauen, die von ihren Ehemännern geschlagen wurden. Sie hat mit Dr. Strauss zusammengearbeitet.«

Leo erinnerte sich an die Ärztin, die sich für Frauen in Not eingesetzt hatte und vor fünf Jahren ermordet worden war. »Ginge das schon heute? Sie hat bei einer Kollegin von der Inspektion K übernachtet, aber das ist keine Lösung. Sie braucht einen Ort, an dem sie sich sicher fühlt und der nichts mit der Polizei zu tun hat.«

Magda ging in die Diele, und Leo hörte, wie sie sich mit einer Nummer in Charlottenburg verbinden ließ.

Er trat ans Fenster. Der Besuch bei Magda bot eine willkommene Ablenkung von dem, was ihn eigentlich beschäftigte. Morgen würde er sich um Georg kümmern. Der Sonntag war frei, und nichts würde ihn davon abhalten, endlich mit seinem Sohn zu sprechen.

Aber da war der Anruf von Lemasque. Hatte Werner Rath sich tatsächlich den Schlüssel zum Schuppen besorgt, um dort heimlich Bier zu trinken? Hatte Fjodor ihn dabei überrascht? Aber das war kein Grund, den Mann zu töten. Egal, sie mussten der Sache nachgehen.

»… möglich machen.«

Er drehte sich um und sah Magda in der Wohnzimmertür stehen. »Verzeihung, ich war in Gedanken.«

»Gertrud wird es möglich machen. Und sie spricht sogar ein bisschen Russisch. Ich habe dir die Adresse notiert.« Sie hielt ihm einen Zettel hin. *Dr. Gertrud Krüger, Mommsenstr. 3, Charlottenburg.*

»Ich danke dir sehr, Magda.«

»Gern geschehen.«

Er wollte zur Tür gehen, doch sie hielt ihn am Arm fest. »Augenblick, Leo. Ich weiß nicht, was dir auf der Seele liegt, aber es ist weder der Fall noch die Zeugin. Lass mich bitte ausreden, als eure Freundin. Falls es mit Clara zu tun hat, rede mit ihr. Wir haben gestern telefoniert. Sie wirkte bedrückt.«

Er lächelte müde. »Es hat nichts mit Clara zu tun. Nicht so, wie du denkst. Aber danke, Magda. Du bist eine gute Freundin.«

Jakob Sonnenschein war mit dem Buch von Elsa Brändström zu Hause, Leo war zu Magda Schott gefahren, und Robert Walther ging noch einmal alle Unterlagen im Mordfall Fjodor durch.

Da war die Adresse, nach der er gesucht hatte: Heinz Baumgarten, Skalitzer Str. 14, 4. Stock.

Das Wetter war feucht, aber nicht mehr so kalt, daher machte Walther sich zu Fuß auf den Weg. Er konnte nur hoffen, dass Leo das Wochenende nutzte, um Georg ins Gebet zu nehmen. Walther kannte den Jungen schon ewig und hatte ihn gern. Schlechter Einfluss, dachte er bei sich. Jungs waren anfällig für so etwas, wollten dazugehören, fühlten sich geschmeichelt, wenn andere versuchten, sie für ihren Verein zu gewinnen. Selbst wenn der Verein die HJ war. Oder gerade dann.

Er erinnerte sich, wie er sich als Junge mit einem älteren Freund zu einem Freudenhaus geschlichen hatte. Es war ein eher harmloses Etablissement, aber Walther erinnerte sich genau, wie es gekribbelt hatte, als er in die Räuberleiter gestiegen war und durchs Fenster gespäht hatte, hinter dem die Frau mit Kaufmann Helbich schwer zur Sache kam.

Das Kribbeln war alles andere als erotisch gewesen – dafür war er noch zu jung – und die Szene als solche eher jämmerlich. Was ihn erregt hatte, war das Gefühl, etwas zu tun, was verboten war und wovon sein Vater nichts wusste.

Vielleicht ging es Georg ähnlich.

Als Walther am Kottbusser Tor ankam, schaute er sich um. Schilder kündeten von der U-Bahn-Haltestelle, die nächsten Monat eröffnet werden sollte, über ihm ratterte die Hochbahn. Es herrschte wie immer ein Gewimmel aus Menschen, Omnibussen und Automobilen. Dort war das Haus, Ecke Skalitzer und Admiralstraße. Mit einer Delikatessenhandlung im Erdgeschoss, Steube & Singh, na, welch glücklicher Zufall. Da konnte er sich gleich nach der Befragung einen Imbiss holen.

Walther suchte das Namensschild: 4. Stock, E. Baumgarten. Er stieß die Tür auf und ging nach oben. Der Flur war sauber, wenn auch etwas ärmlich, das Geländer blank poliert, die Stufen in der Mitte ausgetreten von vielen Füßen.

Oben angekommen, klingelte er.

Ein Mann von Mitte dreißig öffnete, kragenloses Hemd, das Gesicht gerötet, er atmete schwer. »Ja, bitte?«

Walther stellte sich vor und zeigte seine Marke.

Der Mann presste die Hand auf die Brust. »Die Polizei? Ist etwas passiert?«

»Sind Sie Ernst Baumgarten?«

Der Mann nickte.

»Darf ich eintreten? Ich möchte noch einmal mit Ihrem Sohn sprechen, wegen des Todesfalls in seiner Schule.«

Baumgarten ließ ihn vorbei und deutete auf eine Tür zur Linken. Walther betrat ein Wohnzimmer, das peinlich sauber und mit Möbeln eingerichtet war, die wie Familienerbstücke aussahen und viel zu wuchtig für den kleinen Raum waren.

»Bitte nehmen Sie Platz. Ich hole den Jungen.«

Walther setzte sich und schaute sich um. Über dem Sofa hing eine Fotografie, die einen Mann in kaiserlicher Offiziersuniform zeigte. Die Ähnlichkeit mit Ernst Baumgarten war unverkennbar, vermutlich sein Vater. Darüber prangte ein Säbel.

Baumgarten kam herein und ließ sich schwer auf

einem Stuhl nieder. »Verzeihung, mein Asthma«, sagte er. »Macht mir im Winter schwer zu schaffen. Heinz kommt gleich.«

Er folgte Walthers Blick und lächelte. »Mein Vater. Er ist letztes Jahr gestorben. Er war Offizier mit Leib und Seele. Ich konnte leider aus gesundheitlichen Gründen nicht dienen.«

Die Teile fügten sich zusammen. Offiziersfamilie, vermutlich nach dem Krieg verarmt, die teuren Möbel aus einer herrschaftlichen Wohnung herübergerettet. Man lebte achtbar, aber bescheiden und schickte den Sohn aufs Gymnasium, damit etwas aus ihm wurde.

Jemand klopfte an die offene Tür.

»Komm rein, Junge.«

Heinz Baumgarten trat ein und schaute von seinem Vater zu Walther. »Sie wollten mit mir sprechen?«

»Ja, Heinz. Du brauchst keine Angst zu haben«, sagte Walther. »Hast du ein eigenes Zimmer?«

Der Junge nickte.

»Was soll das heißen?«, fragte sein Vater. »Natürlich hat er ein Zimmer, er muss doch in Ruhe seine Aufgaben machen.«

Walther stand auf. »Zeigst du es mir? Wenn Sie uns bitte entschuldigen, Herr Baumgarten.«

Er hatte den unsicheren Blick des Jungen bemerkt, die angespannten Schultern.

Das Zimmer war schmal, das Fenster ging auf graue Mauern, doch Heinz hatte es sich behaglich gemacht. Kissen auf dem Bett, das Bild eines Rennautos an der Wand, auf dem Schrank eine kleine Mineraliensammlung. Bücherregal, Schreibtisch mit Schulsachen, ein Kaktus auf dem Fensterbrett.

»Darf ich mich setzen?«

»Natürlich.« Heinz räumte sein Lateinheft vom Stuhl und deutete darauf. Er selbst blieb stehen.

»Heinz, du hast Oberkommissar Wechsler erzählt, dass Werner Rath sich im Theater etwas dazuverdient. Wir brauchen noch mal deine Hilfe.«

Blaue Augen sahen ihn verwundert an. Heinz schob sich eine Haarsträhne aus der Stirn und setzte sich aufs Bett. »Ich hab doch schon gesagt, was ich weiß.«

Walther legte sich die Worte sorgfältig zurecht. »Weißt du, ob Werner Rath einen Schlüssel zum Geräteschuppen hat?«

Heinz öffnete mehrmals den Mund und schloss ihn wieder. Schließlich stieß er hervor: »Krieg ich jetzt Scherereien? Muss ich zum Direktor?« Seine Augen wanderten in Richtung Tür.

»Sag mir, was du weißt. Ich verspreche dir, wir tun alles, damit du keinen Ärger bekommst.«

Ein Ruck ging durch den Körper des Jungen, dann sah er Walther offen an. »Ich hab damals Schmiere gestanden, als er ihn geklaut hat. Werner hat gesagt, es geht um eine Wette. Ich dachte, er hätte ihn längst zurückgelegt.«

Walther hielt es für klüger, dem Jungen nicht zu erzählen, dass der Schlüssel im Theater aufgetaucht war. »Hast du ihm danach noch mal geholfen? Hat er den Schlüssel noch einmal erwähnt?«

Heinz schüttelte den Kopf. »Das war mir auch lieber so. Ich hatte richtig weiche Knie.«

»Eine letzte Frage, bevor ich dich wieder deinen Vokabeln überlasse«, sagte Walther. »Wann ist das gewesen?«

Heinz zupfte an der Unterlippe. »Vor ein paar Monaten. Ich weiß es nicht mehr genau.«

Walther warf einen Blick auf das Lateinheft, das Heinz beiseitegeräumt hatte. »Wie stehst du denn so?«

»Im letzten Diktat hatte ich eine Zwei. Nur ein Fehler.«

»Prima Zensur«, sagte Walther. Er stand auf und gab dem Jungen die Hand. »Nächste Woche nehmen wir deine Aussage auf, die musst du unterschreiben. Und du sprichst mit niemandem darüber.« Er legte Heinz die Hand auf die Schulter. »Nun schau nicht so ängstlich. Dir passiert nichts, du hast uns sehr geholfen.«

Vater Baumgarten wartete schon im Flur und sah Walther fragend an.

»Ihr Sohn hat nichts ausgefressen, ganz im Gegenteil. Aber wir müssen seine Aussage vertraulich behandeln, also fragen Sie ihn bitte nicht danach.«

Baumgarten stand militärisch gerade. »Jawohl, Herr Kommissar.«

Walther verabschiedete sich höflich. Dann lief er beschwingt die Stufen hinunter und ging zu dem Delikatessenladen. Er würde etwas Besonderes zum Sonntagsfrühstück kaufen, für sich und Jenny. Das hatte er sich verdient.

20

Sonntag, 22. Januar 1928

Sie hätten die Bahn nehmen können, aber das Wetter war trocken, und Leo wollte die Zeit nutzen, also gingen sie zu Fuß nach Plötzensee. Er hatte Georg am Abend zuvor gefragt, ob sie sich das Minerva-Spiel am Königsdamm ansehen sollten.

»Gerne, Vati«, hatte Georg sofort gesagt.

Er war an diesem Abend zu Hause geblieben und hatte mit Marie Karten gespielt. Der Name Wolfgang war nicht gefallen.

Sie gingen die Beusselstraße entlang, vorbei an Claras Leihbücherei, und Leo warf wie immer einen Blick ins Fenster. Er konnte nie dort vorbeigehen, ohne an ihre erste Begegnung zu denken, damals im Juni vor sechs Jahren.

»Weißt du noch?«, sagte er und nickte zum Schaufenster.

»Klar, Vati.« Georg schaute mehr auf seine Füße als nach vorn.

Sie gingen ein Stück schweigend, überquerten am Bahnhof Beusselstraße die breiten Gleisbündel des Güterbahnhofs und den Kanal, der zu den Becken des Westhafens führte. Leo mochte die Gegend ebenso wenig wie Clara: zu wenig Grün, zu viel Industrie, sie wirkte selbst im Sommer abweisend. Im Winter überlief es ihn kalt, wenn er hier entlangging. Ladekräne und Schiffe wirkten fremd, als hätten sie sich nach Berlin verirrt.

In Plötzensee wurde es angenehmer. Hier gab es Wohnsiedlungen und die Olympiabahn, auf der Radrennen und Fußballspiele ausgetragen wurden. Sie redeten über die Saison von Minerva, die Chancen auf den Klassenerhalt in der Oberliga, was es zum Abendessen geben würde. Sie redeten über alles, nur nicht über das, was zwischen ihnen stand.

Kurz vor dem Sportplatz sagte Leo: »Wir sind nicht nur zum Fußballgucken hier.«

»Was meinst du denn?« Georgs Stimme klang rau.

»Das weißt du genau.«

»Hm.«

»Wir müssen drüber reden. Aber im Gehen, ich habe kalte Füße.«

Sie mussten einander nicht anschauen. Vielleicht wäre es für Georg leichter so.

Vor ihnen tauchte eine Gruppe Männer mit einer selbst genähten blau-gelben Fahne auf, die das Minerva-Wappen zeigte. Einer trug sogar einen Schal in den Vereinsfarben um den Hals.

Leo sah auf die Uhr. Noch eine Viertelstunde bis zum Anpfiff. Vor dem Eingang zum Platz stand eine Wurstbude, an der er Kaffee und Kakao holte. Er hielt Georg den Becher hin. »Du bist in die Hitlerjugend eingetreten, ohne mit uns zu reden. Du hast dir irgendwo eine Uniform besorgt. Wovon hast du die bezahlt? Und wer ist überhaupt auf die Idee gekommen – du selbst, Wolfgang Müller oder sonst jemand?«

Leo wusste, dass es manchmal leichter war, Fragen zu beantworten, als draufloszureden.

Georg hielt den Kakaobecher fest umklammert. Die Haare fielen ihm ins Gesicht, und er machte keine Anstalten, sie beiseitezuschieben.

»Es hat mit Wolfgang und den Adlern angefangen. Er ist ein prima Kerl, immer für einen Spaß zu haben, mit dem kann man Abenteuer erleben. Zelten, Lagerfeuer, gruselige Geschichten. Hab ich euch doch erzählt.« Es klang beinahe trotzig.

»Aber aus den Adlern ist die HJ geworden.«

Georg schluckte. »Irgendwann hat Wolfgang angefangen, immer so geheimnisvoll zu tun. Er hätte jemanden kennengelernt, der wäre was Besonderes, älter als wir, ein richtiger Kerl. Und der wäre in der SA und wollte ihn in die Hitlerjugend holen. Da wäre es wie bei den Adlern, nur viel besser. Mit einer richtigen Uniform und allem.«

Leo spürte, wie zerrissen Georg war.

»Warum hast du nichts davon erzählt?«

Georg hob abrupt den Kopf. Zum ersten Mal, seit sie von zu Hause losgegangen waren, schaute er seinem Vater ins Gesicht. »Warum sollte ich dir davon erzählen? Du wetterst immer gegen die Rechten und sitzt mit dem roten Joachim in der Kneipe. Wenn ich gesagt hätte, dass mir so was gefällt, hätte es ein Donnerwetter gegeben.«

Er hatte nicht unrecht. Trotzdem. »Woher hast du die Uniform?«

Georg bohrte die Schuhspitze in den Schotter und schien in sich zusammenzusinken. Um sie herum wurde es lauter, als die Anhänger beider Vereine auf den Platz drängten.

»Georg, woher hast du die Uniform?«

»Die hab ich nähen lassen.«

»Du weißt, was ich meine. Wovon hast du sie bezahlt?«

Sein Sohn ließ den Kopf hängen. Leo nahm ihm den leeren Becher aus der Hand und brachte ihn zurück zum Verkaufsstand. Dann suchten sie sich einen Platz in der Nähe eines Tores, weitab der Anhänger.

»Von dem Büchergeld. Und ich hab mein Erspartes genommen. So hat es für beides gereicht.«

Leo schaute zur Seite. Georgs Ohren unter der Mütze waren rot, wohl nicht nur von der Kälte.

»Und was jetzt?«

Sein Sohn sah ihn überrascht an, als hätte er etwas anderes erwartet – Vorwürfe, Drohungen, Hausarrest, eine Ohrfeige. Auf die schlichte Frage war er nicht gefasst.

»Wie … meinst du das?«

»Ich möchte wissen, was jetzt passiert. Ob du bei dem Verein bleibst. Ob du keine anderen Freunde als Wolfgang Müller und einen SA-Mann haben willst. Ob du künftig immer allein zum Friedhof gehen wirst statt mit Marie und mir.«

Der letzte Satz ging im lauten Geschrei der Minerva-Anhänger unter, als der Mittelstürmer knapp am Tor vorbeischoss. Darum sah Leo die Träne auch erst, als Georg sie mit dem Handrücken abwischte.

Seine nächsten Worte wählte er sehr sorgfältig. Er hatte lange darüber nachgedacht. Was er vorhatte, war nicht ungefährlich, aber er musste irgendwie zu seinem Sohn durchdringen.

»Ich will nur, dass du ehrlich zu mir bist. Wenn du sagst, ich glaube an das, was die Nationalsozialisten sagen, ich fühle mich bei diesen Leuten wohl, ich bin stolz, diese Uniform zu tragen, muss ich das hinnehmen. Dann kannst du die sieben Mark abstottern, indem du

Clara im Laden hilfst und vor Dr. Schotts Praxis den Gehweg fegst.«

Georg sagte nichts.

»Und?«

»Ich dachte, du wärst noch nicht fertig, Vati.«

»Doch, das bin ich. Du kannst dir die Antwort überlegen, und wenn du dich entschieden hast, sagst du mir Bescheid.«

Dann klappte er den Mantelkragen hoch, als wäre damit alles gesagt, und deutete aufs Spielfeld. »Der Nächste geht rein.«

Jakob Sonnenschein blickte von seinem Buch auf, als Esther mit dem sechs Monate alten Samuel auf dem Arm hereinkam.

»Ich glaube, er vermisst seinen Vater«, sagte sie und reichte ihm den Jungen, der eine hölzerne Rassel in der Hand hielt und damit gefährlich nahe vor Sonnenscheins Gesicht herumwedelte.

Er stand auf und ging mit dem Kleinen auf und ab. »Weißt du, dieser Fall …«

Esther setzte sich auf die Armlehne des Sessels, der neben dem Schreibtisch stand, und lächelte. »Beschäftigt dich sehr. Ich weiß. Aber heute ist Sonntag. Die Toten können bis morgen warten. Wollen wir spazieren gehen?«

Sonnenschein nickte, war aber in Gedanken noch bei dem Buch, das er gerade las: *Unter Kriegsgefangenen in Russland und Sibirien.*

Elsa Brändström hatte alles getan, um den deutschen Gefangenen in Russland zu helfen, obwohl sie als Schwedin gar nicht unmittelbar vom Krieg betroffen war. Sie hatte Leben und Gesundheit für die gefangenen Soldaten eines anderen Landes aufs Spiel gesetzt. In ihrem Bericht schilderte sie die entsetzlichen Bedingungen, unter denen die Männer gelebt oder vegetiert hatten, gequält von Hunger, Seuchen und seelischen Erkrankungen. Männer, von denen manche erst 1922 heimgekehrt waren. Oder nie.

Sonnenschein schreckte hoch, als Esther ihm energisch Hut und Mantel hinhielt. Auf einmal spürte er wieder den warmen Körper des Kindes, Samuels Herzschlag an seiner Brust, und lächelte reumütig.

Er reichte den Jungen an Esther weiter und zog sich an. Kurz darauf schoben sie den Kinderwagen mit dem warm verpackten Jungen in Richtung Friedrichshain. Die Wohnung, die sie nach der Hochzeit bezogen hatten, war nicht sehr groß, doch die Nähe zum Park hatte sie überzeugt. Esther ging fast täglich mit Samuel dorthin. Für die Großeltern aus der Hirtenstraße war es wie ein Ausflug ins Grüne, wenn sie Sohn und Schwiegertochter besuchten.

»Ich erkläre ihm immer den Märchenbrunnen«, sagte Esther, als sie den westlichen Zipfel das Parks erreicht hatten. »Natürlich ist er noch klein, aber schau mal –«

Sie schob den Kinderwagen zu einem der steinernen Frösche, die im Sommer Wasser spien, und drehte ihn so, dass Samuel das Tier sehen konnte. »Wo ist der Frosch, Samuel?«

Der kleine Junge lachte und winkte aufgeregt mit den Armen. Die Füßchen unter der warmen Decke bewegten sich heftig auf und ab.

Sonnenschein strich seinem Sohn über den Kopf. »Dann werde ich ihm wohl bald vom Froschkönig erzählen müssen. Im Sommer gehen wir an den Teich und zeigen ihm richtige Frösche, die werden ihm noch viel besser gefallen.«

Sie spazierten weiter durch den Park, und Esther fragte: »Wie kommt es, dass du für die Arbeit dieses Buch liest?«

Er erklärte es ihr.

»Und der Mann ist nie nach Deutschland heimgekehrt?«

»Ich konnte es auch nicht verstehen. Aber das Buch hat mir gezeigt, dass manche dieser Gefangenen innerlich zerstört waren. Ihnen fehlte sogar die Kraft zur Heimkehr. Manche schämten sich für das, was aus ihnen geworden war. Nach dem, was unsere Zeugin berichtet hat, war der Tote wohl auch so jemand.«

Samuel war an der frischen Luft eingeschlafen. Esther nickte Jakob auffordernd zu.

»Er kehrt zurück an den Ort, an dem er gefangen genommen wurde, zu der Frau, die er dort kennengelernt hatte. Lebt ruhig und zurückgezogen, aber halbwegs im Frieden mit sich selbst. Und dann, Jahre später, ändert sich das. Er sieht zufällig einen Zeitungsartikel über ein Theater und dessen Besitzer. Er wird unruhig, kratzt sein ganzes Geld zusammen und fährt mit seiner Freundin nach Berlin. Wenig später findet man ihn ermordet im Schuppen einer Schule …«

Sonnenschein blieb stehen, und Esther sah ihn verwundert an. »Was ist los?«

»Was für ein trauriges Leben. Und was habe ich für ein Glück!« Er umarmte Esther und küsste sie auf den Mund.

»Wofür war das jetzt?«

»Dafür, dass du die schönste und beste Frau der Welt bist.«

»Magda hat angerufen. Ich soll dir ausrichten, dass Fräulein Nikitina gut untergebracht ist. Die Adresse habe ich dir aufgeschrieben.«

Leo küsste Clara auf die Wange, noch bevor er Schal und Mantel auszog. Auf dem Rückweg hatten er und Georg die Bahn genommen, um schneller daheim zu sein. Sie hatten sich über das Spiel unterhalten, das Minerva knapp mit 3:2 gewonnen hatte. Georg verschwand im Kinderzimmer, sowie sie die Wohnung betreten hatten.

»Du hast ja eine richtige Liste«, sagte Leo und deutete auf den Zettel, den Clara in der Hand hielt.

Sie lachte. »Ich hatte mich auf einen ruhigen Sonntag mit einem guten Buch gefreut, und dann klingelte ständig das Telefon. Ich kam mir vor wie Fräulein Meinelt.«

»Mir scheint, ich bin ein begehrter Mann«, sagte er belustigt.

»Robert lässt ausrichten, er habe was für dich. Es könnte Bewegung in den Fall bringen. Was es ist, hat er mir leider nicht verraten. Und vorhin hatte ich Sonnenschein am Apparat. Er sei dabei, das Material zu sichten zu den …« Sie kniff die Augen zusammen, um ihr eigenes Gekritzel zu lesen. »… Regimentern?«

Leo nickte, hängte den Mantel auf und ließ sich im Wohnzimmer aufs Sofa fallen. Er spürte Claras aufmerksamen Blick, und so berichtete er von seinem Gespräch mit Georg.

»Das war mutig von dir.« Clara hatte sich in einen Sessel gesetzt und die Beine übereinandergeschlagen. »Nicht jeder Vater hätte ihm die Entscheidung überlassen. Kaum ein Vater, wenn ich es recht bedenke.«

Leo zuckte die Schultern. »Georg weiß, wie ich denke.

Ganz frei ist er also nicht. Falls er sich für die Hitlerjugend entscheidet ...« Plötzlich wusste er nicht weiter.

»Was dann?«, fragte Clara leise.

»Ich weiß es nicht.« Er stützte das Gesicht in die Hände. »Ich kann nur abwarten, was er sagt. Vermutlich sitzt er nebenan und ist ähnlich ratlos wie ich.«

Clara stand auf und setzte sich neben ihn. »Das will ich nicht hoffen.« Sie zögerte. »Ich hatte in letzter Zeit bisweilen das Gefühl, dass er gar nicht mehr so gern mit Wolfgang zusammen ist.«

Leo schaute sie an. »Den Eindruck hatte ich nicht.«

»Du siehst ihn seltener. Mir kam es manchmal vor, als wartete er auf etwas. Dass ich ihn daran hindere, sich mit dem Jungen zu treffen, dass ich ihn Kartoffeln kaufen schicke oder an die Hausaufgaben erinnere.« Sie lehnte sich an seine Schulter. »Ich habe es nicht erwähnt, weil ich mir nichts dabei gedacht habe. Mit vierzehnjährigen Jungen habe ich wenig Erfahrung. Aber nachdem ich ihn in der Uniform gesehen hatte, zusammen mit Wolfgang, wurde mir einiges klar.«

Er zog sie an sich und vergrub das Gesicht in ihren roten Haaren. Ein vertrauter Geruch, Pixavon, die charakteristische Flasche stand im Badezimmer. Ein Geruch, den er immer mit Clara verbinden würde.

Auf einmal dachte er nicht mehr an seinen Sohn in einer braunen Uniform oder einen anderen Sohn, der sich vor seinem Vater fürchtete und vielleicht in einen Mordfall verwickelt war, nicht an einen Mann, der Krieg und Gefangenschaft überstanden hatte und tausend Kilometer weit gereist war, um im Berliner Winter den Tod zu finden.

Er dachte nur an Clara.

21

Montag, 23. Januar 1928

Hausmeister Schmidt sah Leo und Walther überrascht an. »Mit Ihnen hatte ich gar nicht mehr gerechnet. Ich verfolge den Fall in der Zeitung, ist ja eine spannende Sache.«

Leo ging nicht darauf ein. »Sie haben ausgesagt, dass Sie zwei Schlüssel für den Schuppen besitzen. Einen tragen Sie am Bund, der andere befindet sich im Hausmeisterraum der Schule.«

»Das ist richtig, Herr Oberkommissar.« Schmidt deutete auf das große Schlüsselbrett, das direkt neben der Tür hing.

»Und Sie haben keinen davon vermisst?«

»Vor zwei, drei Monaten war der Ersatzschlüssel mal weg. Hab ihn nachmachen lassen. Wollte keinen Aufstand deswegen.«

»Ist er wieder aufgetaucht?«

»Nein.«

»Aber der neue Ersatzschlüssel wurde zu keinem Zeitpunkt vermisst?«

»Nicht dass ich wüsste.«

»Wie oft schauen Sie nach, ob er dort hängt, wo er hingehört?«, fragte Walther.

Schmidt runzelte die Stirn und sah von einem Kriminalbeamten zum anderen. »Ab und an mal. Er wird ja nie gebraucht. Aber ich hab sofort nachgesehen, als man den Toten gefunden hatte.«

Leo nickte. »Also wäre es denkbar, dass jemand Zugang zum Schuppen besaß, weil er den alten Ersatzschlüssel an sich gebracht hatte?«

»Aber der Schuppen hat nichts zu bieten. Da ist nichts Wertvolles drin. Darum bin ich damals auch gar nicht zum Direktor –« Schmidt schob zwei Finger in den Kragen, als wäre er ihm plötzlich zu eng geworden. »Meinen Sie etwa, derjenige hat den Toten da reingelegt? Mit *meinem* Schlüssel?«

»Das müssen wir herausfinden. Haben Sie jemals bemerkt, dass jemand heimlich im Schuppen war? Dass dort vielleicht Schüler Bier getrunken haben?«

Schmidt sah ihn achselzuckend an. »Wer weiß, auf welche Gedanken die so kommen. Gemerkt hab ich nichts. Und der Direktor wohnt ja gleich da drüben. Aber Sie wissen ja, wie Jungs sind …«, endete er vielsagend.

Zurück in der Eingangshalle sah Walther Leo nachdenklich an. »Anscheinend hatte Werner Rath zur Tatzeit also Zugang zu dem Schuppen, in dem die Leiche gefunden wurde. Das sieht nicht gut aus.«

»Aber das Motiv?«, gab Leo zu bedenken.

»Mal angenommen, der Mann wollte zum Theater, landete versehentlich auf dem Schulhof. Er war ja fremd hier. Werner ist im Schuppen, wer weiß, was er da außer Biertrinken noch so getrieben hat. Der Mann überrascht ihn, ihm brennt eine Sicherung durch –«

»Das reicht nicht«, sagte Leo zweifelnd. »Aber du hast recht, es sieht nicht gut für ihn aus. Also fragen wir ihn.«

Werner Rath saß gelassen vor ihnen. Offenbar hatte sein Vater von der Geschichte nicht erfahren, und der Schüler glaubte, er sei glimpflich davongekommen. Den Zahn würde Leo ihm ziehen.

»Trinken Sie gern Bier?«

Werner grinste. »Wer tut das nicht?«

»Die Fragen stelle ich. Zuerst aber erzähle ich Ihnen eine kleine Geschichte: Sie haben sich vor zwei bis drei Monaten den Schlüssel zum Schuppen besorgt, der im Hausmeisterraum der Schule hängt. Sie haben ihn mit einem Anhänger versehen, auf dem *Bierschuppen* steht. Dieser Schlüssel wurde vorgestern in dem Theater gefunden, in dem Sie aushelfen.«

»Wer sagt das?«, fragte Werner, klang aber nicht mehr so großspurig wie zuvor.

»Hören Sie schlecht? Die Fragen stelle ich.«

Werners Gesicht verriet, dass Leos Tonfall Wirkung zeigte.

»Mit anderen Worten, Sie hatten Zugang zu dem Schuppen, in dem der Tote gefunden wurde. Und mehr noch, Sie hatten Zugang *während* der Zeit, in der der Mann getötet wurde.«

Der Junge war blass geworden. »Das ist nicht wahr.«

»Was ist nicht wahr?«

»Dass ich den Schlüssel hatte.«

»Es gibt einen Zeugen dafür, dass Sie ihn gestohlen haben. Und er steht unter unserem Schutz, kommen Sie also nicht auf falsche Gedanken.«

Zorn huschte über Werners Gesicht. »Der kleine Dreckskerl.«

Leo griff in die Tasche und holte einen Asservatenbeutel heraus. »Hier ist er. Versehen mit einem Anhänger. Muss ich Sie um eine Schriftprobe bitten, oder geben Sie es so zu?«

Werner beugte sich vor, er atmete schwer.

»Er wurde vor zwei Tagen im Cabaret des Bösen gefunden, in dem Theater, in dem Sie arbeiten.«

Leo beobachtete, wie sich Werners Miene veränderte. Der Zorn von vorhin, der sich gegen Heinz Baumgarten, den einzigen Zeugen des Schlüsseldiebstahls, gerichtet hatte, war verraucht. Nun sah Werner ehrlich überrascht aus.

»Ich habe ihn verloren. Und es kann gut sein, dass es im Theater war. Aber das ist mindestens vier Wochen her, das schwöre ich.«

Leo seufzte. »Werner, es geht um einen Mord. Sie haben sich den Schlüssel zu einem Ort beschafft, an dem einige Zeit später eine Leiche abgelegt wurde. Und wir müssen davon ausgehen, dass der Täter sie dorthin gelegt hat. Ist Ihnen klar, was das bedeutet? Falls Sie etwas wissen, das Sie entlasten kann, sagen Sie es uns. Und falls Sie etwas zu gestehen haben, sollten Sie es tun.«

Werner sah ihn panisch an. »Ich hab den Schlüssel genommen, das stimmt. Eigentlich dachte ich, der Schuppen könnte ein Treffpunkt für mich und meine Freunde sein. Zum Biertrinken und so. Aber dann … hab ich mich dort ein paarmal mit Lilli getroffen. Sie hat im Cabaret gearbeitet. Deshalb habe ich auch das Geld gebraucht – ich wollte ihr doch was schenken. Aber im November ist sie ans Stadttheater Halle gegangen. Seitdem war ich nicht mehr in dem Schuppen. Bitte sagen Sie meinem Vater nichts davon!«

»Können Sie beweisen, dass Sie den Schlüssel schon vor vier Wochen verloren haben?«, fragte Leo.

Statt zu antworten, ließ Werner nur den Kopf hängen.

»Wo waren Sie in der Nacht vom 9. auf den 10. Januar?«

Der Junge sah ihn an und schluckte. »In meinem Bett.«

»Gibt es dafür Zeugen?«

»Natürlich nicht!«, begehrte er auf, sank aber gleich wieder in sich zusammen.

Leo stand auf. »Sie können gehen. Aber die Sache ist noch nicht ausgestanden.«

Nachdem der Junge schweigend den Raum verlassen hatte, klappte Walther den Stenoblock zu. »Hier steht Aussage gegen Aussage. Wir müssen weitersuchen.«

Leo und Walther waren mit der U-Bahn auf dem Rückweg ins Präsidium. »Robert, der Junge ist es nicht gewesen. Es geht mir völlig gegen den Strich.«

»Aber verdächtig ist und bleibt er«, sagte Walther. »Entweder lügt er oder Lemasque, was den Schlüssel betrifft«, sagte Leo. »Oder hat eine dritte Person den Schlüssel gefunden und jetzt ins Theater gelegt? Unwahrscheinlich, aber nicht unmöglich. Bei Lemasque laufen jedenfalls alle Fäden zusammen: Fjodor, Jelena, Werner. Da müssen wir ansetzen.«

Walther streckte die Beine aus und schob die Hände in die Manteltaschen. »Jakob steckt tief in seinen Recherchen. Wie ich ihn kenne, wird er was finden. Der beißt sich da rein wie ein Terrier. Vielleicht besteht ja wirklich eine Verbindung zwischen unserem Fjodor und Immendorf alias Lemasque. Der Mann hat eine schillernde Vergangenheit – Krieg, Gesichtsverletzung, man flickt ihn zusammen, er lässt sich treiben, es verschlägt ihn nach Paris in ein Sensationstheater … Was ist denn?«

Leo war aufgesprungen und griff hastig nach der Haltestange, als der Zug in eine Kurve fuhr. »Ich muss was nachprüfen. In der Charité.«

»Bedaure, aber die Abteilung für Gesichtsplastik wurde am 1. Januar 1922 geschlossen«, erklärte die Angestellte in der Aufnahme. »Ich verweise Sie gern an einen Arzt, der Ihnen niedergelassene Mediziner für solche Eingriffe empfehlen kann.«

Leo zeigte seine Dienstmarke. »Es geht um eine polizeiliche Ermittlung. Ich muss herausfinden, ob eine bestimmte Person als Patient in dieser Abteilung behandelt wurde. Gibt es hier ein Archiv, Frau …?«

»Fräulein Martens.« Die Frau überlegte kurz. »Die Krankenakten müssten sich noch in der Hals-, Nasen- und Ohrenklinik befinden, denn sie werden aufbewahrt und für Forschungszwecke bereitgehalten. Sie können dort nachfragen. Aber es ist mit Wartezeit verbunden, weil die Unterlagen erst herausgesucht werden müssen.«

»Ich möchte mich zunächst nur vergewissern, ob die fragliche Person überhaupt hier behandelt wurde.«

»Das kann ich für Sie herausfinden. Wie lautet der Name?«

»Carl-Theodor Immendorf. Er wurde an der Ostfront verwundet.«

Fräulein Martens nickte und begab sich in einen Nebenraum, wo sie kurz mit einem Mann sprach. Als sie zurückkam, deutete sie auf eine Stuhlreihe gegenüber der Empfangstheke. »Nehmen Sie bitte Platz. Mein Kollege sucht das Bureau-Journal heraus.«

Leo schaute sich um und betrachtete die nüchternen

Wände, an denen Plakate zu Höflichkeit und Hygiene mahnten.

»Herr Oberkommissar?« Die Frau war hinter der Theke hervorgekommen und hielt ihm eine dünne Mappe hin. »Unsere Bureau-Journale enthalten nur die wesentlichen Angaben zur Person, Aufnahme, Behandlung, Entlassung. Sie können es in Ruhe durchlesen und mir dann zurückgeben.«

Er schlug die Mappe auf, die nur ein einziges maschinegeschriebenes Blatt enthielt.

Name des Patienten: Carl-Theodor Immendorf
Geboren am: 24. März 1890
Geboren in: Reutlingen, Kgr. Württemberg
Regimentszugehörigkeit: XIII. Württembergisches Armeekorps, Regiment 122
Dienstgrad: Obergefreiter
Einlieferung: 23. August 1917
Entlassung: 18. Dezember 1917
Diagnose: schwere Verwundung durch Granatsplitter im Gesichtsbereich, unbehandelte Infektion und Narbenwucherung
Behandlung: zunächst in frontnahen Lazaretten. Im August 1917 Überstellung an die Abteilung für Gesichtsplastik an der Charité. Mehrere wiederherstellende gesichtsplastische Operationen.

Leo notierte sich die Angaben, klappte die Mappe zu und gab sie der Angestellten zurück. »Ich danke Ihnen. Sie haben mir sehr geholfen.«

Fräulein Martens wollte gerade im Nebenzimmer verschwinden, als ihm noch etwas einfiel. »Die Abteilung wurde doch von Professor Joseph geleitet, nicht wahr?«

»Das ist richtig.«

»Haben Sie die Adresse seiner Praxis?«

»Gewiss.« Sie blätterte in einem Karteikasten, der auf ihrem Tisch stand, nahm einen Zettel und notierte etwas. »Wenn Sie keine Fragen mehr haben …« Sie sah zur Tür. Im Gang hatte sich eine Warteschlange gebildet, ein Mann lief ungeduldig auf und ab.

»Fürs Erste nicht. Nochmals danke.« Leo tippte sich an den Hut und verließ das Büro.

»Erzähl schon«, sagte Fleurette und blickte von der abgetrennten Hand auf, die sie gerade kunstvoll mit einem dünnen Pinsel bemalte.

Lemasque saß ihr gegenüber in der Werkstatt, die Beine übereinandergeschlagen, in der Hand eine Zigarette.

»Schau dir das mal an.« Harry und Berti machten Mittagspause, so dass sie die Werkstatt für sich allein hatten. Lemasque legte ein zusammengerolltes Magazin auf den Tisch und strich es glatt. »Das kennst du sicher, oder?«

Die Illustrierte hieß *Das Leben* und präsentierte auf der Titelseite eine Frau mit Bubikopf in kurzer Hose, die lässig an einem eleganten Sportwagen lehnte. »Sie würden eine Reporterin samt Fotograf herschicken. Es könnte für uns der Schritt ins Rampenlicht sein, aber ich weiß nicht …«

»Ob dir das recht wäre?«, fragte Fleurette, legte den Pinsel beiseite und schnippte mit den Fingern. Lemasque reichte ihr eine Zigarette.

»Kluge Frau.« Er klopfte die Asche in einer leeren Tasse ab.

»*Coup de cœur* oder großer Coup?«

Er lachte. »Mein Französisch ist eingerostet.«

Sie runzelte die Stirn und tat, als müsste sie angestrengt nachdenken. »Wie sagt ihr – geheimer Tipp?«

»Geheimtipp.« Er nickte. »Aber der große Erfolg reizt mich auch.« Er blätterte in dem Magazin und zeigte Fleurette die aufwendig gestalteten Fotoberichte und Zeichnungen. »Sie richten sich vor allem an Frauen. Wir haben größtenteils Männer im Publikum, das möchte ich ändern.«

Sie zog an ihrer Zigarette und stieß mit halb geschlossenen Augen den Rauch aus. »*Vas-y!* Ich bin auch für einen *grand coup* zu haben. Denk nur, wie viel Reklame uns das bringt. In Paris gab es ständig Berichte übers Grand Guignol. Und Berlin stürzt sich auf jede Sensation.«

Er drückte die Zigarette aus und stand auf. »Danke für deinen Rat.« Er warf einen Blick auf die Hand. »Wenn ich nicht wüsste, dass es deine Arbeit ist, könnte ich mich glatt gruseln.«

»Werden wir alle fotografiert?«, fragte Fleurette und lächelte kokett. »Dann gehe ich vorher noch zum Friseur, *me faire pomponner.*«

»Du bist schön genug«, sagte er. »Ich werde verlangen, dass sie die gesamte Belegschaft fotografieren. Ihr gehört doch dazu.«

Fleurette warf ihm eine Kusshand zu und griff wieder nach dem Pinsel.

»Herr Direktor?«

Hausmeister Rüster stand mit einem Briefumschlag in der Tür. »Der wurde vorhin für Sie abgegeben.«

Lemasque nahm ihn entgegen. »Von wem?«

»Dem Burschen von nebenan.« Rüster deutete in Richtung Schule.

Lemasque verließ rasch den Raum und riss im Gehen den Umschlag auf.

Sehr geehrter Herr Lemasque,
ich möchte Ihnen mitteilen, dass ich nicht länger für Sie arbeiten kann. Meine Eltern haben davon erfahren und mir untersagt, bei Ihnen auszuhelfen.
Hochachtungsvoll
Werner Rath

Leo war ins nächstbeste Café gegangen und hatte sich ins Präsidium durchstellen lassen. »Jakob, hier Leo. Bist du bei deinen Recherchen auf …« Er holte den Zettel aus der Manteltasche und strich ihn an der Wand glatt. »… auf das Regiment 122 des XIII. Württembergischen Armeekorps gestoßen? Ja, ich warte.«

Er lehnte sich an die Wand und beobachtete beiläufig die Gäste. Einige Krankenschwestern und Ärzte in weißen Kitteln, die auf eine schnelle Tasse Kaffee hereingekommen waren. Auf der Theke eine Vitrine mit Kuchen und Buletten. Ein Mann ging umher und versuchte, Kunstblumen zu verkaufen. Leo fragte sich, wie er sich um diese Tageszeit etwas davon versprechen konnte. Die Besuchszeit in der Charité hatte noch nicht begonnen. Doch der Mann ging beharrlich von einem Tisch zum anderen, bot sein Körbchen dar und kassierte die nächste Abfuhr.

Die beiden Frauen hinter der Theke beachteten ihn nicht weiter. Vielleicht gaben sie ihm auch nur Gelegenheit, sich aufzuwärmen.

In einer Ecke stritt sich ein Paar. Die Frau wollte weg, der Mann hielt sie am Arm fest und schaute sie flehend an. Doch die Art, wie sie die Lippen aufeinanderpresste, verhieß nichts Gutes.

»Leo?« Er hörte schon das Bedauern in Sonnenscheins Stimme.

»Nichts gefunden?«

»Ich habe etwas über das XIII. Württembergische entdeckt, aber nur für die Westfront. 5. Armee.« Papier raschelte. »Schlacht bei Longwy, August 1914. Augenblick mal, doch, hier. Verlegung an die Ostfront zur 9. Armee, Einsatzgebiet nördliches Polen. 2. Schlacht bei Przasnysz, das war 1915.«

»Wir brauchen 1916.«

Er hörte, wie der Kollege blätterte. »Im September 1915 wurde das Korps zurück an die Westfront verlegt. Champagne, Ypern, Somme. Somme war im Sommer 1916, das wäre der Zeitraum, den wir brauchen. Tut mir leid, Leo.«

»Wir sehen uns gleich im Büro.«

Er war enttäuscht. Jede Spur schien sich zu verflüchtigen, sobald sie näher hinschauten. Er bezahlte für den Anruf und verließ das Café.

22

Montag, 23. Januar 1928

»Danke, Fräulein Meinelt.« Leo legte seufzend auf und begegnete Walthers fragendem Blick.

»Sie hat in der Praxis von Dr. Joseph angerufen. Er ist auf einer Wochenendreise und kommt erst morgen wieder.«

»Dr. Joseph? Hat das mit deinem Ausflug in die Charité zu tun?«

Leo berichtete vom Neujahrsempfang des Polizeipräsidenten, auf dem er den plastischen Chirurgen kennengelernt hatte. »Und dann kam mir der Gedanke, er könnte Lemasque alias Immendorf behandelt haben. Also habe ich in der Charité nachgefragt, und sie haben Immendorf tatsächlich in den Akten.«

Walther sah ein wenig skeptisch aus. »Selbst wenn er ihn behandelt hätte – das muss während des Krieges oder direkt danach gewesen sein. Und wir bearbeiten einen Mord im Jahre 1928.«

»Lemasque ist unsere einzige Spur. Ich glaube nicht, dass Werner Rath unseren Mann erwürgt hat.«

»Es geht nicht um das, was wir glauben«, erwiderte Walther. »Er hat den Schlüssel geklaut, den kleinen Baumgarten ausgenutzt und unter Druck gesetzt, hat kein sicheres Alibi für die Tatnacht, war nicht ehrlich mit seinen Eltern.«

»Wer ist das schon?«, warf Leo gereizt ein.

»Ja, aber wir haben Lemasques Aussage nicht widerlegen können, er habe den Schlüssel am Samstag gefunden. Nach dem Mord. Werner Rath hatte die Mittel, er kennt sich dort bestens aus. Angenommen, er hat sich nach dieser Lilli noch mit einem anderen Mädchen da getroffen, und Fjodor hat die beiden in flagranti ertappt? Vielleicht hat Werner ihn in seiner Panik erwürgt. Er würde sicher alles tun, damit sein Vater nichts erfährt.«

Natürlich war das möglich. Und doch störte ihn etwas an dieser Theorie. »Fjodor wollte zu Lemasque. Das können wir nicht ignorieren. Der Mann ist nicht tausend Kilometer mit dem Zug gefahren, bloß um sich ein blutiges Melodrama anzusehen.«

»Ich hab's!« Die Verbindungstür flog auf, und Sonnenschein kam herein, die Wangen gerötet. Er schwenkte ein Buch, in dem ein Zettel steckte, klappte es auf und las triumphierend vor: »Im Zuge der Brussilow-Offensive im Sommer und Herbst 1916, bei der die österreichischen Truppen um Halytsch in starke Bedrängnis gerieten, wurden die Regimenter 121 und 122 des XIII. Württembergischen zurück nach Osten verlegt. Sie waren an Gefechten um Tłumacz, Halytsch, Przasnysz und andere galizische Ortschaften beteiligt.«

Er schaute erwartungsvoll zwischen seinen Kollegen hin und her. »Begreift ihr nicht? Immendorfs Regiment war genau dort eingesetzt, wo Fjodor stationiert war. Und wo er die ganzen letzten Jahre verbracht hat! Lemasque und Fjodor sind beide Deutsche, also ist es gut möglich, dass sie im selben Regiment gedient haben. Wir sollten versuchen, die Akten der beiden Regimenter einzusehen.«

Leo stand auf und klopfte Sonnenschein auf die Schulter. »Ausgezeichnet, Jakob. Ich bewundere deine Hartnäckigkeit, die Bücher sahen ganz schön trocken aus.«

»Militärgeschichte ist nicht mein Fachgebiet«, gab der Kriminalassistent zu. »Und trocken war es auch. Aber es musste eine Verbindung geben, und wir haben sie gefunden.«

»*Du* hast sie gefunden. Ich werde dich, sobald wir den Fall abgeschlossen haben, für eine Beförderung vorschlagen. Ich gehe persönlich zu Gennat.«

»Danke.«

Mehr sagte er nicht, aber Leo wusste aus eigener Erfahrung, wie eng es finanziell mit der Besoldung der unteren Dienstränge werden konnte, vor allem, wenn der Beamte Familie hatte. Esther Sonnenschein gab Geigenunterricht, was seit Samuels Geburt auch schwieriger geworden war.

»Wenn wir nur wüssten, wie Fjodor wirklich hieß«, sagte Walther. »Die Regimenter werden kaum Fotografien in den Akten haben.«

Leo schüttelte den Kopf. »Sicher nicht. Aber wir sollten auch nicht bei ihm ansetzen, sondern bei Lemasque alias Immendorf. Der Mann lebt, ist verfügbar und hat eine Geschichte. Und auf die werden wir uns konzentrieren. Der Weg zu Fjodor führt über Immendorf.«

Dr. Gertrud Krüger hatte Jelena freundlich empfangen. Sie besaß eine Fünf-Zimmer-Wohnung in Charlottenburg, die sie vor einigen Jahren von einer Verwandten geerbt hatte. Da sie selbst keine Verwendung dafür besaß und sie nicht verkaufen wollte, hatte ihre Freundin Henriette Strauss damals vorgeschlagen, eine Unterkunft für misshandelte Frauen einzurichten. Die Nachbarn waren zunächst misstrauisch gewesen, man befürchtete Lärm und Streitigkeiten in dem gutbürgerlichen Haus. Doch Gertrud Krüger hatte sich sanft, aber bestimmt durchgesetzt. Inzwischen kümmerte es die Leute nicht mehr, und manche steckten ihr sogar Süßigkeiten für die Kinder zu, die dort mit ihren Müttern Zuflucht fanden.

Jelena hatte wohl gespürt, dass die Ärztin es gut mit ihr meinte, und hörte aufmerksam zu, als Gertrud ihr stockend erklärte, dass sie eigens russischen Tee besorgt habe. In Charlottengrad sei das gar nicht schwer.

Jelena lächelte. »Charlottengrad?«

Gertrud erklärte, dass nach dem Krieg viele Russen in das Viertel gekommen seien, was diesem den Spitznamen »Charlottengrad« eingetragen hatte.

Jelena taute bald auf und trank mit sichtlichem Genuss den Tee, in den sie, nachdem Gertrud ihr ermutigend zugenickt hatte, reichlich Zucker gerührt hatte.

»Es sind noch zwei weitere Frauen hier. Sie wurden von ihren Männern geschlagen.«

Jelena senkte den Blick und sagte leise: »Fjodor hat mich nie geschlagen. Er war ein guter Mann.«

»Das glaube ich. Möchten Sie mir von ihm erzählen?«

Zögernd begann sie zu erzählen. Wie sie einander kennengelernt hatten, wie Fjodor Jahre später wieder in ihrem Dorf erschienen war, so verändert, dass sie nur mit Mühe den unbekümmerten Soldaten erkannte, mit dem sie die Kirschen geteilt hatte.

Gertrud schenkte ihr Tee nach.

»Und dann ist er bei Ihnen geblieben, einfach so?«

»Ja. Er hat wenig gesprochen. Einmal hat er gesagt, er

will da weiterleben, wo sein Leben aufgehört hat. Das fand ich seltsam.«

»Hat er von seiner Heimat erzählt?«

»Fast nie. Es war, als hätte er sie vergessen. Oder als wollte er sie vergessen. Oft hat er den ganzen Tag nicht gesprochen.« Sie hob den Kopf und schloss die Augen, als horchte sie auf eine ferne Stimme. »Einmal hat er geträumt. Da sagte er was von einem *weißen Haus*. Und von einem *Löwen.*« Sie sprach die Wörter unsicher auf Deutsch aus. Gertrud übersetzte sie ins Russische.

Jelena runzelte die Stirn. »Ich weiß nicht, was er gemeint hat. Es war sicher nur ein Traum.« Sie stellte die Tasse ab und betrachtete das schöne Teeservice, strich mit dem Finger über die geschwungene Tülle der Kanne und sagte versonnen: »Ich glaube, er war ein vornehmer Mann.«

Gertrud sah sie überrascht an. »Vornehm?«

»Ich bin ein Bauernmädchen. Ich habe immer nur in Lozy gelebt. Wir essen aus Holzschüsseln. Es gibt kein Porzellan bei uns. Fjodor hat sich nie beschwert. Aber als wir meine Tante Pelageja in Lemberg besuchten, lächelte er, als er den gedeckten Teetisch sah. Sie hat wunderbare Teegläser in Haltern aus Kupfer, die mit bunter Emaille verziert sind. Sie sind wunderschön, ihr ganzer Stolz. Fjodor hat sie angeschaut und behutsam angefasst. Er hat die Augen zugemacht und daraus getrunken.«

»Was glauben Sie, woran er gedacht hat? Hat er sich vielleicht an seine Heimat erinnert?«

»Er sah auf einmal anders aus. Er saß ganz gerade, und wie er den Tee trank und den Kuchen mit der Gabel aß … Eben vornehm. Da wurde mir klar, wie fremd er sich in meinem Dorf fühlen musste. Auch wenn er es nie gesagt hat.« Sie zuckte mit den Schultern. »Vielleicht sehnte er sich nach der Heimat. Vielleicht hätte ich ihn nicht bei mir behalten sollen. Dann könnte er noch am Leben sein.«

23

Dienstag, 24. Januar 1928

»Sie meint, er sei vornehm gewesen?«, fragte Leo am Telefon.

»Ja, so hat sie sich ausgedrückt. Sie hat mir viel erzählt. Vielleicht lag es daran, dass ich nichts mit der Polizei zu tun habe«, sagte Gertrud Krüger beinahe entschuldigend. »Sie ist sehr verunsichert.«

»Ich weiß. Danke, dass Sie mit ihr gesprochen haben. Was hat sie sonst noch erzählt?« Er schrieb mit und bedankte sich dann. »Sagen Sie Jelena, dass sie uns sehr geholfen hat. Und dass wir alles tun, um den Mörder ihres Mannes zu finden.«

»Die beiden waren verheiratet?«

»Nein, aber sie nennt ihn manchmal so.«

»Es gefällt mir, dass Sie es auch tun, Herr Wechsler. Dass Sie ihr mit Respekt begegnen.«

Er räusperte sich. »Gewiss. Was den Traum von dem weißen Haus und dem Löwen angeht – mehr hat sie nicht gesagt?«

»Leider nicht.«

Er bedankte sich noch einmal und hängte ein, stand auf und ging nachdenklich auf und ab, die Hände in den Hosentaschen. Ein weißes Haus, ein Löwe. Fjodors unerwartetes Vergnügen an den Teegläsern. Jelenas Vermutung, er sei vornehm gewesen. War es denkbar, dass er von einem Haus geträumt hatte, das er kannte? Womöglich von seinem Elternhaus?

Leo schaute aus dem Fenster auf die belebte Straße. Wenn er ganz still stand, konnte er die Vibrationen der Presslufthämmer am Alexanderplatz spüren.

Bruchstücke eines Traums, überliefert von einer Frau, die seine Sprache nicht verstand. Das war zu wenig. Darauf ließ sich keine Ermittlung aufbauen. Sie konnten schlecht das ganze Reich nach einem weißen Haus absuchen, vor oder in dem ein Löwe stand. Oder auf einem Bild zu sehen war. Oder auf einem Gobelin. Oder in einem Buch.

Dennoch, er würde es im Gedächtnis behalten.

Er steckte den Kopf durch die Verbindungstür. »Robert, komm mal rüber. Wir haben einiges vor.«

Die Fahrt nach Potsdam zog sich hin. Jakob Sonnenschein blätterte in seinen Unterlagen, um sich die Zeit zu vertreiben, schaute aber zwischendurch aus dem Fenster und dachte an Leos Worte. Eine Beförderung käme sehr gelegen. Sein Vater hatte kürzlich – nicht böswillig und durchaus augenzwinkernd – die Bemerkung fallen lassen, er verdiene mit seiner Fleischerei mehr als sein Sohn, der Beamter sei. Sonnenschein wollte sich nicht darüber ärgern und tat es dennoch, da Verwandte dabei gewesen waren, die Schuster oder Schneider waren, handfeste Berufe, bei denen man zupackte, statt im Anzug in einem Büro zu sitzen. Er hatte es aufgegeben, ihnen zu erklären, wie abwechslungsreich seine Aufgabe war, und konnte sie selbst mit seinen sensationelleren Fällen, die in der Presse erschienen, nicht beeindrucken.

Sonnenschein hatte angenommen, dass die Unterlagen

zum XIII. Württembergischen Armeekorps in Stuttgart geführt wurden, bereits die Anschrift Olgastraße 13 herausgesucht und sich mit dem Gedanken abgefunden, einen Reiseantrag zu stellen. Dann war Walther mit der Nachricht hereingeplatzt, das württembergische Kriegsministerium sei 1919 aufgelöst worden und die Akten befänden sich vermutlich im Reichsarchiv in Potsdam.

Als der Zug in Potsdam hielt, stieg Sonnenschein aus und ging das kurze Stück in Richtung Brauhausberg, wo der eindrucksvolle Turm des Reichsarchivs aufragte. Roter Backstein, fachwerkgeschmückte Giebel, die Dächer weiß vom Frost – das Gebäude wirkte geradezu romantisch, wie es sich über die winterliche Stadt erhob.

Sonnenschein trat durch das von Säulen flankierte Portal in die Eingangshalle.

»Sind Sie angemeldet?«, fragte der Mann hinter der Glasscheibe.

»Nein. Es handelt sich um eine kriminalpolizeiliche Ermittlung«, erwiderte Sonnenschein. »Ich wünsche Einsicht in die Akten des XIII. Königlich-Württembergischen Armeekorps, Regiment 121 und 122.«

Man schickte ihn zu einer Wartebank. Er setzte sich, die Aktentasche auf den Knien. Es war still in dem gewaltigen Bau, als gäbe es hier keine Menschen, nur Papier, das geduldig in Regalen, Kartons und Mappen lagerte und dessen Geschichten kaum jemand hören wollte.

Er tauchte aus seinen Überlegungen auf, als sich Schritte näherten. Eine Frau von Mitte fünfzig, die ein unmodern knöchellanges Kleid trug, blieb vor ihm stehen. Ihr strenger Haarknoten passte ebenfalls nicht mehr in die Zeit. Doch sie sah ihn freundlicher an, als ihr strenges Auftreten erwarten ließ.

»Herr Sonnenschein von der Berliner Kriminalpolizei?«

Er stand auf und nickte. »Der bin ich.«

»Henseler, Archivarin. Kommen Sie.« Sie führte ihn durch lange Flure und öffnete die Tür zu einem Raum, an dessen Wänden sich Reihen von Karteikästen entlangzogen. Es roch nach Staub und altem Papier. Frau Henseler deutete auf einen Stuhl. »Bitte.«

Sonnenschein setzte sich und stellte die Aktentasche ab. Dann trug er ihr sein Anliegen vor.

Die Archivarin nickte. »Sie haben recht, die Kriegsministerien wurden nach dem Krieg tatsächlich aufgelöst. Man hat das Reichsarchiv hier im Gebäude der ehemaligen Reichskriegsschule eingerichtet. Allerdings haben sich Sachsen, Württemberg und Bayern geweigert, ihre Militärarchive nach Berlin zu übergeben. Ich will Sie nicht mit komplizierten Verwaltungsgeschichten langweilen und komme daher gleich zum Punkt: Die Unterlagen, die Sie suchen, befinden sich in der Reichsarchiv-Zweigstelle Stuttgart. Dort wurden alle Unterlagen zum XIII. Württembergischen Armeekorps zusammengetragen. Sie sind seit 1923 unmittelbar dem Reichsarchiv unterstellt, werden aber in Stuttgart geführt.«

Sonnenschein notierte sich die Angaben. »Können Sie mir die Adresse geben?«

»Gutenbergstraße 109. Ich kann Ihnen auch die Telefonnummer heraussuchen.«

»Das wäre sehr hilfreich.«

Frau Henseler zögerte kurz. »Sie sagten, es geht um einen Mordfall? Dann ist Ihr Anliegen wohl dringend?«

Er nickte, woraufhin sie ihn mit in ihr winziges Büro nahm und dort nach dem Telefonhörer griff. »Verbinden Sie mich bitte mit der Zweigstelle Stuttgart. – Henseler, Reichsarchiv Potsdam. – Ich habe hier einen Kriminalbeamten mit einer dringenden Anfrage. – Danke, ich verbinde.«

Sie reichte Sonnenschein den Hörer und verließ den Raum.

Nachdem er das Gespräch beendet hatte, besaß Sonnenschein die Zusage, dass man einen Besucher aus Berlin jederzeit willkommen heißen würde.

Das Haus Kurfürstendamm 63 war großzügig und elegant, mit schönen Balkonen und verspieltem Türmchen, und strahlte eine gepflegte Großbürgerlichkeit aus. Leo betrat die Praxis und bemerkte sofort, wie anders es hier aussah als bei Magda Schott: weiche Teppiche, die die Schritte dämpften, gerahmte Bilder an den Wänden, eine Empfangstheke aus edlem Holz. Ein Arzt für plastische Chirurgie hatte eine andere Klientel als eine Allgemeinmedizinerin in Moabit.

Er trat an den Empfang und stellte sich vor. Die Helferin schaute in ihren Kalender und sah lächelnd auf.

»Natürlich, der Herr Professor erwartet Sie.« Sie klopfte an eine dunkle Holztür mit Buntglasfenster.

Sie ließ Leo eintreten und zog sich lautlos zurück.

Jacques Joseph erhob sich und trat hinter dem Schreibtisch hervor. »Herr Wechsler, welch unerwartetes Vergnügen. Nichts Medizinisches, hoffe ich?«

»Nein, Herr Professor. Es geht um eine Ermittlung in einem Mordfall. Ich benötige Angaben zu einem Ihrer früheren Patienten aus der Charité, einem Soldaten namens Carl-Theodor Immendorf.«

Joseph bot ihm einen Platz an. »Auf Anhieb sagt mir der Name nichts, aber ich habe in meiner Zeit an die tausend Männer operiert.«

Er trat an ein Regal und nahm ein in Leinen gebundenes Buch heraus. »Ich habe mir Abschriften der Jahresberichte aus der Charité anfertigen lassen. Wenn ich mich selbst zitieren darf: ›In der Zeit vom 20. Juni 1916 bis 30. Juni 1917 führte ich 210 plastische Operationen des Gesichts durch. Überwiegend handelte es sich bei den Patienten um schwere Entstellungen des Gesichts, auch um solche, die bereits chirurgisch ohne oder mit mangelhaftem Erfolg operiert worden waren.‹ Und dies war nur das erste Jahr. Ich war von Juni 1916 bis Ende Dezember 1921 dort.«

Leo holte ein Blatt aus der Manteltasche und las vor: »›Carl-Theodor Immendorf, geboren am 24. März 1890, Einlieferung: 23. August 1917, Entlassung: 18. Dezember 1917, Diagnose: schwere Verwundung durch Granatsplitter im Gesichtsbereich, unbehandelte Infektion und Narbenwucherung, Behandlung: zunächst in frontnahen Lazaretten. Im August 1917 Überstellung an die Abteilung für Gesichtsplastik an der Charité. Mehrere wiederherstellende gesichtsplastische Operationen.‹ Das sind die Angaben aus dem Bureau-Journal der Charité.«

Joseph ließ sich das Blatt geben und holte den betreffenden Jahresbericht aus dem Regal. Er suchte den Eintrag heraus und reichte Leo das Buch.

Die Angaben waren denen aus dem Journal ähnlich, gingen aber mehr ins Detail. Immendorf war bereits zweimal in frontnahen Lazaretten operiert worden, die Wunden hatten sich entzündet, er erhielt Morphium in hoher Dosis. Sein seelischer Zustand war besorgniserregend.

Joseph war neben Leo getreten und deutete auf den Eintrag. »Wie Sie sehen, habe ich den Zustand bei Einlieferung beschrieben und dann meine Eingriffe, bei denen ich das infektiöse Gewebe entfernt und das Gesicht wiederhergestellt habe.«

»Können Sie sich an den Fall erinnern?«

Der Professor hatte sich in seinem Ledersessel niedergelassen und schüttelte den Kopf. »Es tut mir leid, Herr Wechsler, aber ich habe so viele zerstörte Gesichter gesehen, dass es mir ehrlich gesagt schwerfiel, die Männer auseinanderzuhalten.« Er räusperte sich. »Man musste das Leid ausblenden, sonst konnte man die Arbeit nicht tun. Sie war nicht mit dem zu vergleichen, was ich sonst mache. Gewöhnlich verschönere ich Menschen. Hier ging es darum, ihnen überhaupt ein Weiterleben zu ermöglichen. Wissen Sie, wie viele dieser Soldaten sich nicht nach Hause zu ihren Familien wagten? Es gab Suizide, Menschen, die ihrem Leben lieber ein Ende setzten als sich den Blicken anderer preiszugeben.« Er hielt einen Moment inne. »Soll ich Ihnen meinen berühmtesten Fall zeigen? Als Polizist sind Sie schockierende Bilder gewöhnt, nicht wahr?«

Leo nickte, doch auf das, was der Chirurg ihm zeigte, war er nicht gefasst: eine Mappe mit Fotografien, unerbittlich scharf, die einen Mann im Profil zeigten. Von seinem Gesicht waren nur das linke Auge, die Stirn und der Unterkiefer zu sehen. Dazwischen klaffte ein Loch.

»Leutnant Mustafa Ipar, Türke. Granatsplitter an den Dardanellen. Man brachte ihn im Januar 1918 zu mir in die Charité. Er war der schlimmste Fall, den ich bis dahin gesehen hatte. Er sollte es auch bleiben. Stirn, linkes Auge, Unterkiefer. Sonst nichts. Das rechte Auge fehlte ebenfalls. Er konnte weder essen noch sprechen.« Joseph zog ein Foto hervor, das unter den anderen gelegen hatte. »Gewiss, er war danach kein schöner Mann. Aber ein Mann, der sich unter Menschen wagen konnte, vor dem niemand schreiend davonlief, der sprechen und sich normal ernähren konnte.«

Das Bild zeigte einen Mann mit auffälligen Narben, der aber ein Gesicht hatte. »Das … das ist ein Wunder. Wie ist das nur möglich? Ich weiß, Sie werden sagen, es sei ärztliches Handwerk, und das stimmt natürlich, aber …«

»Es hat auch mich berührt«, sagte Joseph knapp, doch Leo hörte, wie bewegt er war. Ihm kam ein Gedanke.

»Haben Sie weitere Fotografien?«

Joseph lächelte. »Ah, ich verstehe. Wie lautete der Name? Immendorf?«

Der Professor hob den Telefonhörer ab. »Fräulein Kramer? Bitte schauen Sie im Archiv nach, ob wir Fotografien von einem Carl-Theodor Immendorf haben, aus der Charité. Bitte sofort. Und zwei Tassen Kaffee.«

Er räumte die Mappe weg und setzte sich wieder. »Was hat dieser Immendorf denn angestellt? Augenblick, geht es etwa um die Geschichte mit dem Toten in der Schule? Darüber habe ich in der Zeitung gelesen. Der Mann, den niemand kennt. Aber es war nie von einer Entstellung die Rede, auf dem Bild sah er ganz normal aus.«

»Immendorf lebt, aber er könnte den Toten gekannt haben«, erklärte Leo. »Wir versuchen, die Vergangenheit des Opfers zu rekonstruieren.«

Der Professor nickte. »Rekonstruktion ist ein mühsames Geschäft. Der Krieg hat mir als Chirurg Möglichkeiten eröffnet, die ich mir nicht hätte träumen lassen. Aber welch ein Preis, so viel Leid. Dagegen nehmen sich Adlernasen und Segelohren harmlos aus. Was nicht heißt, dass ich meine heutige Tätigkeit nicht ernst nehme. Aber die Jahre an der Charité haben mich geprägt.«

»Sie haben vielen Männern ermöglicht, weiterzuleben. Wenn man Herrn Immendorf zum ersten Mal sieht, erschrickt man, gewiss, aber er kann immerhin ein Leben führen, das den Namen verdient«, sagte Leo. »Und das hat er Ihnen zu verdanken. Ihnen und seinem Willen.«

»Darf ich fragen, was er heute macht?«

»Das kann ich Ihnen leider nicht sagen. Es handelt sich um eine laufende Ermittlung.«

Die Arzthelferin kam mit einer Aktenmappe und einem Tablett herein, auf dem zwei Tassen Kaffee, Milch und Zucker standen. Professor Joseph dankte ihr und entließ sie mit einem Nicken.

Er schlug die Mappe auf, betrachtete kurz die Fotografien und schob sie Leo hin.

Der Mann saß aufrecht auf einem Stuhl und war mehrfach von vorn und beiden Seiten fotografiert worden. Auf den Rückseiten waren die Daten verzeichnet, und man konnte die Fortschritte, die durch die Operationen erzielt worden waren, deutlich erkennen. Auf den ersten Bildern wirkten die Wunden entzündet, die Nähte angeschwollen, das Gesicht war von Schmerzen gezeichnet. Von den Fotografien, die kurz vor der Entlassung aufgenommen waren, blickte Leo ein bekanntes Gesicht entgegen: Louis Lemasque.

»Ja, das ist er.«

Der Arzt hatte die Stirn gerunzelt und rieb sich nachdenklich mit dem Daumen übers Kinn.

»Was ist, Herr Joseph?«

»Bei diesen Patienten interessierten mich damals nur die Gesichter, Namen und Dienstgrade waren zweitrangig. Aber jetzt, wo ich die Fotografien sehe, fällt mir etwas ein.«

Leo sah ihn hoffnungsvoll an. »Ich höre.«

»Kurz nach dem Krieg, es muss 1919 oder Anfang 1920 gewesen sein, suchte mich eine Dame in der Charité auf. Sie war Mitte fünfzig, sehr gut gekleidet, Pelzmantel, alter Familienschmuck. Wenn ich mich recht entsinne, stellte sie sich als Frau Immendorf vor, der Vorname ist mir entfallen. Sie erkundigte sich, ob ich ihren Sohn behandelt hätte, was ich bejahte.« Er legte eine Pause ein. »Ich dachte, sie wollte mir danken. Nicht aus Eitelkeit. Es kam öfter vor, dass Angehörige mir dankten. Daher wunderte es mich nicht, dass sie mich aufsuchte.« Wieder eine Pause. »Ihr Anliegen war jedoch anderer Art. Sie sagte, sie erkenne ihren Sohn nicht wieder. Was kein Wunder war, Sie sind ihm begegnet. Das sagte ich ihr auch, natürlich behutsam, um sie nicht zu kränken. Aber die Frau erklärte, er habe sich auch im Wesen verändert. Er lehne es ab, Freunde der Familie zu treffen. Ebenso alte Schulkameraden, die den Krieg überlebt hatten und ihn besuchen wollten.«

»Auch das ist verständlich, nicht wahr?«, fragte Leo. »Diese Leute kannten ihn von früher und hätten unwillkürlich Vergleiche angestellt.«

»Sehr richtig. Vermutlich hatten die Kriegserlebnisse einen Schock hinterlassen. Es gab Anfälle von Jähzorn und Anzeichen von Amnesie. So konnte er sich nicht an den Namen des Schäferhunds erinnern, der seinem Großvater gehörte und den er als Junge sehr geliebt hatte. Es gibt Männer, die sich von solchen Wunden nie erholen. Manches lässt sich nicht heilen, das müssen wir Ärzte uns eingestehen. Wir sind keine Halbgötter, auch wenn die Presse es gelegentlich anders darstellt. Oder wir selbst uns so sehen.« Er lächelte schief. »Seine Mutter war jedenfalls sehr verwirrt und verzweifelt. Wie sie sich trotzdem bemühte, die Fassung zu wahren, das hat mich sehr beeindruckt. Eine Dame von wirklichem Format. Wahrscheinlich erinnere ich mich deshalb überhaupt noch an sie.«

»Wie ging es weiter?«, fragte Leo.

»Ich habe Frau Immendorf mitgeteilt, meine Aufgabe sei abgeschlossen. Ihr Sohn benötige die Hilfe eines Nervenarztes und vor allem sehr viel Geduld und liebevolle Zuwendung. Dann ist sie gegangen. Ich habe nie wieder von ihr gehört.«

Leo hatte mitstenografiert. »Das ist ein interessanter Hinweis, Herr Joseph. Ich danke Ihnen.«

Der Professor zuckte mit den Schultern. »Sie sind der Kriminalbeamte und wissen hoffentlich etwas damit anzufangen.«

Sie gaben einander die Hand. »Dann überlasse ich Sie wieder Ihren Patienten. Und nochmals danke.«

Als Leo den Kurfürstendamm hinunterging, kam es ihm vor, als wäre der Tag heller geworden. Er eilte fast in Richtung U-Bahn. Ihm war eine Idee gekommen, die so verrückt war, dass er nur einem davon erzählen würde.

24

Dienstag, 24. Januar 1928

»Na los, ein bisschen Zeit wirst du wohl noch haben, oder steigt dir dein Alter aufs Dach?«, stieß Wolfgang ungeduldig hervor. »Willy und der kleine Reuter kommen auch.«

Georg trat mit der Fußspitze gegen die Bretterwand des Verschlags, in dem er sich immer mit Wolfgang traf. Früher hatte er das Geheimversteck geliebt, es spannend gefunden, sich in den Hinterhof zu schleichen, ohne dass ihn jemand durch die vielen Fenster sah. Mittlerweile hatte es seinen Reiz verloren.

»Na schön.«

Wolfgang setzte die Bierflasche ab und schlug ihm auf die Schulter. »Wirst schon sehen. Du bist ja gerade erst eingetreten. Jetzt geht der Spaß richtig los. Nächsten Samstag soll eine große Sache im Wedding steigen, da geht es gegen die Roten. Karl hat gesagt, das wird unsere Feuertaufe.«

Georg zuckte mit den Schultern und sagte nichts.

Wolfgang stieß ihn unsanft in die Rippen. »Na sag schon, hat dein Alter Ärger gemacht? Hat er es rausgekriegt mit seinem Bulleninstinkt?«

»Natürlich nicht. Ich bin doch nicht blöd. Also los, gehen wir.«

»Ach, auf einmal hast du's richtig eilig.« Er warf einen

Blick auf Georgs ungeöffnete Bierflasche. »Ach so.« Er grinste. »Der kleine Reuter bringt immer Schnaps von seinem Onkel mit, auf den hast du's wohl abgesehen. Bier ist unter deiner Würde, was?«

Georg befand, dass Schweigen klüger war.

Die Jungen standen auf und klopften sich die Hosen ab. Sie trugen beide Uniform und wollten sich mit den anderen Jungs in einem Schrebergarten treffen.

Sie waren noch nicht weit gekommen, als sie aus einem Hauseingang Geräusche hörten. Füßescharren, Stimmen, dann ein Stöhnen, ein Schmerzensschrei.

»Was ist da los?«, fragte Georg.

Wolfgang warf einen Blick in den Tordurchgang und lachte. »Ach nee, übt ihr etwa schon für Samstag? Habt ihr 'nen Roten erwischt?«

Drinnen rangelten drei Jungen. Einer in brauner Uniform hielt einen anderen im Schwitzkasten. Ein zweiter Hitlerjunge schlug ihm links und rechts ins Gesicht. »Siehste, Hinkebein, das haste davon, wenn du uns nicht richtig grüßt.«

Wolfgang kam dazu. »Wen habt ihr denn da?«

Der kleine Reuter – ein Spitzname, er war weit über eins achtzig – drehte sich grinsend zu ihm um. »Keine Ahnung, wie der heißt. Kam uns entgegengehinkt und wollte nicht salutieren. Jetzt lernt er gleich seine Lektion.«

Georg stand wie versteinert da. Schaute sich um. Kein Mensch auf der Straße oder im Hof. Er schluckte, sein Mund war ganz trocken.

Reuter trat zurück. »Lass ihn los, Willy. Ich warte.«

Der Junge hob zitternd die Hand und salutierte. Sein Gesicht war tränenverschmiert.

»Na bitte. Geht doch.« Reuter versetzte ihm noch

einen Tritt, dann winkte er die anderen mit sich. »So, den Schnaps haben wir uns redlich verdient.«

Sie waren ein paar Schritte gegangen, als Georg stehen blieb. »Mist, ich hab meinen Schlüssel vergessen. Ich komme nach.«

»Beeil dich, sonst ist nix mehr da«, rief der kleine Reuter, dann gingen sie lachend weiter. Drei braune Gestalten, die den ganzen Gehweg für sich beanspruchten.

Georg warf noch einen Blick über die Schulter, dann eilte er in den Tordurchgang. Der Junge stand da und wischte sich mit dem Handrücken über die Nase. Als er Schritte hörte, zuckte er zusammen und schaute Georg ängstlich an.

»Komm, Christoph, ich bring dich nach Hause.«

Kriminalrat Ernst Gennat erhob sich schwerfällig und bot Leo einen Platz an, bevor er auf die Uhr sah. »Zu spät für Kuchen, oder können Sie ein Stück vertragen, Herr Wechsler?«

Leo kämpfte kurz mit sich und verlor. »Da sage ich nicht Nein, Herr Kriminalrat.«

»Leider ist nur noch Frankfurter Kranz da, das letzte Stück Schwarzwälder Kirsch hat der Kollege Werneburg verschlungen«, meinte der Kriminalrat grinsend.

»Das macht überhaupt nichts.«

Trudchen, die Sekretärin, servierte Kaffee und Kuchen, und Leo, der außer einer Stulle am Mittag nichts gegessen hatte, langte zu.

Als er fertig war, schaute Gennat ihn belustigt an. »So, und jetzt zur Sache. Oder sind Sie nur wegen des Kuchens gekommen? Schienen ja mächtig Kohldampf zu schieben.«

Leo lächelte ein wenig verlegen und trug dann sein Anliegen vor.

»Nach Stuttgart? Hm.« Er faltete die Hände über dem mächtigen Bauch. »Das ist eine ziemlich originelle Theorie, die Sie da haben. Wie sicher sind Sie sich?«

Mit dieser Frage hatte Leo gerechnet, besser gesagt, sie gefürchtet. Doch wenn es jemanden gab, dem er seine Zweifel und Bedenken anvertrauen konnte, dann Gennat.

»Die einzige Spur, die wir in Berlin gefunden haben, führt zu Lemasque alias Immendorf. Daher sollte jemand nach Stuttgart fahren und sich die Akten der beiden Regimenter anschauen. Mit der Familie sprechen. Vielleicht liefern sie uns irgendeinen Hinweis.«

»Dieser Professor Joseph ist ein verlässlicher Mann, sagen Sie?«

»Oh, ja. Seriös und hoch angesehen. Er hat alle Unterlagen zu Immendorfs Behandlung aufbewahrt und diese mit Fotografien dokumentiert. Und er hat sich spontan an das Gespräch mit der Mutter erinnert.«

Der Kriminalrat nickte. »Gut, ich werde den Antrag mit der Bitte um Genehmigung weiterleiten. Sie fahren selbst?«

Leo zögerte einen Augenblick.

»Was ist los?«

»Kriminalassistent Sonnenschein hat hervorragende Arbeit geleistet, seine Militärrecherchen sind ein wesentlicher Bestandteil der Ermittlungen. Eigentlich hätte er es verdient, nach Stuttgart zu fahren«, sagte Leo.

»Aber?«

Leo kämpfte mit sich. »Nun … meine Theorie ist ziemlich kühn. Daher hätte ich sie gern überprüft, bevor ich sie im größeren Kreis bespreche.«

Gennat beugte sich vor. »Verstehe. Ich weiß, dass für Sonnenschein eine Beförderung fällig ist. Eine Empfehlung von Ihnen wäre da durchaus willkommen. Was die Dienstreise angeht, wünsche ich ohnehin, dass Sie als Leiter der Mordkommission persönlich fahren. Sie werden das Archiv in Stuttgart aufsuchen und in Reutlingen mit der Familie sprechen. Vielleicht gibt es noch weitere Angehörige außer der Mutter.«

Leo stand auf. »Danke, Herr Kriminalrat. Was glauben Sie, wie lange es dauert, bis ich die Genehmigung erhalte?«

»Laufende Mordermittlung? Sie können schon mal packen. Und angenehmen Feierabend.«

Bevor er nach Hause ging, entwarf Leo noch die Empfehlung für Sonnenscheins Beförderung und legte sie Fräulein Meinelt neben die Schreibmaschine.

Auf dem Heimweg kaufte er in einer Delikatessenhandlung eine Schachtel Mauxion-Pralinen und zwei Flaschen Kakaotrunk für Georg und Marie. Im Geist sah er Clara schon vor sich, wie sie lächelnd fragte: »Hast du etwas ausgefressen?«

25

Mittwoch, 25. Januar 1928/ Donnerstag, 26. Januar 1928/ Freitag, 27. Januar 1928

Walther fuhr am Morgen noch einmal ins Theater. Die Sache mit dem Schlüssel ließ ihm keine Ruhe. Werner Raths Angeberei missfiel ihm zwar, doch er konnte in dem Jungen keinen Mörder sehen.

Da er sich inzwischen auskannte, ging er geradewegs in die Werkstatt, wo Fleurette wie immer an ihrem Arbeitstisch saß und dem Grauen Gestalt verlieh.

»*Bonjour*, Herr Kommissar«, begrüßte sie ihn. »Haben Sie Neuigkeiten über diese schreckliche Geschichte?« Sie nickte in Richtung Schule.

»Guten Morgen. Ich suche Berti.«

»Der ist auf der Bühne. Soll ich Ihnen den Weg zeigen?«

»Danke, es reicht, wenn Sie es mir erklären.«

Auf der hell erleuchteten Bühne lag Berti unter einem täuschend echt aussehenden Operationstisch, in der Hand eine kleine Ölkanne. Dann kroch er darunter hervor, betätigte einen Hebel und stand zufrieden da, die Hände in die Hüften gestützt. »So, jetzt quietscht er nicht mehr.«

»Tag, Berti«, sagte Walther.

Der junge Mann zuckte zusammen und spähte in den Saal. Walther trat vor, damit man ihn erkennen konnte.

»Herr Kommissar?«

»Ich habe nur eine kurze Frage.«

Berti kam zu ihm herüber und setzte sich auf den Bühnenrand. Er schien sich wichtig zu fühlen.

»Du kennst doch den Werner, der schon mal hier aushilft.«

Berti nickte, ein wenig leutselig, wie es schien. »Feiner Pinkel, aber in Ordnung. Kann ja nix für seine Alten.«

»Hat er dich mal gefragt, ob du einen Schlüssel gefunden hast?«

»Nee, hat er nicht.«

Das wäre auch zu schön gewesen, dachte Walther und wollte schon gehen. Doch dann sagte Berti: »Aber vor ein paar Wochen ist er mal wie aufgescheucht hier rumgelaufen und hat in alle Ecken geschaut. Ich hab ihn gefragt, ob er was verloren hat. Aber er hat nur den Kopf geschüttelt und ist raus. Er sah aber ziemlich durcheinander aus.«

»Und du bist dir sicher, dass es mehrere Wochen her ist und nicht erst wenige Tage?«

»Ganz sicher. Das muss so kurz vor Neujahr gewesen sein.«

»Würdest du das schriftlich zu Protokoll geben?«

»Na klar«, sagte Berti wichtig.

Walther bedankte sich und verließ das Theater. Immerhin etwas.

Leo schaute hinaus auf die verschneiten Weinberge, hinter denen die Dächer von Stuttgart auftauchten. Zeitig am nächsten Morgen würde er das Archiv aufsuchen. Fräulein Meinelt hatte ihm ein Zimmer in einer Pension bestellt. Falls ein Tag nicht ausreichte, könnte er am folgenden Tag noch einmal in die Zweigstelle des Reichsarchivs fahren und anschließend den Zug nach Reutlingen nehmen.

Er war noch nie so weit von Berlin entfernt gewesen. Er stellte sich vor, wie es hier im Sommer aussehen mochte, wenn die Anhöhen um die Stadt herum grün waren und das Sonnenlicht auf dem Neckar glitzerte. Es hatte etwas von Urlaub, mit dem Zug nach Süden zu fahren, aber das war natürlich eine Illusion.

Leo wollte nicht mit leeren Händen heimkehren. Doch er wusste nur zu gut, wie unerhört seine Hypothese war. Er stand entschlossen auf, zog Hut und Mantel an und holte den Koffer aus dem Gepäcknetz.

Für Zweifel war jetzt keine Zeit. Die Hunderte Kilometer, die er zurückgelegt hatte, durften nicht umsonst gewesen sein.

Das Frühstück, das man ihm am nächsten Morgen in der Pension servierte, war deutlich besser, als Leo nach der harten, klumpigen Matratze und dem eisigen Wasser am Becken erwartet hatte. Sein Gesicht war wie eingefroren, nachdem er sich die Rasierseife abgewaschen hatte.

Doch der Kaffee war heiß und stark, die Brötchen knusprig, Aufschnitt und Käse reichlich vorhanden. Der Bruder der Wirtin hatte einen Bauernhof auf der Alb und schickte Pakete in die Großstadt.

Ein Taxi brachte Leo in die Gutenbergstraße, wo sich die Zweigstelle des Reichsarchivs befand. Es hielt vor einem grauen Bau, über dessen Tordurchfahrt ein steinerner Adler prangte. Leo bezahlte, machte sich im Schneematsch auf die Suche nach dem Eingang und klopfte beim Pförtner.

»Guten Tag. Oberkommissar Wechsler, ich habe einen Termin bei Herrn Sauter von der Abteilung Z.«

Kurz darauf saß er in einem sparsam geheizten Büro. Der freundliche, ein wenig trocken wirkende Sauter, der sich mit einem Schal gegen die winterliche Innentemperatur schützte, deutete auf einen großen Tisch mit einer eindrucksvollen Zahl an Pappkartons darauf.

»Hier hätten wir die fünfundsechzig Kartons, Herr Oberkommissar.«

»Sie haben morgen hoffentlich auch geöffnet«, meinte Leo grinsend.

Sauter nickte ernsthaft. »Gewiss doch.« Er deutete auf einen Kasten vorn rechts. »Diese Kartei ist für Soldaten, von denen keine Nachricht eingegangen ist, Verschollene. Die drei Kartons daneben sind für die Verstorbenen, die übrigen einundsechzig für die Heimkehrer.«

»Angenommen, ein Soldat wäre in Gefangenschaft geraten und hätte den Krieg überlebt, wäre aber nicht heimgekehrt, sondern im Ausland geblieben, ohne sich je bei seiner Familie oder dem Regiment zu melden. Dann wäre er doch in diesem Kasten, oder?« Leo deutete auf die »Ohne Nachricht«-Kartei.

»So ist es.« Sauter runzelte die Stirn. »Aber wer sollte so etwas tun?«

»Vielleicht hat der Soldat eine Frau kennengelernt.«

»Dann hätte er sie mit in die Heimat nehmen können, gell? Das gibt's. Ein Nachbar von mir hat sich ein russisches Mädchen mitgebracht, hat viel Gerede gegeben. Heute haben sie drei Kinder.«

»Dann mache ich mich mal ans Werk.«

Sauter zog sich in den Nebenraum zurück. Leo griff nach dem »Ohne Nachricht«-Karton, nahm den Deckel ab und fing an, in den Karten zu blättern. Immendorf war 1890 geboren, und die Gerichtsmedizin hatte Fjodors Alter auf Mitte dreißig plus oder minus wenige Jahre geschätzt. Also waren die Männer in etwa gleichaltrig.

Als er fertig war, hatte er neun Karteikarten vor sich liegen – alle Männer des Regiments, die zwischen 1888 und 1898 geboren waren und von denen es nach dem Krieg keine Nachricht mehr gegeben hatte.

Dann klopfte er an die Tür zum Nebenzimmer.

»Herein.«

»Eine Frage, Herr Sauter. Gibt es Unterlagen im Archiv, in denen äußere Merkmale wie Größe und Haarfarbe der Militärangehörigen erfasst sind?«

Sauter rieb sich übers Kinn und nickte. »In den Friedensstammrollen. Darin sind alle Soldaten verzeichnet, die vor 1914 in den Militärdienst eingetreten sind. Sie werden heutzutage vor allem benötigt, um Rentenansprüche zu klären. Wenn ich mich recht entsinne, gibt es darin auch Angaben zum äußeren Erscheinungsbild der Rekruten.«

»Und was ist mit Männern, die sich nach Kriegsausbruch gemeldet haben oder eingezogen wurden?«

Sauter schüttelte bedauernd den Kopf. »In den sogenannten Kriegsstammrollen finden Sie diese Angaben nicht.«

»Gut, dann kann ich nur hoffen, dass der Mann, um den es mir geht, schon vor dem Sommer 1914 Soldat war.«

Sauter schien mit sich zu kämpfen, Pflichtbewusstsein gegen Neugier. Die Neugier gewann. »Darf ich fragen, worum es geht? Ist es ein Mordfall?«

»Ja«, sagte Leo. »Wir versuchen, den Toten zu identifizieren, und hoffen dabei auf die Hilfe Ihrer Karteien.«

Sauter nickte knapp, beinahe soldatisch. »Ich sorge dafür, dass Ihnen die Stammrollen morgen früh zur Verfügung stehen.«

»Das wäre hilfreich. Ich muss auch noch nach Reutlingen.«

»Welche benötigen Sie? Sie sind nach Regimentern und Jahrgängen geordnet.«

Leo überlegte rasch. Das Wehrtauglichkeitsalter lag bei siebzehn Jahren, also musste er 1905 beginnen, um ganz sicherzugehen.

»Hm, das wird recht umfangreich, Herr Oberkommissar. Ich hoffe, Sie müssen nicht zu lange suchen.«

Leo bedankte sich und ging wieder nach nebenan, wo er den Karteikasten für die Heimkehrer, Anfangsbuchstabe I, ausfindig machte.

Die Angaben zu Immendorf – Name, Geburtsdatum, Rang, Regimentszugehörigkeit – stimmten mit denen aus der Charité überein. Außerdem war vermerkt, dass der Obergefreite Immendorf 1916 schwer verwundet und im Januar 1918 offiziell aus der Armee entlassen worden war. Das deckte sich mit ihren bisherigen Ermittlungsergebnissen.

Und besagte doch so wenig.

Sauter empfing ihn im selben Raum wie gestern, der auch genauso kalt war. Diesmal hatte Leo vorgesorgt und trug eine Strickweste unter dem Anzugjackett, die Clara ihm vorausschauend aufgedrängt hatte.

Handschuhe wären auch nicht schlecht, dachte er und schob die Hände in die Hosentaschen.

»Hier habe ich die Friedensstammrollen für Sie.« Sauter deutete auf mehrere dicke Lederbände, die neben den Karteikästen lagen. »Sie wissen ja, wo Sie mich finden.«

Leo machte sich ans Werk und musste ernüchtert feststellen, dass es keine alphabetische Ordnung gab. Die Soldaten waren nach der Reihenfolge ihres Eintritts ins Regiment aufgeführt.

Er legte die neun Karteikarten, die er gestern herausgesucht hatte, vor sich hin und überflog die Seiten, den Blick auf die linke Spalte mit den Namen geheftet. Nach einer Stunde wusste er, dass fünf der neun Männer schon vor dem Krieg ins Regiment eingetreten waren. Es war ein Vabanquespiel, das war ihm klar. Falls Fjodor zu den anderen vier gehörte, würde seine Ermittlung im Nichts enden.

Er holte tief Luft und widmete sich den Beschreibungen der fünf. Kurz darauf waren nur noch zwei Kandidaten übrig.

Einen hatte er aussortiert, weil er dunkelhaarig war. Schwarze Haare ließen sich nur mit starkem Einsatz von Chemie aufhellen, und sowohl Lemasques als auch Fjodors blonde Haare sahen natürlich aus. Einer schied aus, weil er nur 1,70 Meter maß und damit deutlich kleiner war als Fjodor und Lemasque. Und beim dritten war die Gestalt als »breit« angegeben, während die beiden schlank und eher schmal in den Schultern waren.

Übrig blieben:

Rudolf Manz, geboren am 18. April 1890 in Biberach, Gewerbe: Bäckergeselle, Größe: 1,77 Meter, Gestalt: schlank, Kinn: spitz, Nase: gewöhnlich, Mund: gewöhnlich, Haar: blond, Bart: Schnurrbart, besondere Kennzeichen: keine.

Und Ludwig Häberle, geboren am 24. September 1893 in Wäschenbeuren, Gewerbe: Steinmetzgeselle, Größe: 1,79 Meter, Gestalt: schlank, Kinn: gewöhnlich, Nase: gewöhnlich, Mund: gewöhnlich, Haar: blond, Bart: ohne Bart, besondere Kennzeichen: großes Muttermal an der rechten Schulter.

Leo öffnete die Tür zum Nebenzimmer. »Könnte ich wohl nach Berlin telefonieren?«

»Gewiss.« Sauter deutete aufs Telefon und verließ diskret den Raum.

Leo ließ sich mit dem Präsidium verbinden und dann zu Walther durchstellen, wobei er ungeduldig mit den Fingern auf den Tisch klopfte. Nach mehrfachem Klicken und einiger Wartezeit meldete sich sein Kollege.

»Morgen, Leo. Was gibt's?«

»Du musst in der Hannoverschen Straße anrufen. Sie sollen nachsehen, ob Fjodor ein Muttermal an der rechten Schulter hat.«

»Wird gemacht. Sag bloß, du hast ihn identifiziert?«

»Vielleicht. Aber das ist nicht alles.« Er räusperte sich. »Falls der Tote kein Muttermal hat, müsst ihr herausfinden, ob Lemasque eins hat.«

»Willst du mich auf den Arm nehmen? Wie sollen wir das denn bewerkstelligen?«, fragte Walther entgeistert.

»Strengt eure Fantasie an.«

Doch so leicht kam er nicht davon. »Hast du uns irgendwas verschwiegen, Leo?«

»Ich erkläre es euch, aber das hat jetzt Vorrang.«

Sein Freund seufzte resigniert. »Na schön. Wo kann ich dich erreichen?«

»Hinterlasse mir eine Nachricht im Hotel Kronprinz in Reutlingen. Augenblick.« Er holte sein Notizbuch heraus und blätterte mit einem Finger, dann gab er die Rufnummer durch.

»Da fällt mir was ein.« Walther berichtete kurz von seinem Gespräch mit Berti.

»Prima Idee, Robert, das kann uns und Werner helfen. Bleib an der Sache dran.«

»Wird gemacht. Viel Erfolg.«

»Dir auch.«

Nachdem er eingehängt hatte, öffnete er die Tür zum Flur und verabschiedete sich von Sauter, der gerade eine Zigarette rauchte.

»Haben Sie Ihren Mann gefunden?«

»Ich hoffe es.« Wieder spürte er die Neugier, die von dem Mann ausging. »Behalten Sie die Zeitungen im Auge, Herr Sauter. Wenn der Fall gelöst ist, hören Sie auch in Stuttgart davon. Das verspreche ich Ihnen.«

Dann machte er sich auf den Weg zum Bahnhof.

Noch am Vormittag begab sich Robert Walther in die Hannoversche Straße, wo er Dr. Lehnbach antraf. Der Mediziner sah ihn überrascht an.

»Dieser Tote scheint ungemein beliebt zu sein. Wie geht die Identifizierung voran?«

Walther brachte ihn auf den neuesten Stand. »Und darum müsste ich wissen, ob er ein Muttermal an der rechten Schulter hat.«

»Stand das im Bericht?«, fragte Lehnbach.

»Das nicht, aber ich dachte …«

Der Arzt zündete seine Pfeife an und nahm einen tiefen Zug, bevor er lospolterte. »Für wie unfähig halten Sie im Präsidium mich eigentlich? Sie sind lange genug dabei, um zu wissen, dass wir solche Merkmale peinlich genau verzeichnen. Vor allem, wenn es sich um einen unbekannten Toten handelt. Das geht mir gewaltig gegen die Berufsehre, das können Sie auch Ihrem Chef ausrichten.«

Walther wartete, bis sich der Arzt beruhigt hatte. »Wir zweifeln keineswegs an Ihren Fähigkeiten, ganz im Gegenteil. Ihr Bericht war äußerst aufschlussreich. Nur gestaltet sich die Identifizierung unerwartet schwierig. Herr Wechsler ist nach Stuttgart und Reutlingen gereist, um dort zu recherchieren. Er hat die Stammrollen des Regiments eingesehen, dem der Tote vermutlich angehörte. Darin fand sich der Hinweis auf das Muttermal. Wir wollten uns nur vergewissern, dass wir nichts übersehen haben.«

Lehnbach balancierte knurrend die Pfeife auf dem Aschenbecher. »Na kommen Sie, dann vergewissern wir uns gemeinsam.«

Walther zog den Mantel enger um sich, als sie den Kühlraum betraten und Lehnbach die Schublade herauszog. Er schlug das Tuch zurück, das die Leiche bedeckte, und hob vorsichtig die rechte Schulter an.

Es war nichts zu sehen. Ebenso wenig auf der linken Seite.

26

Freitag, 27. Januar 1928

Die Zugfahrt nach Reutlingen war weniger komfortabel als die von Berlin nach Stuttgart, doch das störte Leo nicht, da er den harten Sitz nicht lange ertragen musste. Er hatte noch vom Bahnhof aus im Präsidium angerufen und Sonnenschein die Namen der beiden verschollenen Soldaten durchgegeben. Sie sollten versuchen, etwas über den Verbleib der Männer herauszufinden. Die Sache mit Lemasque und dem Muttermal war etwas heikel, aber er vertraute auf die Erfahrung und Diskretion seiner Kollegen.

Fräulein Meinelt hatte für ihn ein Zimmer im Hotel Kronprinz reserviert, das unmittelbar am Bahnhof gelegen war. In der Kriegsstammrolle hatte Leo die Adresse von Immendorfs Elternhaus gefunden, das ebenfalls nicht weit entfernt war. Wenn alles gut ging, musste er nur eine Nacht bleiben und konnte morgen nach Berlin zurückkehren.

Das Hotel war ein hell gestrichenes Gebäude an einem Platz mit einer Grünanlage, die im Frühjahr und Sommer sicher einen hübschen Anblick bot.

Er sah sich im Gehen um, wobei ihm plötzlich bewusst wurde, wie lange er nicht mehr in einer Kleinstadt gewesen war. Wie sehr er sich an Lärm und Leuchtreklamen, an überfüllte Straßen und gehetzt dahineilende

Menschenmassen gewöhnt hatte. Verglichen mit Reutlingen – und auch Stuttgart – war Berlin ein Moloch.

Im Hotel empfing man ihn freundlich und zeigte ihm sein Zimmer, das wärmer und angenehmer war als das in der Stuttgarter Pension. Er stellte nur den Koffer ab und begab sich wieder an die Rezeption.

»Es ist hoffentlich alles zu Ihrer Zufriedenheit?«, erkundigte sich der Empfangschef, ein Mann mit grauem Haarkranz, der sich militärisch gerade hielt. Sein Vatermörder zwängte den Hals unbarmherzig ein. »Wir haben selten Besucher aus Berlin bei uns zu Gast und hoffen, Ihnen alle Annehmlichkeiten bieten zu können.«

»Oh ja, vielen Dank. Und noch etwas – als Empfangschef dieses vorzüglichen Hotels kennen Sie sich doch gewiss in der Stadt aus.«

Der Mann wirkte geschmeichelt. »Ich bin in Reutlingen geboren und stelle unseren Gästen gern mein Wissen zur Verfügung.«

»Kennen Sie eine Familie Immendorf, wohnhaft in der Aulberstraße?«

Falls ihn die Frage überraschte, ließ es sich der Empfangschef nicht anmerken. »Dr. Immendorf war der angesehenste Rechtsanwalt in Reutlingen, der leider früh verstarb, schon vor dem Krieg.« Er hielt inne. »Ist das eine polizeiliche Befragung?«

»Nein. Es geht nur um einige Auskünfte, mit denen Sie mir behilflich sein könnten, Herr …«

»Baumann mein Name. Ja, die Immendorfs.« Der Mann senkte pietätvoll den Blick. »Eine traurige Geschichte. Ich hoffe, Sie haben nicht damit gerechnet, jemanden aus der Familie hier anzutreffen …«

»Traurig?«, fragte Leo mit einem unguten Gefühl.

»Es gibt keine Immendorfs mehr in Reutlingen. Die Tochter ist in der Schweiz verheiratet. Die Mutter starb vor einigen Jahren bei einem Unfall. Und der Sohn …« Er hielt inne.

»Was ist mit dem Sohn?«

Baumann schaute sich um, ob auch niemand in der Nähe war. »Er war an der Ostfront. Hat sich freiwillig gemeldet, das hat der Mutter damals fast das Herz gebrochen.« Er räusperte sich. »Ich kannte sie nur vom Sehen, aber in einem Hotel sprechen sich solche Dinge herum, Sie verstehen.«

»Gewiss«, sagte Leo rasch.

»Er wurde verwundet. Im Gesicht. Jemand erzählte mir, er sei in Berlin operiert worden, von einer Koryphäe. Frau Immendorf ist irgendwann hingefahren und hat ihn nach Hause geholt.«

»Haben Sie ihn einmal gesehen?«

Der Empfangschef nickte. »Ja, in einem Hutgeschäft. Ich stand gerade vor dem Spiegel und setzte einen Hut auf, als der junge Immendorf hereinkam. Das heißt, ich erfuhr erst später, wer er war. Ich habe ihn nicht erkannt.«

»Wegen der Gesichtsverletzung?«

Baumann senkte den Blick. »Es war sehr unangenehm. Die Verkäuferin stieß einen Schrei aus, als sie ihn sah. Dann kam der Besitzer des Ladens dazu, schalt sie aus und schickte sie weg. Er begrüßte Immendorf und entschuldigte sich überschwänglich. Ich bin dann gegangen. Mir war der Vorfall peinlich, auch wenn ich nicht betroffen war.«

»Sind Sie Herrn Immendorf danach noch einmal begegnet?«

»Nein. Nachdem seine Mutter gestorben war, hat er Reutlingen verlassen. Ich habe nie wieder von ihm gehört. Wie gesagt, eine traurige Geschichte.«

»Eigentlich wollte ich mit Frau Immendorf sprechen. Können Sie mir sagen, wann sie gestorben ist?«

»Hm, nicht lange, nachdem sie den Sohn aus Berlin geholt hatte. Anfang 1920, es kann auch noch 1919 gewesen sein.«

»Sie erwähnten einen Unfall.«

»Ja, ein Verkehrsunfall. Es passierte nicht hier, sondern in Stuttgart. Mehr weiß ich nicht. Sie wurde im Familiengrab neben ihrem Mann bestattet. Ich habe nichts mehr von der Familie gehört. Wer weiß, wohin es den Sohn verschlagen hat.«

»Das war sehr hilfreich, Herr Baumann. Könnten Sie mir erklären, wie ich zur Aulberstraße komme?«

Der Empfangschef holte einen Stadtplan unter der Theke hervor, entfaltete ihn und zeigte Leo den Weg. »Es ist gleich hier in der Oststadt, einem unserer schönsten Viertel. Ich empfehle einen kleinen Umweg über den Marktplatz, falls Sie noch nie in Reutlingen waren.«

Leo bedankte sich und verließ ein wenig mutlos das Hotel. Er hatte sich viel von dem Hinweis versprochen, den Professor Joseph ihm gegeben hatte. Dass die Mutter tot war, war ein herber Rückschlag.

Er war noch nicht weit gegangen, als jemand seinen Namen rief. Er drehte sich um und sah Baumann, der mit einem Zettel in der Hand aus dem Hotel geeilt kam.

»Herr Oberkommissar, gerade kam ein Anruf für Sie von einem Herrn Walther aus Berlin. Ich soll Ihnen etwas ausrichten.« Er schaute auf den Zettel. »Hannoversche Fehlanzeige. Kein Muttermal. Lehnbach in Ehre gekränkt. Suchen weiter.« Er faltete den Zettel zusammen und schaute Leo fragend an. »Ich hoffe, ich habe es richtig notiert.«

»Vielen Dank, das klingt absolut korrekt.« Leo steckte den Zettel ein und ging in Richtung Marktplatz. Der kleine Umweg lohnte sich wirklich. Er betrachtete die hübschen Bürgerhäuser, manche davon mit Fachwerk, und den Brunnen mit der steinernen Ritterfigur. Dann fiel sein Blick auf ein vergoldetes Ladenschild, das gemächlich im Wind schaukelte.

Hutmoden Lanninger.

Ein älterer Herr mit Zwicker blickte von einem Katalog auf, den er auf dem Verkaufstresen aufgeschlagen hatte. »Guten Tag, womit kann ich dienen?«

Leo wies sich aus, worauf die Miene des Verkäufers ernst wurde. »Die Polizei?«

»Ich benötige nur eine Auskunft. Sind Sie der Besitzer?«

»Ja, Fritz Lanninger mein Name.«

»Kennen Sie einen Carl-Theodor Immendorf?«

Der Mann sah ihn überrascht an. »Den Sohn der Immendorfs aus der Oststadt? Ja, den kannte ich. Aber er wohnt schon lange nicht mehr in Reutlingen.«

»Haben Sie ihn schon vor dem Krieg gekannt? Bevor er verwundet wurde?«

Lanninger klappte den Katalog zu und steckte den Zwicker ein. »Natürlich, er hat schon mit elf Jahren seinen ersten Hut bei mir bekommen, zu seinem neuen Anzug. Es war ein Strohhut, darauf hatte er bestanden, obwohl eine Matrosenmütze passender gewesen wäre. Er war wohl ein kleiner Dandy, wie es die Engländer nennen.«

»Was war er für ein Mensch?«

Lanninger lachte. »Ein wilder Bub. Immer zu Späßen aufgelegt. Ein bisschen ungestüm, aber mit einem guten Herzen. Und charmant, das fanden auch die Mädchen.« Seine Miene verdunkelte sich. »Dass ausgerechnet er so … Als ich ihn nach dem Krieg gesehen habe, musste ich mich zusammenreißen. Zum Glück hatte ich davon gehört, so dass ich halbwegs gefasst blieb. Aber es verändert einen Menschen.«

Obwohl Lanninger um den heißen Brei herumredete und das Wort Entstellung sorgsam vermied, horchte Leo auf. »Sie meinen, er war nicht nur äußerlich verändert?«

Der Huthändler zog die Schultern hoch. »Ich kann nicht viel dazu sagen, er war nur ein- oder zweimal hier im Laden, aber … er war still. Bedrückt, möchte ich sagen. Hielt die Augen gesenkt. Er hatte nichts mehr von dem sorglosen Jungen. Aber das war ja kein Wunder. Was muss der arme Mann durchgemacht haben?« Er schaute Leo an. »Warum fragen Sie nach ihm? Es ist so lange her.«

Leo ging nicht darauf ein. Er legte ein Foto auf den Ladentisch. »Kennen Sie diesen Mann?«

Lanninger holte seinen altmodischen Zwicker wieder aus der Brusttasche, klemmte ihn auf die Nase und studierte das Bild. »Meine Augen sind leider nicht mehr die besten«, meinte er entschuldigend. »Aber ich glaube nicht, dass ich den Mann kenne.«

Leo bedankte sich und verließ den Laden.

Walther hörte die Geräusche aus der Werkstatt, noch bevor er eingetreten war. Ein metallisches Knirschen, unterbrochen von einem Schleifen, eine Männerstimme, die Anweisungen gab. Er trat ein und prallte zurück.

Mitten im Raum stand eine gewaltige runde Apparatur, in der eine Schaufensterpuppe unter kreisenden Sägeblättern drapiert war. Die Arme und Beine hingen schlaff von der Plattform, auf der die Puppe lag. Der obere, mit Sägeblättern bestückte Teil senkte sich langsam nieder.

Harald Zumweg gab seinem Helfer Berti Anweisungen, die Puppe hin und her zu rücken, während er prüfend von ihr zu den Sägeblättern schaute. »Weiter nach unten, die müssen den Bauch treffen.« Er drehte sich um und rief über die Schulter: »Fleurette, wo bleibt das Blut?«

Dann bemerkte er Walther und drückte einen Knopf. Die Sägen hielten inne und die Geräusche verstummten.

»Das dürfen Sie niemandem verraten, das ist fürs nächste Stück«, sagte er grinsend. »Was kann ich für Sie tun?«

»Ich suche Herrn Lemasque«, sagte Walther.

»Der ist noch nicht im Haus.«

»Wann kommt er denn?«

Fleurette trat hinzu. »Erst heute Nachmittag. Beim Frühstück sagte er etwas von einem Gespräch mit einer Zeitung.«

Walther reagierte rasch. »Dann würde ich gern mit Ihnen sprechen, Fräulein Marceau. Allein.«

»*Mais oui,* kommen Sie mit.« Sie führte ihn ins Foyer, wo um diese Tageszeit niemand war, und zündete sich eine Zigarette an, ohne zu warten, ob er ihr Feuer gab. »Was gibt es denn?«

»Ich komme gleich zur Sache. Sie sagten, Sie hätten mit Herrn Lemasque gefrühstückt.«

»Ja und?«, fragte sie nonchalant.

»Haben Sie auch die Nacht mit ihm verbracht? Oder war es nur ein gemeinsames Frühstück unter Kollegen?«

Sie lachte. »Ich mag es, wenn Leute – wie sagt man? – gleich zur Sache kommen. Und ja, wir haben die Nacht miteinander verbracht. Nicht zum ersten Mal. Und falls Sie sich wundern – ein Mann besteht nicht nur aus Gesicht.«

Walther fand ihre Unverblümtheit sehr erfrischend.

»Sicher, ein schöner Körper hat auch seinen Reiz. Ob mit oder ohne Muttermal.«

Zuerst war es Überraschung, dann Neugier. »*Quel hasard!* Ja, er hat ein Muttermal, an der Schulter.« Dann wurde sie ernst. »Warum haben Sie das erwähnt?«

Statt zu antworten, sagte Walther nur: »Wir vermuten, dass Herr Lemasque versucht, einen Schuljungen mit dem Mord in Verbindung zu bringen.«

Fleurette sah ihn überrascht an. »Wen meinen Sie?«

»Werner Rath. Sie kennen ihn vielleicht.«

Sie sah verwundert aus. »Der kleine Werner? Der bringt doch keinen um.«

»Werner Rath besaß einen Schlüssel zu dem Schuppen, in dem die Leiche gefunden wurde. Er hat ausgesagt, er habe den Schlüssel vor mindestens vier Wochen hier im Theater verloren. Berti hat mir gesagt, er habe um diese Zeit gesehen, wie Werner überall nach etwas gesucht hat. Herr Lemasque hat uns am letzten Samstag angerufen und gesagt, er habe den Schlüssel im Flur vor seinem Büro gefunden. Da wird er wohl kaum vier Wochen gelegen haben. Entweder lügt Werner Rath oder Herr Lemasque.«

Der Ausdruck war so flüchtig, dass er ihm entgangen wäre, hätte er die Maskenbildnerin nicht so genau im Auge behalten. »Ich verstehe.«

»Haben Sie uns irgendetwas zu sagen? Hat Werner Sie vielleicht nach dem Schlüssel gefragt?«

»Nein, *Monsieur le commissaire*. Ich habe ihm hin und wieder eine Zigarette geschenkt oder ihm gezeigt, woran ich gerade arbeite. Aber ich kenne ihn kaum.«

»Ist es die rechte Schulter?«, fragte Walther unvermittelt.

»*Oui*. Sie sind aber hartnäckig.«

»Das ist mein Beruf. Fräulein Marceau, ich muss Sie bitten, dieses Gespräch für sich zu behalten.«

Sie runzelte die Stirn, als wäge sie das Für und Wider ab. Dann schaute sie Walther in die Augen. »*D'accord*. Ein Muttermal zu haben ist ja kein Verbrechen, *n'est-ce pas*?«

Leo ging das kurze Stück zur Aulberstraße. Die Häuser wurden villenartiger, die Gärten weitläufiger. In der Tat, ein schönes Viertel für wohlhabende Reutlinger.

Vor einem Haus fegte ein älterer Mann in Kittel und Schirmmütze den Gehweg.

»Verzeihung, können Sie mir sagen, wo die Familie Immendorf gewohnt hat?«

Der Mann blinzelte in die Sonne und stützte sich auf seinen Besen, wobei er Leo mit einem neugierigen Blick bedachte. Die Antwort war kaum zu verstehen, Leo hörte nur die Zahl 23a heraus. Er folgte dem ausgestreckten Arm.

Im Gehen spürte er, wie ihm der Mann nachsah, und fragte sich, ob die unglücklichen Immendorfs zu einer Art Legende geworden waren.

Als das Haus hinter einer Mauer auftauchte, blieb Leo abrupt stehen. Eine Villa, weiß gestrichen, mit Fachwerk und grünen Fensterläden. Und neben der Haustür thronte ein steinerner Löwe.

27

Freitag, 27. Januar 1928/
Samstag, 28. Januar 1928

Als Leo ins Hotel zurückkam – er war noch in einem Lokal eingekehrt und hatte Rostbraten mit Spätzle gegessen –, winkte ihm der Empfangschef zu. »Herr Oberkommissar, Sie möchten bitte diese Nummer anrufen. Wir haben eine Telefonzelle, dort sind Sie ungestört.«

Nach kurzer Wartezeit meldete sich die vertraute Stimme.

»Robert, ich bin es, Leo. Was gibt's?«

»Willst du mir nicht endlich erklären, worum es geht?«, fragte Walther zurück.

Leo spürte den verhaltenen Groll in Walthers Stimme. »Das werde ich. Aber sag mir zuerst, was ihr herausgefunden habt.«

»Was hat Joseph dir erzählt?«

Er schloss die Augen. »Robert, bitte.«

Ein entnervter Seufzer. »Ein Muttermal ist kein Verbrechen, *n'est-ce-pas*?«

»Wie bitte? … Augenblick, heißt das etwa –?«

»Mademoiselle Fleurette Marceau hat ein Verhältnis mit ihrem Chef, und der wiederum hat ein Muttermal an der rechten Schulter«, erwiderte Walther mit einem Anflug von Triumph. »Ich habe sie gebeten, es für sich zu behalten, aber man weiß ja nie. Deshalb habe ich vorsichtshalber bei Gennat wegen einer Observierung angefragt. Wir behalten Lemasques Wohnung und das Theater im Auge.«

Leo lehnte den Kopf an die Wand und atmete tief durch. Dann berichtete er, was Professor Joseph über Frau Immendorfs Besuch gesagt hatte. »Mir kam die Idee so verrückt vor, dass ich zuerst prüfen wollte, ob es überhaupt möglich ist, bevor ich euch davon erzähle.« Aber vielleicht waren es nicht nur die Zweifel an seiner Theorie gewesen, die ihn hatten schweigen lassen, sondern auch der egoistische Wunsch, damit zu glänzen? »Kommt nicht wieder vor.«

Er erzählte von dem Löwen und dem weißen Haus.

Stille in der Leitung, dann ein Knall, vermutlich hatte Walther neben dem Apparat auf den Tisch geschlagen. »Das ist ausgezeichnet! Trotzdem brauchen wir mehr Beweise als ein Muttermal und einen Traum.«

»Ich werde noch einen Tag länger bleiben und nach Wäschenbeuren fahren. Vielleicht leben dort noch Angehörige von Ludwig Häberle. Möglicherweise gibt es ein Fotoalbum oder zumindest eine Aufnahme von ihm, die uns weiterhelfen kann.«

»Meinst du, die freuen sich über den verlorenen Sohn?«, fragte Walther ironisch.

»Den Sohn, der sie im Glauben gelassen hat, er sei verschollen? Der den Platz eines Fremden eingenommen hat, mitsamt allen Annehmlichkeiten, die einem Immendorf zustanden? Wohl kaum.«

Walther unterbrach ihn. »Glaubst du, dass Lemasque sich mit Absicht Louis genannt hat? Das ist Französisch für Ludwig.«

»Natürlich! Er war sich seiner Sache derart sicher,

dass er seinen echten Namen französiert und als Künstlernamen gewählt hat. Ludwig, die Maske.«

»Ohne den Zufall, der Fjodor hergeführt hat, wäre ihm wohl niemand auf die Schliche gekommen. Was ist mit der Familie?«

Leo berichtete, was er herausgefunden hatte. »Die Mutter war misstrauisch geworden und hat Joseph konsultiert. Ob sie jedoch wirklich geahnt hat, dass ein Fremder in ihrem Haus lebt, wissen wir nicht.« Er überlegte kurz. »Du setzt dich mit der Polizei in Stuttgart in Verbindung und findest etwas über den Unfall heraus, bei dem Frau Immendorf gestorben ist. Moment ...« Er legte den Hörer hin und fragte bei Baumann nach.

»Margarethe Immendorf war ihr Name«, sagte er dann. »Der Unfall hat sich 1919 oder 1920 ereignet.«

»Ist notiert. Sonst noch etwas?«

»Nein. Ihr übernehmt Stuttgart, ich fahre nach Wäschenbeuren und komme so bald wie möglich zurück. Und ...« Er zögerte. »Grüß Jakob von mir.« Dann hängte er ein.

Am Bahnhof wartete Leo geduldig, bis der Mann am Schalter sein halb gegessenes Wurstbrot eingewickelt und in seiner Aktentasche verstaut hatte. Eine Viertelstunde und einige umständliche Auskünfte später befand er sich im Besitz einer Fahrkarte nach Göppingen. Dort sollte er sich auf Anraten des Schalterbeamten ein Taxi mieten, das ihn nach Wäschenbeuren und wieder zurück nach Göppingen brachte, wo er dann die Filstalbahn nach Stuttgart nehmen und von dort nach Berlin zurückfahren konnte.

»Nedd ganz oifach«, wie der Mann gesagt hatte. Für einen Preußen, schien sein Blick hinzuzufügen.

Leo trank noch ein Bier in der Hotelgaststätte und ging früh auf sein Zimmer, wo er einen ausführlichen Bericht über die Ermittlungen verfasste. Als er die Füße hochgelegt, den Kragen abgenommen und sich eine Zigarette angezündet hatte, blickte er zufrieden auf die beschriebenen Seiten. Es war noch nicht geschafft, aber sie kamen voran.

Der Taxifahrer ließ sich von Berlin erzählen, wo sein Vater eine Cousine wohnen hatte, in Steglitz, vielleicht kenne der Herr sie ja. Leo schüttelte bedauernd den Kopf, bevor er Fragen nach dem Sechstagerennen beantwortete und ob der Sportpalast wirklich so spektakulär sei.

In Wäschenbeuren hielt der Fahrer vor einem schiefen Fachwerkhaus am Ortsrand und sah Leo skeptisch an. »Und hier wollen Sie jemanden besuchen?«

»Warten Sie bitte auf mich.«

Der Fahrer sah auf die Uhr.

»Ich zahle dafür.«

Er stieg aus und stellte fest, dass es am Haus keine Klingel gab. Er klopfte. Zuerst rührte sich nichts, dann hörte er drinnen unregelmäßige Schritte. Ein älterer Mann in Hemd und Weste öffnete die Tür, er stützte sich auf einen Stock. Sein Gesicht war gerötet, er hatte Tränensäcke und weiße Stoppeln am Kinn.

»Was wollen Sie?« Es klang nicht freundlich.

Leo wies sich aus. »Herr Häberle?«

Der Mann schaute blinzelnd auf die Dienstmarke. »Der bin ich. Polizei?«

»Darf ich eintreten?«

Der Mann trat beiseite und schloss die Tür. Im Haus roch es muffig und ungewaschen. In der Küche bot ihm der Mann einen Platz am Tisch an, die Ringe darauf Zeugen vieler Gläser.

»Es geht um Ihren Sohn Ludwig.«

Der Mann hob ruckartig den Kopf. »Der Ludwig ist tot.«

»Vermisst, soweit ich weiß. Ohne Nachricht, wie es in den Akten heißt.«

Der Mann griff nach einer offenen Schnapsflasche und trank daraus. »Wollen Sie mich verarschen?«, nuschelte er. »Hab seit 1916 nichts von dem Bub gehört. Zwölf Jahre, da hätte er von Russland hierher laufen können.«

»Wann haben Sie zuletzt von ihm gehört?«

»Sommer '16. Er hat geschrieben, dass sie wieder an die Ostfront verlegt werden. Mehr durfte er nicht sagen. Danach kamen keine Briefe mehr.«

»Was war Ihr Sohn für ein Mensch?«

»Der Ludwig war ein Stiller. Hat nicht viel geredet, obwohl er beileibe nicht dumm war. Gut in der Schule war er auch. Hat danach beim Steinmetz eine Lehre gemacht. Aber er hatte Ehrgeiz, wollte was aus sich machen. Darum ist er zum Militär.«

Auf dem Tisch stand ein Teller, in dem Suppenreste klebten. Leo versuchte, den strengen Geruch im Haus auszublenden. »Sie wohnen allein hier?«

»Die Frau ist vor sechs Jahren gestorben. Ein Sohn im Allgäu, eine Tochter in Göppingen verheiratet. Mit einem Apotheker. Die kommt nie her. Bin ihr nicht mehr fein genug.«

»Haben Sie ein Bild von Ihrem Sohn Ludwig?« Der alte Häberle stand tatsächlich auf und ging hinaus. Eine Tür wurde geöffnet, es rumpelte, leises Fluchen und Stöhnen. Dann kam er wieder in die Küche und legte ein abgeschabtes Album auf den Tisch. Vorn war in Goldschrift »Meine Bilder« eingeprägt.

»Die Erna wollte es unbedingt haben. Ist nie voll geworden.«

Leo schlug es auf. Nur zehn Seiten enthielten Fotografien, die in vorgestanzten Schlitzen steckten.

Häberle deutete auf das Bild eines jungen Soldaten mit Pickelhaube und Rucksack, bereit zum Abmarsch. Er blickte scheu in die Kamera, ob nun aus Ehrfurcht vor dem Fotografen oder vor der Aufgabe, die ihm bevorstand. Leo kniff die Augen zu, deckte die obere Gesichtshälfte ab, dann nickte er bei sich.

»Was tun Sie da?«, fragte Häberle misstrauisch. »Warum fragen Sie nach meinem Jungen?«

Alles, was er sagen konnte, wäre grausam. Wenn Ludwig noch lebte, wovon Leo mittlerweile überzeugt war, führte er das Leben eines anderen, den er vermutlich ermordet hatte. Er würde dem Vater den Sohn wiedergeben und gleich wieder nehmen. Was wäre gnädiger – ihn in dem Glauben zu lassen, dass sein Sohn fürs Vaterland gefallen war, oder ihm zu sagen, dass er noch lebte und einen Mord begangen hatte?

Dann begriff er, dass nicht er das zu entscheiden hatte. Und dass es keine Frage der Moral war. »Möglicherweise kann ich herausfinden, was aus Ihrem Sohn geworden ist. Würden Sie mir das Bild leihen? Sie erhalten es zurück, darauf gebe ich Ihnen mein Wort.«

Der alte Mann wollte die Flasche ansetzen, hielt aber inne. »Wenn ich dadurch was über den Bub erfahre, nehmen Sie es mit.« Er zog das Stückchen Pappe aus den Laschen und reichte es Leo.

Dann klappte er das Album zu.

Leo kam noch ein Gedanke. »Haben Sie die Briefe aufbewahrt, die Ludwig Ihnen geschrieben hat?«

Häberle nickte. »Wollen Sie die auch mitnehmen?«

»Einer reicht mir.«

Als er mit der Fotografie und einer Feldpostkarte auf der Straße stand, atmete er tief ein. Der Geruch des alten Mannes saß ihm in der Nase.

Er öffnete die Tür des Taxis.

»Alles erledigt? Zurück nach Göppingen?«

Leo nickte nur. Die Rückfahrt verlief deutlich stiller.

Am Bahnhof erfuhr er, dass die Strecke nach Stuttgart wegen eines umgestürzten Baums gesperrt war und er den Zug nach Berlin nicht mehr erreichen würde. Also ließ er sich ein Hotel empfehlen und nahm ein drittes Mal ein Zimmer.

Clara saß im Wohnzimmer und schrieb an dem Vortrag für Elly Kaiser, in dem sie erzählen sollte, wie ihre Liebe zu Büchern gewachsen war. Sie berichtete von der Backfischliteratur, in der Ehe und Mutterschaft verherrlicht wurden. »Ich hörte auf, über den Trotzkopf zu lesen, als sie gezähmt und zu einer guten Ehefrau erzogen wurde. Solche Bücher sprachen mich nicht an, und ich stahl mich heimlich in Leihbibliotheken, um von Rittern und Wildwest-Pionieren zu lesen. Doch es störte mich bald, dass die Abenteuer von Männern erlebt wurden und die Frauen aus Gefahr gerettet werden mussten oder der Preis waren, der am Ende auf den Helden wartete. Oder auch beides.«

Clara legte den Stift weg und trat ans Fenster. Es war ein trüber Tag, und sie vermisste Leo, der angerufen und Bescheid gegeben hatte, dass er noch eine weitere Nacht wegbleiben würde. Vielleicht würde sie mit einer Freundin ins Kino gehen. Gerade wurde ein neuer Film mit Elisabeth Bergner gezeigt.

Sie ging in die Küche und setzte den Wasserkessel auf den Herd, holte die Teekanne aus dem Schrank und löffelte Earl Grey hinein. Sie schnupperte versonnen an der Packung, die Ilse ihr zum Geburtstag geschenkt hatte. Englischer Tee aus einem Delikatessenladen. Sie würde gern einmal nach England fahren. Vielleicht später, wenn die Kinder aus dem Haus waren …

Als der Kessel pfiff, goss sie Wasser in die Kanne. Sie hatte sich gerade hingesetzt, als es klingelte. Clara wollte schon aufstehen, doch Georg kam aus seinem Zimmer und rief ins Wohnzimmer: »Ist für mich, ich gehe noch mal mit Christoph weg.«

Mit Christoph? Vielleicht war das ein gutes Zeichen, dachte Clara. Seit dem Fußballspiel hatte Georg nicht mehr mit Leo über die Sache mit der HJ geredet. Vielleicht brauchte er einfach noch Zeit. Oder er war zu stolz, um die HJ sofort zu verlassen, weil es nicht so aussehen sollte, als gehorchte er einfach nur seinem Vater. Unter Jungen gab es feste Regeln, und wer sich mit vierzehn noch dem Vater beugte, stand schnell als Memme da.

Sie konnte nur hoffen, dass das Vertrauen, das Leo in ihn setzte, nicht enttäuscht wurde.

Ilse Wechsler ging auf dem Bürgersteig auf und ab, den Kragen hochgeschlagen und den Hut ins Gesicht gezogen. Das unfreundliche Wetter machte ihr nichts aus, solange sie nach dem Konzert auf Richard warten konnte, ein Ritual, das sie einmal in der Woche pflegten und das noch nichts von seinem Reiz verloren hatte.

Jetzt strömten die Konzertbesucher aus dem Vordereingang, eilten zum Taxistand oder stiegen in bereitstehende Limousinen.

Sie war inzwischen bei einigen Konzerten gewesen, auch wenn sie sich anfangs unwohl fühlte, wenn das Publikum ihr zu vornehm war. Sie hatte gezögert, es Richard zu gestehen, und als sie sich dann traute, hatte er gelächelt.

»Ach, Ilse, die meisten von uns Musikern könnten sich die Eintrittskarten gar nicht leisten. Wie gut, dass wir die Musik machen, sonst würden wir uns niemals hören.«

Er war ein sanfter, stiller Mann und auf eine andere Weise freundlich als ihr Bruder. Leo und er verstanden sich gut, das lag ihr sehr am Herzen. Sie hatte nie damit gerechnet, ein solches Glück zu finden. Und dann war es auf einmal da gewesen, und sie hatte zugegriffen.

Manchmal gingen sie noch etwas essen oder tranken ein Glas Wein, doch heute hatte sie Gulaschsuppe gekocht und in der Kochkiste warmgestellt. Sie würden es sich in ihrer kleinen Wohnung gemütlich machen.

»Ilse, ich hoffe, du hast nicht zu lange gewartet, so ein scheußliches Wetter.« Richard Dohm kam mit seinem Cello auf sie zu und küsste sie auf die Wange. Ilse schaute sich unwillkürlich um – nicht weil es ihr unangenehm gewesen wäre, aber in der Öffentlichkeit war sie immer noch ein bisschen schüchtern.

Sie gingen Arm in Arm die Friedrichstraße entlang, und Richard bestand darauf, in einer Weinhandlung eine gute Flasche Burgunder zu kaufen. »Rotes Fleisch, roter Wein, wie meine Mutter immer sagt.«

Ilse lächelte und hakte ihn unter, was nicht ganz einfach war, da sie praktisch zu dritt unterwegs waren – Mann, Frau, Cello.

Kurz vor dem Bahnhof blieb er stehen und winkte ein Taxi herbei.

»Richard, was soll das? Hast du in der Lotterie gewonnen?«

Er sah sie verschmitzt an. »Nein. Aber das Wetter ist unfreundlich, das Cello unhandlich, der Weg umständlich, und du bist unvergleichlich. Das muss gefeiert werden.«

Das Cello nahm auf dem Beifahrersitz Platz, während Ilse sich hinten an Richard lehnte und auf die bunten Lichter der Friedrichstraße schaute, die rasch vorüberzogen. Sie dachte an die warme Wohnung, die herzhafte Suppe, den Wein, dass sie so lange aufbleiben konnten, wie sie wollten, weil morgen Sonntag war …

Richard bezahlte, als das Taxi in Alt-Moabit vor ihrer Haustür hielt, und half erst Ilse und danach seinem Cello aus dem Wagen.

Als sie sich umdrehte, sah sie Magda im Hauseingang stehen. Ilse wusste sofort, dass ihr Abend anders verlaufen würde als geplant.

Ihre Freundin sah ganz verstört aus. »Komm erst mal rein«, sagte Ilse rasch.

In der Wohnung kümmerte sich Richard um den Ofen, während Ilse Teewasser aufsetzte.

Erst als die dampfende Tasse vor der Ärztin stand, fragte Ilse: »Was ist passiert?«

»Du hast doch mitbekommen, dass ich Leos Zeugin bei Gertrud untergebracht habe.«

»Und?«

»Sie hat sich das Leben genommen. In der Badewanne

die Pulsadern aufgeschnitten. Gertrud ist völlig außer sich, sie hat mich vorhin angerufen. Sie macht sich schreckliche Vorwürfe, weil sie keine Warnzeichen bemerkt hat. Bei Leo zu Hause konnte ich niemanden erreichen. Weißt du, wo er ist?«

Richard hatte sich diskret in die Küche zurückgezogen.

»Clara hat erzählt, er sei dienstlich in Württemberg. Ich weiß nicht, wann er wiederkommt«, sagte Ilse. »Aber ihr habt doch die Polizei benachrichtigt?«

»Ja, Gertrud hat im Präsidium angerufen. Soll ich zu ihr fahren? Andererseits herrscht dort sicher Gedränge, die Polizei und die Frauen, die dort wohnen …«

»Es würde ihr sicher helfen. Ich kann mitkommen, wenn du möchtest.«

Magda hob ruckartig den Kopf. »Red keinen Unsinn, Ilse.« Sie nickte in Richtung Küche. »Du hast Besuch. Nein, keine Widerrede. Nur eins noch – hast du die Telefonnummer von Robert Walther?«

Ilse ging in den Flur und kramte ein altes Adressbuch hervor, in dem sich tatsächlich Walthers Name fand. Noch aus der Zeit, als sie bei Leo gewohnt und sich nicht nur um die Kinder ihres Bruders, sondern gelegentlich auch um ihn gesorgt hatte. Sie notierte Adresse und Telefonnummer und sah im Vorbeigehen, wie Richard sich an der Kochkiste zu schaffen machte.

Ilse gab Magda den Zettel und brachte sie zur Tür, wo sie noch einmal zögerte. Bevor sie etwas sagen konnte, drückte die Freundin Ilse kurz an sich und flüsterte ihr ins Ohr: »Das ist dein Abend. Verdirb ihn nicht. Gertrud und ich kommen schon zurecht.«

Dann war sie verschwunden.

28

Sonntag, 29. Januar 1928

Zum Glück hatte Leo das Abteil für sich allein. Er würde spätabends in Berlin ankommen, und nach dem Telefonat mit Walther stand ihm nicht der Sinn nach Konversation. Er wusste nicht wohin mit seinem Zorn und rauchte drei Zigaretten hintereinander, was sonst nie vorkam. Er lief im Gang auf und ab, kaufte sich im Speisewagen eine Brezel, die er nicht aß, wollte sich mit seinen Notizen ablenken und kehrte doch immer wieder zu Jelena zurück, die er bei Gertrud Krüger in Sicherheit geglaubt hatte.

Natürlich durfte er der Ärztin nicht die Schuld geben. Er hatte Jelena schützen wollen, doch die Gefahr war von ihr selber ausgegangen. Sie hatten es nur nicht erkannt. Wie verloren musste sie sich gefühlt haben – kein Geld für die Rückfahrt, kein Leben mehr mit dem schweigsamen Mann an ihrer Seite.

Leo wusste, wie es sich anfühlte, den Menschen zu verlieren, mit dem man den Rest seines Lebens teilen wollte. Nur war er damals nicht allein gewesen, er hatte Ilse gehabt und vor allem seine Kinder, die ihm Kraft gegeben hatten. Jelena hatte nichts dergleichen gehabt.

Irgendwann hatte er sich so weit beruhigt, dass er sich wieder den Notizen widmen konnte.

Leo bezweifelte nicht mehr, dass Louis Lemasque in

Wahrheit Ludwig Häberle war, der vor Jahren die Identität von Carl-Theodor Immendorf gestohlen hatte.

Der Krieg veränderte die Menschen, das war seine Chance gewesen. Da konnte aus dem fröhlichen, charmanten Jungen, der bei Lanninger seinen ersten Strohhut bekommen hatte, durchaus ein in sich gekehrter Mann werden, der sich in der Heimat nicht mehr zurechtfand. Und ebenso konnte aus einem schüchternen, intelligenten Steinmetzgesellen, der sein Gesicht verloren hatte …

Leo sprang auf. Verdammt, warum fiel ihm das erst jetzt ein? Er schob das Fenster hinunter und atmete tief die kalte Fahrtluft ein. Dann setzte er sich wieder und starrte auf das Notizbuch.

Wie war Ludwig Häberle zu Carl-Theodor Immendorf geworden? Wieso hatte sich ein Schwerverletzter, der furchtbare Schmerzen litt, als jemand anders ausgegeben? Dies war ein Plan für einen gesunden, klar denkenden Menschen, nicht für einen Soldaten mit zerfetztem Gesicht.

Leo las noch einmal die Beschreibung aus der Charité: *schwere Verwundung durch Granatsplitter im Gesichtsbereich, unbehandelte Infektion und Narbenwucherung, Behandlung: zunächst in frontnahen Lazaretten. Im August 1917 Überstellung an die Abteilung für Gesichtsplastik an der Charité. Mehrere wiederherstellende gesichtsplastische Operationen.*

Hatte er fantasiert und versehentlich einen falschen Namen genannt? Aber nein, es gab Erkennungsmarken, die dazu dienten, die Identität eines toten oder verwundeten Soldaten zweifelsfrei festzustellen.

Leo stützte die Ellbogen auf den Klapptisch, lehnte

die Stirn gegen die gefalteten Hände und blendete das Rattern des Zuges aus.

Walther hatte am Vorabend für den Abtransport der Leiche gesorgt und Dr. Krüger in der Obhut ihrer Freundin Magda Schott gelassen. Auf eine Befragung hatte er verzichtet, da sich die Ärztin erst einmal beruhigen sollte. Nun stand er in dem kleinen Zimmer, in dem Jelena Wladimirowna Nikitina ihre letzten Tage verbracht hatte, während Sonnenschein nebenan Dr. Krüger befragte.

Ein Bett, eine Kommode, Tisch und Stuhl, eine Garderobe, an der noch Jelenas abgetragener Mantel hing. Das Zimmer war freundlich eingerichtet, an den Wänden hingen Aquarelle, auf der Fensterbank wuchs eine Grünpflanze in einem Messingtopf.

Auf dem Bett stand eine abgeschabte lederne Reisetasche, die der Toten gehört hatte. Walther setzte sich daneben, öffnete die Schnallen und klappte die Tasche auf. Unterwäsche, ein Pullover, zwei Blusen, ein Rock, Strümpfe, warme Socken. Ein altes Buch, bei dem es sich nach Einband und Papier um eine Bibel handelte. Ein Heiligenbild mit einer Ikone. Ein kleiner Beutel mit Toilettensachen.

Die Vortasche war leer bis auf eine Geldbörse, die nur ein bisschen Kleingeld enthielt.

Er wollte gerade die Schnallen schließen, als er ein Innenfach bemerkte. Er schob die Hand hinein und ertastete einen kleinen glatten Gegenstand.

Als er sah, was es war, sprang er auf und trat ans Fenster, wo das Licht besser war.

Eine ovale, grünlich angelaufene Metallscheibe mit

zwei Löchern, durch die man eine Schnur fädeln konnte, darauf eingeprägt:

Ludwig Häberle
Wäschenbeuren
24.9.93
XIII. A. K.
I. R. 122

Eine Erkennungsmarke der Reichswehr – XIII. Königlich-Württembergisches Armeekorps, Infanterie-Regiment 122. Und sie trug den Namen, den Leo ermittelt hatte.

Walther saß da und starrte auf die kleine Metallscheibe in seiner Hand. Leo hatte recht gehabt. Aber warum hatte Jelena sie ihnen nicht gezeigt? Hatte Fjodor sie dort versteckt?

Er hatte die Marke die ganze Zeit behalten, als wollte er sich ins Gedächtnis rufen, wer er nicht war. Unterdessen hatte seine eigene Erkennungsmarke dem Steinmetzgesellen Ludwig Häberle ein neues Leben ermöglicht, das ihn nach Paris und Berlin geführt und zu einem erfolgreichen Theaterbesitzer gemacht hatte.

Walther steckte die Marke ein und nahm die Tasche an sich. Dann begab er sich ins Wohnzimmer, wo Sonnenschein mit Dr. Krüger saß. Sonnenschein hob fragend die Augenbrauen, als er Walthers Gesichtsausdruck bemerkte.

»Du hast was gefunden?«

»Ja. Wie weit seid ihr?«

»Es gab keine Warnhinweise«, sagte Sonnenschein. »Eine der Bewohnerinnen ist misstrauisch geworden, als sie das Bad aufsuchen wollte. Sie hatte gehört, wie jemand hineinging, und die Tür war immer noch verschlossen. Also hat sie Frau Dr. Krüger verständigt. Sie haben gerufen und geklopft und schließlich die Tür aufgebrochen.«

»Ich kann es nicht begreifen. Sie hatte Vertrauen zu mir gefasst, so kam es mir jedenfalls vor. Hätte ich irgendeinen Verdacht gehegt, wäre ich vorsichtiger gewesen«, sagte die Ärztin bedrückt.

»Es gibt Menschen, die so etwas ohne Vorwarnung tun«, sagte Sonnenschein. »Und sie hatte einen schweren Schock erlitten, fürchtete sich womöglich vor der Zukunft. Sie haben sich nichts vorzuwerfen.«

Walther räusperte sich. »Wir danken Ihnen, Frau Dr. Krüger. Auch im Namen von Oberkommissar Wechsler.« Dann wandte er sich an seinen Kollegen. »Jakob, wir müssen dringend ins Präsidium.«

Sie verabschiedeten sich von der Ärztin und verließen die Wohnung.

»Was ist los?«, fragte Sonnenschein, als sie aus dem Haus traten. »Du hattest es ja mächtig eilig.«

Walther griff in die Tasche und hielt ihm die Erkennungsmarke auf der flachen Hand hin.

»Höchste Zeit, dass Leo wiederkommt.«

Fleurette Marceau stieg Ecke Ansbacher und Martin-Luther-Straße aus dem Taxi. »Schlichter« stand an der Fassade des Hauses, der Schriftzug ebenso schlicht wie der Name, aber sie hatte natürlich von dem Restaurant und seinem legendären Ruf gehört. Es war alles ein bisschen geheimnisvoll gewesen, ein Telegramm, begleitet von einer Rose, das sie für diesen Sonntag, ein Uhr mittags, herbestellte.

Sie ahnte, dass Louis dahintersteckte, und war doch überrascht. Sie kannte ihn als eher nüchternen Liebhaber, den selten romantische Anwandlungen überkamen. Sie hatte ihr bestes Kleid und den Mantel mit dem Fuchspelz angezogen. An der Tür eilte ihr bereits ein schwarz gekleideter Ober entgegen.

»Gnädige Frau werden erwartet.« Er nahm ihr den Mantel ab und führte sie in den Gastraum, der mit warmem Holz, einem weißen Kachelofen und makellos gedeckten Tischen eingerichtet war. In einer Ecke standen Köche mit hohen weißen Mützen und bereiteten an einem Tisch etwas zu.

Louis erhob sich und kam ihr entgegen, küsste sie auf die Wange und wartete, bis der Ober ihr den Stuhl zurechtgerückt hatte. In einem Eiskübel steckte schon eine Flasche Champagner.

Er wartete, bis man ihnen eingeschenkt und sie diskret allein gelassen hatte. »Du wunderst dich sicher, dass ich dich mittags zu einem so feierlichen Essen einlade.«

»Ich wundere mich, dass du mich überhaupt zu einem feierlichen Essen einlädst, *mon cher.*«

Sie stießen miteinander an.

»Wir Theaterleute müssen jede Gelegenheit nutzen, wenn wir etwas Besonderes vorhaben, uns bleibt so wenig Zeit dafür«, sagte er gewandt.

»Das ist richtig.« Sie schaute ihn erwartungsvoll an, doch Louis schien alle Zeit der Welt zu haben. »Kann es etwas Schöneres als einen ruhigen Sonntag geben?«

Sie waren fast allein im Restaurant, und Fleurette fragte sich, ob er das irgendwie arrangiert hatte. Aber nein, so viel Einfluss – oder Geld – hatte er wohl doch nicht.

Der Ober brachte die Karten, und sie entschieden sich nach längerer Beratung für russische Makrele und Rheinlachs vom Vorspeisenbüfett und das Entrecôte für zwei Personen als Hauptgericht, das schwindelerregende sieben Mark kostete. Den Pfirsich Melba merkte Fleurette sich vor, nur für den Fall, dass danach noch Platz für etwas Süßes blieb.

Zwischen Vorspeise und Hauptgang füllte Louis ihre Gläser nach und beugte sich vor. »Es gibt tatsächlich einen Grund, weshalb ich dich zu diesem Essen einlade. Ich möchte dir etwas sagen, und zwar weder im Bett noch im Theater.«

Sie spürte, wie sich etwas in ihr zusammenzog. »Und das wäre? Hast du eine bessere Maskenbildnerin gefunden und willst mich entlassen? Mich zurück nach Paris schicken?«

Er lächelte sein verzerrtes Lächeln, und sie staunte flüchtig, wie sehr sie sich daran gewöhnt hatte.

»Nichts davon. Ich habe eine Frau gefunden, die ich heiraten möchte. Sie kann gern meine Maskenbildnerin bleiben und sollte auf keinen Fall Berlin – und mich – verlassen.« Erst da bemerkte sie das nachtblaue Kästchen, das plötzlich zwischen ihnen auf dem Tisch stand.

»Du – ist das ein – *comment on dit*?«

»Heiratsantrag heißt es, und ja, es ist einer. Möchtest du meine Frau werden, Fleurette?«

Sie versuchte, einen klaren Gedanken zu fassen. »Das … überrascht mich. Warum jetzt? Wir haben nie davon gesprochen …«

»Weil ich große Pläne habe. Ich möchte das Theater um ein Restaurant erweitern, stehe in Verhandlung wegen der Räume. Die Zukunft wird aufregend, und ich möchte sie mit jemandem teilen, dem ich rückhaltlos vertraue. Der mich versteht. Der mich … so nimmt, wie ich bin.«

Fleurette schluckte. Bis vor wenigen Tagen hätte sie sofort Ja gesagt, sich auf die großen Zukunftspläne eingelassen, auf das Leben mit einem Mann, der anders war als alle, die sie kannte, und dessen Gesicht sie schon lange nicht mehr erschreckte. Doch sie dachte an das Muttermal auf seiner Schulter und hörte die Stimme des Kriminalbeamten: *Wir vermuten, dass Herr Lemasque versucht, einen Schuljungen mit dem Mord in Verbindung zu bringen.* Und erinnerte sich, wie sie Louis ihre Hilfe angeboten und er geantwortet hatte: *Das ist lieb von dir. Aber nicht nötig.*

Sie stand auf, und als Louis nach ihrer Hand greifen wollte, zog Fleurette sie zurück. »Es tut mir leid, aber ich muss allein sein. Nachdenken, in Ruhe. Ich … wir sehen uns morgen früh im Theater. Dann können wir darüber sprechen.«

Sie eilte aus dem Gastraum, gefolgt von einem überraschten Ober, der ihr den Mantel reichte. Bevor er ihr hineinhelfen konnte, stand Fleurette schon auf der Straße.

Drinnen faltete Louis Lemasque seine Serviette zusammen und stützte nachdenklich den Kopf auf die Hand.

Leo nahm ein Taxi zum Präsidium, nachdem er Walther vom Bahnhof aus angerufen hatte. Er müsse sofort kommen, sagte sein Freund, sie hätten ein wichtiges Beweisstück. Als Leo mit dem Koffer in der Hand durch die Glastür der Abteilung A eilte, kam ihm Walther schon entgegen.

»Wurde auch Zeit.« Er schob Leo ins Büro, wo Sonnenschein gerade in eine Käsestulle biss. Er kaute, schluckte und stieß ein undeutliches »Endlich« hervor, worauf Leo wirklich neugierig wurde.

Sonnenschein deutete auf den Tisch. »Die hat Robert gefunden.«

Leo lachte, als er die Erkennungsmarke sah. »Ich wusste, dass ihr gut seid. Aber seit wann könnt ihr Gedanken lesen?«

Als er die verwirrten Blicke der Kollegen sah, fügte er hinzu: »Im Zug fiel mir plötzlich ein, dass wir nicht wissen, weshalb man Lemasque im Lazarett für Immendorf gehalten hat, als er schwer verletzt dort eingeliefert wurde. Vermutlich war er bewusstlos. Also haben sie sich an die Erkennungsmarke gehalten. Und ihr habt sie gefunden.«

»Ja, aber nicht die von Immendorf, sondern die von Ludwig Häberle. In Jelenas Reisetasche. Fjodor muss sie dort versteckt haben. Jelena hätte uns die Marke gezeigt, wenn sie davon gewusst hätte. Sie wollte, dass sein Mörder gefasst wird.«

Die drei Männer schwiegen, als sie an die Frau dachten, die nie mehr in ihr galizisches Dorf zurückkehren würde.

Leo hielt die Marke unter die Lampe. »Auf der Fahrt nach Stuttgart hatte ich schon befürchtet, ich hätte mich in eine verrückte Idee verrannt. Darum habe ich es nicht erwähnt. Das war falsch.« Er schaute die Kollegen an. »Wie man sieht, geht es nur gemeinsam. Ich würde am liebsten sofort ins Theater fahren, aber uns fehlt noch ein letzter Beweis.«

Walther nickte. »Die Marke, das Muttermal und die Äußerungen einer toten Mutter reichen nicht für eine

Verhaftung. Aber da wäre noch Werner Rath. Bertis Aussage stützt die seine. Lemasque kann durchaus versucht haben, den Jungen zu belasten, indem er den Schlüssel für sich behalten und den richtigen Zeitpunkt abgepasst hat, um uns anzurufen.«

Leo nickte. »Trotzdem, wir müssen beweisen, dass Lemasque nicht Immendorf, sondern Häberle ist. Sonst haben wir kein Motiv. Leider hat der Hutmacher Fjodor auf dem Foto nicht als Immendorf erkannt. Möglicherweise bleibt uns nur, Lemasque so zu überrumpeln, dass er gesteht. Leider keine sehr verlässliche Strategie.«

»Ich hoffe auf Stuttgart«, sagte Walther. Er zeigte Leo den Durchschlag des Schreibens, mit dem er um Amtshilfe ersucht hatte. »Ich habe natürlich betont, dass es dringend ist. Morgen müssten wir von ihnen hören.«

»Machen wir Schluss für heute. Ich muss nach Hause zu meiner Familie. Und ins Bett«, sagte Leo, dem die lange Zugfahrt in den Knochen saß. »Und morgen dann der Endspurt.«

29

Montag, 30. Januar 1928

»Vati, Georg hat gesagt, Chemie ist was für Idioten. Kannst du mal mit ihm schimpfen?«, beschwerte sich Marie beim Frühstück. »Aua! Was trittst du mich denn?«

Leo schaute die beiden strafend über den Tassenrand an, während Clara am Herd lehnte und sich das Lachen verkneifen musste.

»Ruhe, ihr beiden. Ich hatte ein paar anstrengende Tage und bin zweimal durch halb Deutschland gefahren. Da kann ich wohl ein ruhiges Frühstück verlangen.« Er trank den Kaffee aus und stand auf. »Kann spät werden heute.«

»Hast du den Fall aufgeklärt, für den du so weit fahren musstest?«, fragte Marie, während Georg sein Schulbrot in die Tasche steckte und sich uninteressiert gab.

»Wir sind kurz davor«, sagte Leo. Als die Kinder die Küche verlassen hatten, trat Clara zu ihm und strich ihm über die Wange.

»Du siehst müde aus.«

Er lehnte den Kopf an ihre Hand. »Das bin ich auch. Dieser Fall lässt mich nicht los. Zwei Menschen, denen das Leben so wenig gegeben und so viel genommen hat, sind tot.« Er suchte nach den richtigen Worten. »Am schlimmsten ist, dass der Täter selber auch versehrt ist. Der Gedanke, mit diesem Gesicht durch die Welt zu gehen …«

»Leo, du kannst ihn nicht damit entschuldigen. Wenn er jemanden ermordet hat, muss er dafür büßen.«

»Ich weiß.« Er küsste sie, stand auf und zog sein Jackett über. An der Küchentür blieb er noch einmal stehen und sagte, ohne Clara anzusehen: »Wenn Jelena nur gewartet hätte. Wir sind so kurz davor, den Schuldigen zu finden.«

Clara trat hinter ihn. Sie legte ihm die Hände auf die Schultern und lehnte sich an seinen Rücken. »Leo, sie hat es nicht deswegen getan.«

»Ich weiß«, sagte er mit rauer Stimme.

»Es tut mir so leid. Magda war auch ganz außer sich. Ich warte heute Abend auf dich, egal wie spät es wird.«

Fleurette hatte lange überlegt, ob sie am Montag wie gewohnt zur Arbeit gehen oder sich krank melden sollte. Sie hatte schlecht geschlafen, weil sie immer wieder den Augenblick im Restaurant durchlebte. Wie dumm von ihr, einfach hinauszulaufen. Sie war eine unabhängige Frau, die sich nie nur von Gefühlen leiten ließ, die ihr Leben kühl plante. Nach Berlin zu gehen war keine Entscheidung des Herzens gewesen, sondern der Lust geschuldet, mit Louis etwas Neues aufzubauen, das es bis dahin nur in Paris gegeben hatte.

Schließlich fuhr sie doch ins Theater. Es lag nicht in ihrer Natur, sich zu verstecken; sie marschierte lieber geradewegs auf Hindernisse zu und nahm sie in Angriff.

Hausmeister Rüster fegte gerade den Hof. »Der Chef hat schon nach Ihnen gefragt«, sagte er, worauf Fleurette erst recht die Schultern durchdrückte und entschlossen das Theater betrat.

Sie ging in ihren Arbeitsraum, hängte Hut und Mantel auf und setzte sich an den großen Tisch. Die Tür zur Werkstatt war geschlossen, die Stimmen von Harry und Berti drangen dumpf hindurch.

»Pünktlich zum Dienst, das nenne ich geradezu preußische Disziplin.«

Sie fuhr herum. Louis stand auf der Schwelle, sein Lächeln verzerrter als sonst. Oder kam es ihr nur so vor?

Er trat ein, schloss die Tür und lehnte sich dagegen. »Kann ich daraus schließen, dass du deine Stelle hier behalten möchtest, selbst wenn du keine engere private Bindung wünschst?« Etwas in seiner Stimme gefiel ihr nicht.

»Es tut mir leid, ich ... hätte nicht weglaufen sollen. Lass uns in Ruhe darüber sprechen. Bitte.«

Fleurette bemühte sich, ruhig zu klingen. Sie hörte, wie sich der Schlüssel im Schloss drehte, dann stieß Louis sich leicht von der Tür ab und schlenderte auf sie zu, die Hände in den Hosentaschen.

»Was gibt es da zu besprechen? Ich habe dir einen Antrag gemacht, und du hast mich mitsamt dem Ring bei Schlichter sitzen lassen.« Er fuhr mit einer manikürten Hand über die Pinsel, die in Bechern auf dem Tisch standen, und pustete auf seine Fingerspitzen, als hätte er sich beschmutzt.

»Ich war so überrascht«, sagte Fleurette. Sie fühlte sich gefangen. Ihre Achseln wurden feucht, Schweiß prickelte ihr im Nacken.

»Wohl kaum vor Freude.«

Louis stützte sich mit beiden Händen auf die Tischplatte und beugte sich vor, während sie reglos dasaß und versuchte, ihre Angst zu verbergen.

»Was hat der Kriminalbeamte dir erzählt?«

Sie blickte hoch. »Was meinst du?«

Er begann, vor dem Tisch auf und ab zu gehen. »Einer von ihnen war am Freitag hier, das hat Harry mir erzählt. Er wollte zu mir, aber ich war noch nicht im Haus, da hat er mit dir gesprochen. Zwei Tage später lehnst du meinen Heiratsantrag ab.« Er trat neben Fleurette, griff ihr in die kurzen Haare und zog ihren Kopf nach hinten. Es tat so weh, dass ihr die Tränen kamen.

»Lass mich los, *tu me fais mal.*«

Sein Griff lockerte sich. Fleurette schaute zur Tür. Der Schlüssel steckte noch.

Louis' Hand schloss sich um ihren Arm, bevor sie aufstehen konnte. »Was hat er dir gesagt?« Seine Stimme war ganz nah an ihrem Ohr, sie konnte seinen Atem spüren.

»Lässt du mich dann gehen?«

»Sag es.«

»Du hättest versucht, einem Schuljungen den Mord – wie sagt man? – in die Schuhe zu stecken?«

Sein Griff löste sich. Sie trat an die Tür, so dass ihr Körper den Schlüssel verdeckte, und drehte sich um.

Er lächelte, hatte sich wieder in der Gewalt. »Ach das.«

»Hatte er recht?«

Louis zuckte mit den Schultern. »Ein dummer Junge, der in der Schule einen Schlüssel klaut und auch noch einen Anhänger dranmacht. Er hat's nicht besser verdient.«

Fleurette drehte den Schlüssel um und öffnete die Tür weit. Dann erst nahm sie Hut und Mantel vom Haken und griff nach ihrer Tasche. »Ich brauche Zeit. Ich muss nachdenken.«

»Wann kommst du wieder?«

Sie berührte ihren Nacken, dann den Arm und ging mit hoch erhobenem Kopf in Richtung Ausgang.

Das Paket traf mittags ein, eine Eilsendung aus Stuttgart. Fräulein Meinelt brachte es sofort herein. »Das kam per Kurier vom Bahnhof.«

Leo durchtrennte die Schnur und schlug das braune Packpapier auseinander. Eine Aktenmappe, nicht sehr dick, dazu ein Begleitschreiben des Stuttgarter Polizeipräsidiums und die üblichen Formulare, auf denen Eingangs- und Rücksendedatum zu verzeichnen waren. Er reichte sie an Fräulein Meinelt weiter und schlug die Mappe auf.

> *Margarethe Klara Immendorf, geb. Balzer, verwitwet, wohnhaft in Reutlingen, Aulberstr. 23 … verstarb am 2. Februar 1920 bei einem Verkehrsunfall in Stuttgart … Unfallort: Schloßstraße vor dem Central-Bahnhof … Unfallhergang: Die Verstorbene stürzte vor eine Straßenbahn und verstarb kurz darauf im Krankenhaus … Unfallzeugen: Herr Carl-Theodor Immendorf, geb. am 24. März 1890, Sohn der Verstorbenen; Anna Lechner, geb. am 15. Juni 1865, Blumenhändlerin.*

Er überflog die polizeilichen Angaben, die medizinischen Unterlagen, die Abschrift des Totenscheins … und stutzte. Ganz hinten in der Mappe lagen zwei maschinegeschriebene, aneinandergeheftete Blätter.

Nachdem er sie gelesen hatte, eilte er nach nebenan zu seinen Kollegen.

»Ich habe den Unfallbericht. Hört euch das an: *Der einzige andere Zeuge des Unfallhergangs ist der schwer kriegsversehrte Sohn der Verstorbenen, der erklärte, seine Mutter habe an diesem Tag mehrmals über Schwindel geklagt. Er war sehr aufgewühlt und musste ärztlich untersucht werden, da er sich die Schuld an ihrem Tod gab. Sie sei ins Taumeln geraten, als die Bahn einfuhr, und er habe sie nicht rechtzeitig ergreifen und festhalten können. Er habe den Arm nach ihr ausgestreckt, sie aber nicht mehr fassen können, wodurch das Unfallopfer vor die Bahn stürzte und die im Anhang näher beschriebenen schweren Verletzungen erlitt, die schließlich zum Tode führten.*«

»Lemasque war dabei?«, fragte Walther überrascht.

»Ja. Und es gab noch eine weitere Zeugin, eine Blumenhändlerin namens Anna Lechner. Sie erklärte zunächst, jemand habe Frau Immendorf gestoßen, zog die Aussage aber zurück.«

»Nachdem ihre Aussage weggefallen war, mussten die Kollegen die Sache als Unfall behandeln«, warf Jakob ein.

Leo nickte. »Aber da wäre noch Frau Immendorfs Besuch bei Professor Joseph, das passt zeitlich genau zusammen. Mal angenommen, Lemasque hatte davon erfahren. Wenn er mit der Mutter im selben Haus lebte, konnte sie ihm die Reise kaum verheimlichen.«

»Er hat also seine Mutter vor die Straßenbahn gestoßen – ich meine, Immendorfs Mutter –, weil er fürchtete, sie könnte ihn verraten?«, sagte Walther.

»Ja, das glaube ich.« Leo sah in die Runde. »Genug für einen Haftbefehl?«

Sonnenschein und Walther nickten etwas zögernd.

»Wir haben keinen unwiderlegbaren Beweis, aber alles zusammen …«, sagte Sonnenschein. »Das Muttermal, die Erkennungsmarke, Frau Immendorfs Besuch bei Joseph, die zurückgezogene Aussage wegen des Unfalls –«

»– die Nähe des Theaters zum Tatort, die Sache mit Werner Rath und dem Schlüssel, der Traum, von dem Jelena berichtet hat …«, fuhr Walther fort.

»Ich gehe zum Untersuchungsrichter«, erklärte Leo. »Und danach fahren wir ins Theater. Ich habe einige Fragen an Herrn Häberle.«

Der zuständige Untersuchungsrichter nahm einen Außentermin wahr und kam erst um drei wieder ins Gericht. Es brauchte ein wenig Überredung, aber dann hatte Leo seinen Haftbefehl und kehrte ins Präsidium zurück, wo Sonnenschein und Walther auf ihn warteten.

Er sah auf die Uhr, als sie sich auf den Weg in die Hallesche Straße machten.

Zeit für die Abendvorstellung.

Die drei Kriminalbeamten betraten den Innenhof, der von Fackeln in flackerndes Licht getaucht wurde. Vor dem Eingang des Theaters hatte sich eine kleine Schlange gebildet, von drinnen hörte man Musik und Stimmengewirr.

»Wir warten, bis die Vorstellung begonnen hat«, sagte Leo. »So können wir uns Lemasque vornehmen, während alle anderen beschäftigt sind. Ich will in Ruhe mit ihm reden.«

Sie blieben in der Kälte stehen, bis alle Besucher im Gebäude verschwunden waren.

Ein grelles Plakat kündigte die heutige Vorstellung

an – *Der Fluch des Skalpells* und *Im Schatten der Guillotine*. Demnächst: *Die Schrecken der Inquisition*. Vorverkauf ab sofort an der Kasse.

Das Foyer war in rötliches Licht getaucht, hinter der Theke standen Flaschen mit Wein, Sekt und Bier, in einer Vitrine lagen belegte Brote. Ein Korb auf der Theke enthielt kleine Tüten mit Nüssen.

Walther grinste. »Ich würde mir ja gut überlegen, ob ich vorher was esse.«

Eine der Verkäuferinnen schaute zu ihnen herüber.

»Guten Abend«, sagte Leo und wies sich aus. »Ist der Direktor im Haus?«

Die Frau, die einen extrem kurzen, rot gefärbten Bubikopf trug, nickte. »Er ist immer hinter der Bühne, während die Vorstellung läuft.«

Leo wollte sich abwenden, spürte aber, dass die Frau noch etwas auf der Seele hatte.

»Vielleicht sollten Sie lieber warten. Wir hatten … es gab heute eine Krise, wie man uns sagte. Viel Unruhe, die Vorstellung wäre beinahe ausgefallen.«

»Warum das?«, fragte Leo interessiert.

»Die Maskenbildnerin ist gegangen.«

»Fleurette Marceau? Hat sie gekündigt?«

Die Rothaarige schien sich auf einmal wichtig zu fühlen. »Sie ist wohl heute Morgen einfach rausmarschiert, hat Berti aus der Werkstatt erzählt. Und ist nicht mehr zurückgekommen. Also musste die Garderobiere einspringen, und einige Schauspieler mussten sich selbst schminken. Ich habe den Herrn Direktor bis hierher brüllen gehört.«

Leo schaute zu ihrer Kollegin. »Wissen Sie auch etwas darüber?«

»Hilde hat es mir nur erzählt. Die beiden sind ein Paar. Vielleicht ein privater Streit.«

Leo bedankte sich und kehrte zu seinen Kollegen zurück. Walther schaltete sofort, als er von Fleurettes Verschwinden hörte. »Er muss von meiner Frage nach dem Muttermal erfahren haben.«

»Dann ist sie in Gefahr«, sagte Sonnenschein.

»Ruf im Präsidium an. Jemand soll hinfahren und nach ihr sehen«, wies Leo ihn an.

»Soll ich es selbst übernehmen? Ich habe die Adresse im Kopf.«

Jeder Ermittler wollte dabei sein, wenn der Täter überführt wurde, doch Leo las nur ehrliche Bereitschaft und Sorge in Sonnenscheins Gesicht. »Danke, Jakob.«

Leo und Walther betraten den Gang, der hinter die Bühne führte und nur dämmrig beleuchtet war. Fenster gab es nicht. Von irgendwoher ertönte Applaus.

Sie blieben vor einer Tür mit der Aufschrift *Bühnenzugang – Bitte Ruhe* stehen. Leo drückte behutsam die Klinke hinunter. Durch den Spalt konnte er Louis Lemasque im Profil sehen. Er stand am Fuß einer kleinen Holztreppe, sein Gesicht geisterhaft im Scheinwerferlicht, und schaute konzentriert in Richtung Bühne.

»Die Operation, die ich heute durchführen werde, ist insofern von wissenschaftlichem Interesse, als sie die Reaktionen der Patientin während der chirurgischen Vorgänge deutlich erkennen lässt. Schwester Else wird sie dokumentieren, damit wir sie mit Ergebnissen vergleichen können, die wir an Patienten im bewusstlosen Zustand gesammelt haben ...«, verkündete eine sonore Männerstimme.

Leo trat vor, bis er Lemasque am Arm berühren

konnte. Dieser fuhr herum. Leo winkte ihn schweigend nach draußen. Der Theaterdirektor war blasser als sonst, die Haut spannte sich straff über sein gespaltenes Gesicht.

»Was wollen Sie hier? Die Vorstellung läuft.«

»Herr Lemasque. Gehen wir in Ihr Büro.«

»Erst will ich wissen, warum Sie während der Vorstellung hier auftauchen.«

»Uns liegt neues Beweismaterial vor. Die Befragung duldet keinen Aufschub«, sagte Walther.

»So ist es. Bitte.« Leos Tonfall verriet, dass das »bitte« reine Formalität war.

Lemasque schob lässig die Hände in die Taschen, doch Leo hielt sich an seiner rechten Seite, um jeden Fluchtversuch zu unterbinden.

»Nicht doch, Herr Oberkommissar. Ich laufe nicht davon.« Lemasque blieb vor der Bürotür stehen. »Wir können hier miteinander sprechen. Ich muss in Hörweite bleiben, falls es Probleme bei der Aufführung gibt.«

Leo und Walther blockierten den Gang, der ins Foyer führte.

Lemasque schaute sie gelangweilt an. »Also, was ist so wichtig, dass es nicht bis nach der Vorstellung warten kann?«

»Erinnern Sie sich an den ersten Hut, den Sie als Kind bei Hutmoden Lanninger bekommen haben? Auf den Sie so stolz waren?«

Überraschung huschte über das Gesicht des Theaterdirektors. Dann hatte er sich wieder in der Gewalt. »Ich weiß nicht, was die Frage soll, aber es war eine Matrosenmütze. Das war in unseren Kreisen üblich.«

Manche Leute wollten einfach zu klug sein. »Herr

Lanninger hat mir persönlich erzählt, dass es ein Strohhut war«, sagte Leo. »Was sagte er doch gleich über Sie? ›Er war wohl ein kleiner Dandy, wie es die Engländer nennen.‹«

»Als Nächstes fragen Sie mich wahrscheinlich, wann ich den ersten Milchzahn verloren habe.«

»Das nun nicht«, erwiderte Leo gelassen. »Aber ich wüsste gern, warum Sie nach dem Krieg auf einmal den Namen Ihres Lieblingshundes nicht mehr wussten.«

»Sie haben mich aus der Vorstellung geholt, um mit mir über Hunde und Hüte zu sprechen?« Auf Lemasques vernarbter Stirn pochte eine Ader.

»Nein. Ich habe Sie aus der Vorstellung geholt, weil ich vermute, dass Sie nicht Carl-Theodor Immendorf aus Reutlingen, sondern Ludwig Häberle aus Wäschenbeuren sind.«

»Sie haben den Verstand verloren«, stieß Lemasque hervor.

»Wir vermuten, dass es sich bei dem Toten aus dem Schuppen um den echten Carl-Theodor Immendorf handelt, dass Sie seit dem Krieg unter seiner Identität gelebt, sein Erbe angetreten und ihn getötet haben, als er Sie hier aufgesucht und zur Rede gestellt hat.«

Es ging sehr schnell. Die Eisenstange erschien wie aus dem Nichts und traf Walther an der Schulter, dass er aufschrie und in die Knie ging. Lemasque verschwand im Gang, der hinter der Bühne entlangführte.

»Hinterher, Leo! Ich komme schon zurecht.«

Ihr Fehler. Sie hatten beide dieselbe Fluchtrichtung blockiert. Lemasque war im Vorteil, er kannte jeden Winkel seines Theaters und fand sich im Dunkeln mühelos zurecht. Leo horchte angestrengt auf Schritte, was angesichts der Bühnengeräusche und Aufschreie aus dem Publikum nicht einfach war. Dann ertastete er einen Lichtschalter und drehte ihn, worauf der Gang in helles Licht getaucht wurde. Lemasque war verschwunden.

Plötzlich stand eine halbnackte Frau vor ihm, Zigarette in der Hand, einen blutigen Längsschnitt im Oberkörper, als wäre sie Dr. Lehnbach vom Tisch gesprungen.

»Wo ist er?«

Sie deutete lässig mit der Zigarette zur nächsten Ecke. »Am Ende ist eine Tür zum Hof.«

Leo begriff, dass der Gang an den drei Außenseiten des Theaters entlangführte und Zuschauerraum, Bühne und Nebenräume umschloss. Am Ende war das Viereck der offenen Tür zu erkennen, das den flackernden Fackelschein umrahmte. Eine schattenhafte Gestalt lief über den Hof.

Leo rannte hinterher und wäre fast gegen einen Mann geprallt, der eine Frau stützte, die kurz vor einer Ohnmacht schien. Der Mann schrie wütend auf, als Leo ihn beiseitestieß.

Auf dem Gehweg schaute er nach rechts und sah Lemasque um die nächste Ecke in die Möckernstraße biegen. In der Nähe des Anhalter Bahnhofs herrschte zu jeder Tageszeit Betrieb. Lemasque war sportlich, er wand sich mühelos durch die Menge, ohne sein Tempo zu verringern. Nur wenige Leute drehten sich nach ihnen um – die Berliner waren einiges gewöhnt, Hektik gehörte für sie zum Alltag. Lemasque wechselte die Straßenseite. Wollte er zum Bahnhof laufen und in den erstbesten Zug springen?

Nein, er rannte weiter zum Askanischen Platz, vorbei an Wurstverkäufern und wartenden Taxis, Zeitungsjungen und den uniformierten Gepäckträgern der großen Hotels. Er zwängte sich zwischen zwei eng parkenden Taxis hindurch, warf einen Blick über die Schulter zu Leo. Dann schaute er wieder nach vorn und überquerte die Königgrätzer Straße, wich knapp einem Omnibus aus, ohne sich um wütend hupende Autofahrer zu kümmern.

Leo erkannte, wohin Lemasque wollte – ins Hotel Excelsior gegenüber dem Bahnhof, Berlins größtes Hotel, das fast den ganzen Häuserblock einnahm und über Ausgänge an drei verschiedenen Straßen verfügte. Hunderte von Zimmern, ein Schwimmbad, endlose Gänge, in denen man verschwinden konnte.

Lemasque stieß den Portier beiseite und verschwand durch die große Drehtür. Leo, der ihm auf den Fersen war, hatte Pech. Der Portier wollte sich kein zweites Mal überrumpeln lassen, streckte die Hand aus und hielt ihn am Ärmel fest. Leo zog die Dienstmarke und riss sich los, bevor der Mann reagieren konnte.

Durch die Drehtür, in die Halle – die gewaltig groß war. Und voller Menschen. Von Lemasque keine Spur. Leos Herz schlug heftig. Er sah sich suchend um und bemerkte eine Treppe, die zu einem Aufzug mit dunklen Holztüren hinunterführte. Davor standen Gerüste, Farbeimer und andere Utensilien, der Zugang war mit einer Kordel abgesperrt.

Lemasque kannte sich in den Berliner Hotels aus. Und wer hatte nicht vom neuen Excelsior-Tunnel gehört, der bald eröffnen sollte? Eine Attraktion, durch die die Gäste komfortabel und trockenen Fußes von den Bahnsteigen direkt in die Hotelhalle und zurück gelangen konnten.

Leo sprang über die Kordel und lief die Treppe hinunter. Da war eine Tür, natürlich, es musste neben dem Aufzug auch eine Treppe geben, der Sicherheit wegen. Er stieß sie auf und hörte Schritte.

Leo rannte die Stufen hinunter und landete in einem Gang mit noch leeren Schaufenstern, der den Besuchern ein unterirdisches Einkaufserlebnis bieten würde. Dann sah er weiter vorn Lemasque. Leo zwang seine Beine, noch schneller zu laufen, holte auf, es war nicht mehr weit ...

Lemasque blieb abrupt stehen.

An der Bahnhofsseite war der Ausgang noch mit Brettern vernagelt.

Keuchend drehte sich Lemasque um, ließ den Kopf gegen die Mauer sinken.

Leo blieb zwei Meter vor ihm stehen und richtete die Waffe auf ihn.

»Nicht doch, Herr Oberkommissar.« Lemasque hob spielerisch die Hände, als stünde er auf seiner Bühne. »Ich bin unbewaffnet.«

»Sie sind festgenommen.« Leo tastete nach den Handschellen und wünschte sich, er hätte Walther dabei. Der Tunnel war verlassen, anscheinend hatte niemand sie hineinlaufen sehen. Hier unten würde sie auch niemand hören.

»Hände nach vorn.« Er ließ die erste Handschelle zuschnappen. Lemasques andere Hand schoss vor, griff nach Leos Kehle, presste den Daumen in seinen Kehlkopf. Rote Flecken tanzten vor Leos Augen, der Druck wurde unerträglich. Lemasque tastete nach dem Lauf der Waffe, die Kette mit der anderen Schelle schwang wild hin und her.

Nie im Alleingang, durchzuckte es Leo, das lernte

jeder angehende Polizeibeamte … er wollte schlucken und konnte es nicht. Sie gerieten ins Taumeln, prallten gegen die Bretterwand. Lemasque schlug ihm die Waffe aus der Hand, legte nun auch die zweite Hand um Leos Hals.

Dumm, dachte er, so dumm. Über ihm das größte Hotel der Stadt, voller Menschen, und er hier unten, erwürgt, genau wie Immendorf … Sein Kopf schien sich aufzublähen, der Druck wurde unerträglich.

Mit letzter Kraft holte er aus und traf Lemasque mit der bloßen Faust am Kopf. Der Griff um seinen Hals ließ nach, der Mann ging in die Knie. Grob stieß Leo ihn vollends zu Boden und ließ die zweite Handschelle einschnappen.

Dann richtete er sich auf und umfasste seinen Hals, sog die Luft in gierigen Zügen ein. Sein Kehlkopf tat weh. Er spürte, wie Übelkeit in ihm aufstieg, drehte sich zur Wand und erbrach sich. Danach kauerte er eine Weile auf dem Boden und wischte sich immer wieder mit dem Taschentuch den Mund ab.

»Sie können nichts beweisen.«

Leo drehte sich zu Lemasque, der auf dem Bauch lag, die gefesselten Hände auf dem Rücken, das Gesicht krampfhaft zu ihm gewendet.

»Das werden wir sehen.« Er konnte nur flüstern, das Sprechen tat ungeheuer weh. »Herr Häberle.«

Er nahm die Waffe, kam auf die Füße und ging schwankend durch den Tunnel ins Hotel.

30

Dienstag, 31. Januar 1928

Am nächsten Tag meldete sich Leo gegen zwölf leicht lädiert zum Dienst. Ein Arzt hatte ihn noch am Abend untersucht und keine gravierende Verletzung festgestellt. Er solle seinen Kehlkopf schonen und warmhalten und sich den Vormittag freinehmen. Leo wollte Häberle selbst befragen, aber Walther und Sonnenschein würden ihn dabei unterstützen.

Sie gaben ein nettes Bild ab – er selbst trug einen Wollschal um den mit Würgemalen verunzierten Hals und Walther den Arm in der Schlinge, nur Sonnenschein war unversehrt. Er hatte Fleurette Marceau sicher zu Hause angetroffen und sofort ihre Aussage aufgenommen.

Ein Wachbeamter führte den Gefangenen in Handschellen in den Befragungsraum. Er war ärztlich untersucht worden, und seine Größe, Haarfarbe sowie das Muttermal stimmten mit dem überein, was in der Friedensstammrolle zu Ludwig Häberle verzeichnet war. Sie hatten eine Fotografie angefertigt, die zur Polizei in Göppingen unterwegs war und dem alten Häberle vorgelegt werden sollte.

»Verdacht des Mordes an Carl-Theodor Immendorf. Verdacht der Täuschung und Annahme einer fremden Identität zum Zwecke der persönlichen Bereicherung. Tätlicher Angriff auf einen Polizeibeamten mit mutmaßlicher Tötungsabsicht im Verein mit Körperverletzung«, las Walther vor, worauf der Theaterdirektor den Kopf schüttelte.

»Ich habe mich meines Wissens nicht ermordet«, sagte er belustigt.

»Weil Sie nicht Carl-Theodor Immendorf sind«, erwiderte Leo heiser. »Der Tote im Schuppen nannte sich Fjodor, das ist die russische Version des Namens Theodor. Es war wohl ein Zugeständnis an sein altes Leben. Die Personenbeschreibung aus Immendorfs Militärakte stimmt exakt mit der Leiche überein.«

»Was den tätlichen Angriff auf Sie betrifft, steht Aussage gegen Aussage. Wir waren allein in dem Tunnel. Niemand kann bezeugen, dass ich mich nicht lediglich verteidigt habe.«

»Das ist Unsinn, und das wissen Sie auch«, sagte Sonnenschein ungewohnt laut. »Sie sind geflüchtet, das kommt einem Schuldeingeständnis gleich. Folglich war Oberkommissar Wechsler befugt, Sie vorläufig festzunehmen. Überdies lag zu diesem Zeitpunkt schon ein Haftbefehl gegen Sie vor.«

Leo war dankbar, dass sein Kollege das Reden übernommen hatte. Er griff nach dem Wasserglas, das vor ihm auf dem Tisch stand, und trank es aus.

»Robert, würdest du bitte weiterlesen. Ein Punkt fehlt noch.«

Walther nahm das Blatt wieder zur Hand. »Verdacht des Mordes an Frau Margarethe Immendorf.«

Der erste Riss in der Fassade. Rote Flecken überzogen das entstellte Gesicht, Lemasque schien die Armlehnen fester zu umfassen. »Warum sollte ich meine eigene Mutter töten?«

Leo wusste nicht, ob der Mann so mit seiner Rolle verschmolzen war, dass ihm der Sinn für die Wirklichkeit entglitten war, oder ob er immer noch hoffte, seine falsche Identität zu retten.

»Sie war die Mutter von Carl-Theodor Immendorf und starb am 2. Februar 1920 bei einem Verkehrsunfall in Stuttgart. Sie stürzte nahe dem Central-Bahnhof vor eine Straßenbahn und verstarb kurz darauf im Krankenhaus. Sie waren Zeuge des Unfalls, Herr Lemasque.«

»Sie hat das Gleichgewicht verloren! Ich habe mir solche Vorwürfe gemacht, ich stand ja unmittelbar daneben.« Er vergrub das Gesicht in den Händen. »Ich gebe zu, sie war nicht meine Mutter. Ich bin nicht Carl-Theodor Immendorf.« Er schaute hoch, die Augen nass und gerötet. »Aber ich habe ihr einen Sohn geschenkt. Ich musste davon ausgehen, dass Carl gefallen war. Also habe ich versucht, ihr den toten Sohn zu ersetzen.«

»Ach, Sie sind ein Wohltäter, der einer Mutter noch größeres Herzweh erspart hat. Wie konnten wir Sie derart missverstehen?« Auch das Flüstern konnte den sarkastischen Tonfall nicht dämpfen.

»Damals gab es eine Zeugin«, warf Walther ein. »Frau Anna Lechner. Sie betrieb einen Blumenstand vor dem Bahnhof und konnte die Stelle, an der es zu dem Unfall kam, gut einsehen. Sie sagte zunächst aus, die Frau, also Margarethe Immendorf, sei von dem neben ihr gehenden Mann vor die Straßenbahn gestoßen worden. Dieser Mann waren Sie. Allerdings zog sie die Aussage kurz darauf zurück. Sie habe sich geirrt, sie sehe nicht mehr gut.«

Leo beobachtete Lemasque, der völlig ungerührt blieb.

»Wir haben heute Morgen sofort an die Kriminalpolizei Stuttgart telegrafiert und darum gebeten, die Zeugin noch einmal zu befragen.« Walther legte eine Kunstpause ein. »Man teilte uns mit, Frau Anna Lechner sei am 24. April 1926 verstorben.«

Ein Zucken um den Mund, so leicht, dass es Leo entgangen wäre, hätte er Lemasque nicht genau im Blick behalten.

»Das war nun sehr bedauerlich«, sagte Sonnenschein. »Aber wie es der Zufall wollte, hat Frau Lechner eine Tochter hinterlassen, die einen Frisiersalon führt. Und sie hat einen Telefonanschluss. Robert?«

Walther zog ein maschinegeschriebenes Blatt aus einer Aktenmappe und las vor: »Offizielle Niederschrift eines Telefongesprächs mit der Kriminalpolizei in Stuttgart vom 31. Januar 1928, Fernruf eingegangen um 11.43 Uhr.« Er räusperte sich:

»Betrifft den Unfalltod der Margarethe Immendorf vom 2. Februar 1920. Telefonat mit Frau Brigitte Lechner, Tochter der damaligen Unfallzeugin Anna Lechner, verstorben. Frau Brigitte Lechner gab zu Protokoll, ihre Mutter habe sich auf dem Sterbebett zu dem Unfallgeschehen des Jahres 1920 geäußert. Die Geschichte habe ihr immer auf der Seele gelegen, und sie wolle nicht zum Herrgott gehen, ohne sich vorher zu erleichtern. Auf Nachfrage der Tochter erklärte Anna Lechner, der schwer kriegsversehrte Sohn der Verstorbenen sei damals bei ihr erschienen. Er habe geweint und sie angefleht, die Aussage rückgängig zu machen. Er würde doch seiner eigenen Mutter kein Leid zufügen. Er habe sehr überzeugend gewirkt und ihr Mitleid erregt, worauf sie ihre Aussage zurückgezogen habe, um einen ehemaligen Soldaten nicht fahrlässig ins Unglück zu stürzen. Sie sei froh, endlich die Wahrheit gesagt zu haben, nun könne sie beruhigt sterben. Frau Brigitte Lechner hat in der Angelegenheit nichts unternommen, da sie nicht wusste, ob ihre Mutter noch bei sich war. Sie wird im Präsidium erscheinen und ihre Aussage schriftlich zu Protokoll geben. Eine Abschrift geht an die Kriminalpolizei Berlin.«

»Danke, Robert.« Leo sah Lemasque eindringlich an. »Frau Immendorf war kurz vor dem Unfall nach Berlin gereist und hatte Professor Joseph aufgesucht, der Sie damals operiert hat. Sie hat ihn um Rat ersucht, weil Sie ihr so fremd erschienen und Dinge nicht wussten, die Sie eigentlich hätten wissen müssen – wie den Namen des Hundes, den Ihr Großvater besaß, oder wie Ihr erster Hut aussah, den Sie sich bewusst ausgesucht hatten. Immendorf war zwar Ihr Kamerad im Feld, wird Ihnen aber kaum seine Lebensgeschichte in allen Einzelheiten anvertraut haben. Sie hatten Schlimmes durchgemacht, womit Sie vieles erklären konnten. Der Professor hat Frau Immendorf damals beschwichtigt. Er konnte ja nicht wissen, dass Sie ein Hochstapler waren. Aber Frau Immendorfs Verdacht war geweckt – und damit Ihre Furcht.«

Er goss sich Wasser nach und gab den Kollegen ein Zeichen, weiterzumachen. Er konnte kaum schlucken, doch die Zufriedenheit verdrängte den Schmerz.

»Hat Frau Immendorf Sie offen darauf angesprochen? Oder ihr Misstrauen schlecht verhehlt? Jedenfalls ahnten Sie, dass diese Frau Sie früher oder später entlarven würde. Also musste sie sterben«, sagte Walther.

Sonnenschein räusperte sich. »Und dann haben Sie von dem Erbe, das eigentlich dem Mann zustand, dessen Leben Sie gelebt und dessen Mutter Sie getötet haben, Ihr Theater finanziert.«

»Denn dass Sie die Hälfte des Familienvermögens geerbt haben, dürfte ein angenehmer Begleitumstand gewesen sein«, warf Leo ein. »Sie beseitigten die Frau, die Ihr Spiel hätte aufdecken können, und erbten gleichzeitig genügend Geld, um fern der schwäbischen Provinz ein neues Leben zu beginnen.«

»Wir fragen uns natürlich, seit wann Sie das alles geplant hatten«, übernahm Walther. »Wie kam es zum Tausch der Erkennungsmarken, von dem Sie so ungemein profitiert haben?«

Lemasque sprang auf, umfasste die Schreibtischkante und rüttelte an dem schweren Möbelstück. Ein Schrei brach aus ihm hervor.

»Er hat es so gewollt! Der heilige Carl, das arme Opfer, nicht wahr? Ich sage Ihnen was: Er war vom Leben verwöhnt und hatte es immer leicht gehabt. Er war einer dieser Menschen, die immer Glück haben – beim Spiel, bei den Frauen, bei den Kameraden. Aber er war auch leichtsinnig. Wir mussten ihn aus so manchem Puff oder Kuhstall holen, und dann gab es Ärger mit den Vorgesetzten. Er wollte immer alles, sofort, für sich. Was ihm gerade gefiel, musste er haben. Und dann traf er dieses Bauernmädchen, das ihm Kirschen schenkte. Ich habe ihn ausgelacht und gesagt, so eine findest du in Galizien an jeder Ecke. Doch er gab keine Ruhe, redete tagelang nur von ihr. Nein, die sei besonders, er müsse sie unbedingt wiedersehen. Nur hatte er Ausgangssperre, Verstoß gegen die Vorschriften wie so oft. Also hat er gesagt, lass mich du sein, nur das eine Mal. Wir tauschen die Marken, und wenn mich einer anhält, bin ich der brave, unbestrafte Häberle.« Er hielt inne und atmete schwer. »Ich konnte nicht Nein sagen. Er hatte die Gabe,

Menschen für sich zu gewinnen, Männer und Frauen, einfach jeden. Seine Sorglosigkeit war ansteckend, und ich war ernsthaft und arm und hatte wenige Freunde. Carls Freund zu sein bedeutete mir viel. Also tauschte ich mit ihm.«

»Und er ging zu dem Mädchen auf den Bauernhof, wo ihn die Russen fanden.«

»Die Russen? Ich dachte, er sei tot. Aber dann muss es wohl so gewesen sein.«

»Wie sind Sie darauf gekommen, dass er tot sei?«

»Carl sollte einen Spähtrupp führen, gleich nachdem er von dem Ausflug zurück war. Ich habe ihm noch gesagt, beeil dich, ich kann nicht schon wieder den Kopf für dich hinhalten. Dann kam mein Einsatz, ohne dass ich ihn noch einmal gesehen hatte, ich wurde verletzt. Als ich auf der Trage lag, hörte ich, wie zwei Sanitäter sich unterhielten. Der eine erwähnte den Spähtrupp. ›Arme Schweine, alle niedergemacht. Von denen fährt keiner mehr heim.‹ Ich habe angenommen, Carl wäre rechtzeitig zurück gewesen und mit seinen Leuten gefallen.«

»Eine Zeugin hat bestätigt, was wirklich geschah. Die Russen schossen ihn nieder und nahmen ihn mit. Er war sechs Jahre in Gefangenschaft. Nun aber zurück zu Ihnen: Sie wurden schwer verletzt, und als Sie im Lazarett zu sich kamen, sprach man Sie mit Immendorf an.«

Lemasque nickte und ließ sich schwer auf den Stuhl fallen. »Ich hätte die Wahrheit sagen können.« Er deutete auf sein Gesicht. »Aber ich hielt Carl für tot. Und nach einer Weile dachte ich mir, dass es vielleicht Schicksal sei. Eine Wiedergutmachung dafür, dass ich arm war und ernsthaft und ohne Freunde und überdies von nun an mit dieser … Maske durch die Welt laufen musste.«

Leo dachte, dass beide Männer letztlich Opfer waren. Der Krieg hatte beide derart zerstört, dass sie nicht mehr in ihr altes Leben zurückkonnten.

Carl-Theodor Immendorf war nie heimgekehrt und hatte sich für ein Leben in der Fremde entschieden.

Und Ludwig Häberle hatte das Leben seines Freundes wie einen Mantel übergestreift und erkannt, dass er ihn nicht ausfüllen konnte. Und war deshalb zum Mörder geworden. Zwölf Jahre als Carl-Theodor Immendorf, dann hatte ihn das Schicksal eingeholt.

Leo sah ihn nachdenklich an. »Wie war das, Immendorf an jenem Abend dort zu sehen? Hat er im dunklen Hof auf Sie gewartet, still und geduldig, wie es seine Art war?«

Lemasques Kopf schoss hoch. »Das war nicht seine Art!«

»Er war vom Krieg gezeichnet. Die Frau, die ihn liebte, hat uns von ihm erzählt. Er hatte sich sehr verändert, nicht wahr?«, sagte Sonnenschein sanft.

»War das die Frau, die nach ihm gefragt hat?«

»Ja. Und auch die Frau, die sich umgebracht hat, weil sie nicht ohne Carl-Theodor Immendorf leben wollte«, antwortete Walther.

»Sie sind für seinen Tod, den seiner Geliebten und den seiner Mutter verantwortlich«, flüsterte Leo.

Lemasque krümmte sich und schlang die Hände um den Kopf.

»Er … er stand auf einmal im Hof, als ich gerade abschließen und nach Hause gehen wollte. Zuerst habe ich ihn nicht erkannt, er hatte sich sehr verändert. Dann sagte er: ›Ludwig, bist du das?‹ So hatte mich seit zwölf Jahren niemand mehr genannt. Und ich sagte: ›Wer sind

Sie?‹ Er schüttelte den Kopf. ›Wenn ich dich erkenne, musst du mich auch erkennen. Es ist lange her, aber du bist der Ludwig Häberle.‹ ›Was willst du?‹, habe ich ihn gefragt. ›Ich will mein Leben zurück.‹ Ich konnte nicht anders. Er hätte mir alles genommen. Es war wie ein Rausch, meine Hände um seinen Hals, ich habe immer weiter gedrückt, bis er tot war.«

»Das hätte ich gerne noch genauer. Aber kommen wir zu dem Verbrechen, das Ihnen nicht geglückt ist. Sie haben uns weismachen wollen, dass Werner Rath den Schlüssel zum Schuppen nach dem Mord im Theater verloren hat. Großtuerisch, wie Jungs manchmal sind, hatte er ihn sogar beschriftet: *Bierschuppen* stand auf dem Anhänger. Auch wenn er dort wohl nicht nur heimlich Bier getrunken hat. Sie haben den Schlüssel vor Wochen gefunden, zwei und zwei zusammengezählt und ihn einfach behalten. Sie haben versucht, einem Schüler einen Mord in die Schuhe zu schieben. Sie haben die Tatsache ausgenutzt, dass Werner Geheimnisse vor seinen Eltern hatte, um den Verdacht auf ihn zu lenken. Ich vermute, Sie besitzen sehr wohl einen Schlüssel zum Tor in der Mauer. Also haben Sie Immendorfs Leiche in der Nacht vom 9. auf den 10. Januar durchs Tor auf den Schulhof getragen und in dem Schuppen dort versteckt, den Sie mit Werners Schlüssel geöffnet hatten.«

»Es war das letzte Mittel«, murmelte Lemasque.

Leos Mitgefühl war erschöpft. »Es wird Zeit für ein umfassendes Geständnis, Herr Häberle.«

Sonnenschein holte den Stenoblock hervor und wartete, den Stift in der Hand.

Nachwort

Wie immer habe ich in diesem Roman versucht, neue Milieus und Winkel der historischen Metropole Berlin zu erforschen. Diesmal war es die Welt des Sensationstheaters, der deutschen Gefangenen in Russland, der russischen Flüchtlinge in Berlin und der ostjüdischen Bewohner in der ehemaligen Spandauer Vorstadt.

Das berühmte Pariser Théâtre du Grand Guignol in Pigalle (1897 bis 1962) diente mir als Vorbild für mein »Cabaret des Bösen«. Meines Wissens hat ein solches Etablissement im damaligen Berlin nicht existiert, doch hätte es gut dorthin gepasst. Daher habe ich mir die Freiheit genommen, meinen Protagonisten Louis Lemasque zum Direktor eines solchen Hauses zu machen.

Die einzige Freiheit, die ich mir mit dem Askanischen Gymnasium erlaubt habe, war, daneben dieses schaurige Theater anzusiedeln. Die Beschreibung der Schule und die Namen der Lehrer bis hin zum Spitznamen »Biltzbrause« (der Mann hatte eine feuchte Aussprache) beruhen auf Tatsachen. Mein Wissen verdanke ich vor allem der Festschrift *125 Jahre Askanisches Gymnasium und Askanische Oberschule 1875–2000*, Berlin 2000.

Der Berliner Polizei habe ich einen Neujahrsempfang im Rathaus angedichtet.

Wer sich für Jacques Joseph und seine bahnbrechende

Tätigkeit als plastischer Chirurg interessiert, dem sei dieses Büchlein von Walter Briedigkeit und Hans Behrbohm empfohlen: *Jüdische Miniaturen: Jacques Joseph (1865–1934). Ein Pionier der plastischen Gesichtschirurgie,* Berlin 2006.

Besonders spannend ist es immer, wenn sich unsere Gegenwart in der Vergangenheit spiegelt. Darum nimmt auch das Thema Flucht und Flüchtlingsdasein einen gewissen Raum im Roman ein. Die russische Kolonie in Berlin war in den frühen 1920er Jahren noch bedeutend größer und prägender, doch auch im Jahre 1928 spielte sie eine spürbare Rolle im Leben der Stadt.

Einen historischen Kriminalroman zu schreiben hat viel Ähnlichkeit mit der Detektivarbeit, die meine Protagonisten leisten. Unzählige Puzzleteile werden gesucht, zusammengetragen, überprüft und angepasst, bis hoffentlich ein sinnvolles und authentisches Ganzes entsteht. Ich arbeite dabei mit Quellen unterschiedlichster Art: Dissertationen, Stadtplänen, Speisekarten, Fahrplänen, Dialektwörterbüchern, Fotografien, Theaterprogrammen, Augenzeugenberichten und vielem mehr. Oft sind es die kleinen Details, die ich dabei entdecke, die entscheidend dazu beitragen, dem Publikum des 21. Jahrhunderts diese Zeit und das Leben der Menschen in ihr näherzubringen.

Wenn es mir gelingt, Sie zu unterhalten und vielleicht dann und wann auf die Idee zu bringen, einen Ort oder eine Person oder ein Ereignis nachzuschlagen und sich selbst auf Spurensuche zu begeben, bin ich glücklich. Darum danke ich an dieser Stelle vor allem auch Ihnen, meinen Leserinnen und Lesern, die Leo nun schon in seinem sechsten Abenteuer begleiten.

Historische Persönlichkeiten, die im Roman vorkommen

Dr. Biltz, genannt »Biltzbrause«, Lehrer
Josef Wladimirowitsch Gessen, Zeitungsherausgeber
Prof. Jacques Joseph, plastischer Chirurg
Leonore Joseph, seine Frau
Hochheim, Turnlehrer
Elly Kaiser, Sekretärin und Archivarin der SPD-Fraktion im Reichstag
Philipp Schaeffer, Bibliothekar
Dr. Suhle, Schulleiter des Askanischen Gymnasiums
Dr. Bernhard Weiß, Polizeivizepräsident in Berlin von 1927–1932
Friedrike Wieking, Kriminalbeamtin
Karl Friedrich Zörgiebel, SPD, Berliner Polizeipräsident von 1926–1930

Googeln Sie einmal Jacques Joseph. Und wer es wagt, kann sich im Internet auch Fotos des von ihm operierten türkischen Offiziers Mustafa Ipar ansehen, die nicht leicht zu ertragen sind, aber den Blick für die ungeheuren Verdienste dieses plastischen Chirurgen öffnen, der so vielen Männern wieder zu einem Gesicht verholfen hat. Joseph wurde Opfer der nationalsozialistischen antijüdischen Schikanen, verlor (wie alle jüdischen Ärzte) seine Kassenzulassung und wurde mehrmals inhaftiert, bevor er 1934 an einem Herzinfarkt starb.

Gewissermaßen sein Gegenpol ist Friedrike Wieking, der wir im Roman als einer der ersten Kriminalbeamtinnen begegnen. Ihr Lebenslauf – von der Lehrerstochter, die eine Ausbildung zur Wohlfahrtspflegerin machte, sich in Frauenbewegung und Mädchenfürsorge engagierte und später zur höchsten Kriminalbeamtin des Dritten Reichs aufstieg – hat mich überrascht und schockiert.

Danksagung

Mein ganz besonderer Dank gilt diesmal zwei Menschen:

Ohne die Dissertation des Historikers Dr. Georg Wurzer (*Die Kriegsgefangenen der Mittelmächte in Rußland im Ersten Weltkrieg*, https://www.deutsche-digitale-bibliothek.de/binary/DSV47S2KWSCMC5JVPTACIZHXOSBAMA7M/full/1.pdf) wäre der Roman niemals in dieser Form geschrieben worden. Herr Dr. Wurzer hat mich vor gravierenden Fehlern bewahrt und jederzeit mit seinem umfangreichen Wissen über ein Thema unterstützt, von dem ich vorher so gut wie gar nichts wusste. Sollten sich dennoch Fehler eingeschlichen haben, bin ich allein dafür verantwortlich.

Ich danke meinem Sohn Felix Klinkenberg, mit dem ich die allererste Fassung des Plots entwickelt habe (wir haben trotz des ernsten Themas sehr dabei gelacht). Als meinen persönlichen Bullshit-Detektor konnte ich ihn immer um Rat fragen, wenn es um die Beziehung zwischen Leo und Georg ging. Aus seiner Erfahrung als Junge, Mann und Sohn hat er dazu beigetragen, sowohl Georg als auch dessen Verhältnis zu Leo, die mir so wichtig sind, möglichst überzeugend und lebensnah zu gestalten.

Außerdem bedanke ich mich ganz herzlich bei:
Marie Becker, wissenschaftliche Volontärin, Archiv zur Geschichte von Tempelhof und Schöneberg
Dr. Michael Buddrus, Institut für Zeitgeschichte
Sabine Esch
Corinna Lichtenberg
Dr. Wolfgang Mährle, Oberarchivrat, Landesarchiv Baden-Württemberg, Hauptstaatsarchiv Stuttgart
Thomas Papenfuß, stellvertretender Schulleiter des Askanischen Gymnasiums, Berlin
Dr. Martin Rüther, NS-Dokumentationszentrum Köln
Vera Seehausen, Institut für Geschichte der Medizin und Ethik in der Medizin, Charité – Universitätsmedizin Berlin, Archiv + Datenbanken für Informationen

LESEPROBE

ISBN 978-3-423-21808-5

Prolog

September 1922

Schnell nach Hause, dachte sie, der Abend war für September ungemütlich kühl. Sie warf einen Blick zum Bernuspark hinüber, kämpfte mit sich. Noch war es nicht ganz dunkel, und wenn sie sich beeilte – es war eine gewaltige Abkürzung. Noch ein kleines Stück durch die Schönhofstraße, durch das schmiedeeiserne Tor, dann war sie im Park.

Er war verlassen, das merkte sie bald. Kein Wetter, das Spaziergänger nach draußen lockte. Aber sie würde jetzt nicht kehrtmachen und den Umweg nehmen, sie wollte nach diesem langen Tag endlich nach Hause. Der Chef war heute wieder unerträglich gewesen, vermutlich war ihm der mittägliche kalte Braten mit grüner Sauce nicht bekommen. Sie lachte bei dem Gedanken leise vor sich hin, und ihre Angst verflog.

Rechts ging es zum Teich, über dessen schmalste Stelle eine alte steinerne Brücke führte. Sie bog ab. Ja, dort war die Brücke. Sie beschleunigte ihre Schritte. Ein Glück, dass sie die gut eingelaufenen Schuhe trug und nicht die neuen mit den drei zarten Riemchen über dem Spann, in denen bekäme sie sicher Blasen. Hübsch waren die schon, viel eleganter als diese, aber eben auch –

Er kündigte sich nicht an. Kein Schritt auf dem Kies, keine

raschelnde Kleidung, keine Atemzüge, nichts. Nur der Arm, der sich von hinten um ihre Brust legte, und die Hand, die ihr etwas Weiches, Feuchtes aufs Gesicht drückte. Es roch süß, beinahe widerlich, ihre Haut begann zu brennen, und dann war es, als lösten ihre Füße sich vom Boden, hoch, immer höher, bis sie ganz leicht wurde und zu schweben schien. Ihr Körper gehorchte ihr nicht mehr, die Zeit dehnte sich und schrumpfte, keuchend rang sie nach Luft, soweit es das Etwas zuließ, das ihr ganzes Gesicht bedeckte. Dann zog sich ihre Brust zusammen, ihre Kehle, alles verkrampfte sich und schnürte ihr die Luft ab, sie rang nach Atem, drohte zu ertrinken. Sie spürte noch, wie sie hart aufschlug. Dann nichts mehr.

1

SAMSTAG, 30. JUNI 1928

Eduard Fischer war kein Richard Tauber, doch er hatte seinen Tenor in den Straßen und Hinterhöfen Berlins geschult und verstand sich darauf, sein Publikum mitzureißen. Die Tangoklänge der Kapelle umschmeichelten seine Stimme und kaschierten deren Schwächen, und die Paare, die sich beim Witwenball dicht an dicht über die Tanzfläche bewegten, nur einander und der Musik hingegeben, bemerkten die falschen Töne nicht. Mehr noch, sie sangen begeistert die Worte mit, die ganz Berlin kannte.

Ich küsse Ihre Hand, Madame,
und träum', es war Ihr Mund.
Ich bin ja so galant, Madame,
und das hat seinen Grund.

Irene Freund beugte sich vor und ließ sich von ihrem Begleiter, der sich als Joachim vorgestellt hatte, Feuer geben. Er sah sie über die Flamme hinweg an. Wie hatte man nur geflirtet, bevor das Rauchen gesellschaftsfähig wurde? Sie senkte ein wenig die Augenlider, blies den Rauch aus und lehnte sich auf dem Stuhl zurück. Die bunten Flecken der Lampions tanzten über die nackte Haut ihrer Arme. Die

Wände des Saals waren mit Holzgittern verkleidet, in denen künstliche Zweige mit Kirschblüten steckten. Die farbige Deckenbeleuchtung machte den Raum zu dem »Lichtwundersaal«, den Clärchens Ballhaus in seinen Annoncen gerne anpries.

Irene war keine Witwe, sondern ledig, und Joachim war Eintänzer, das hatte sie bald gemerkt, aber was machte das schon, wenn die Musik mitreißend war und die Lichter schillerten und der Sekt für eine Mark in ihren Gläsern perlte?

Sie ließen einander nicht aus den Augen, und als ein Onestep angekündigt wurde, drückten sie wie auf ein Kommando die Zigaretten aus und eilten auf die Tanzfläche.

Wer hat bloß den Käse zum Bahnhof gerollt?
Das ist 'ne Frechheit, wie kann man so was tun?
Denn er war noch nicht verzollt.

»Der Text ist reichlich dämlich«, rief Irene.

»Aber die Musik geht prima in die Beine«, erwiderte Joachim, und sie marschierten dahin, seine Hand an ihrer Taille, ihre auf seiner Schulter, die anderen beiden Hände verschränkt, drehten sich lachend im Kreis und hatten den Käse bald vergessen.

Ihre Augen leuchten bis zu mir.

Die korpulente Gerda Wohlleben errötete und zeigte ihrer Freundin Irmgard kichernd das Zettelchen, das der Kellner mit der Saalpost gebracht hatte. *Ick bin so jalant, nehm Ihnen bei der Hand. Wenn Se nicken, lass ick mir blicken.* Bei Clärchen gab es keine Telefone, diese neue, kostspielige Mode machte sie nicht mit. Papier erfüllte den Zweck genauso gut und war auch romantischer als ein Apparat, der auf dem Tisch stand und kaum Platz für Sekt und andere Erfrischungen ließ.

Überall im Saal steckten Gäste die Köpfe zusammen und überlegten, von wem wohl welche Liebesbotschaft stammen mochte.

Vorn am Eingang gab Adele, die Garderobiere, dem Türsteher Wolf Meinecke ein Zeichen, indem sie Zeige- und Mittelfinger vor den Mund hielt und ihn bittend ansah. Er kam mit langmütiger Miene herüber, stellte sich in die mit dunkelbraunem Holz verkleidete Garderobennische und winkte Adele davon.

Ab und zu brauchte sie eine Zigarettenpause, doch Clärchen duldete nicht, dass ihre Garderobiere paffend inmitten von Mänteln und Hüten stand.

»Das gehört sich nicht, wir sind ein anständiges Haus«, pflegte sie zu sagen.

Adele war ihre Stelle lieb und teuer. Sie fügte sich also und baute darauf, dass Wolf für sie einsprang, wenn der Drang sie überkam.

Clara Bühler, genannt Clärchen, glitt unauffällig durch den Saal, begrüßte die Stammgäste und vergewisserte sich, dass alle Tische ausreichend mit Getränken versorgt waren. Sosehr sie ihre Angestellten schätzte, wusste sie doch, dass sie besser arbeiteten, wenn die Hausherrin ihnen persönlich auf die Finger schaute. Nachdem sie ihre Runde gedreht hatte, blieb sie an der Tür stehen und zündete sich eine Zigarette an. Sie blies den Rauch in die Luft und genoss den Anblick.

Hier unten gab es den Lichtwundersaal mit seinem japanischen Flair und oben den Spiegelsaal. Der war wie in

Versailles, nur schöner. Heute war er aber geschlossen, weil bei dem warmen Wetter viele Leute in die Ausflugslokale strömten.

Sie schaute zur Kapelle, die gerade einen Tango beendete, zu den Kellnern, die Sekt und Wein servierten, den Paaren, die sich voneinander lösten und zu separaten Tischen strebten oder untergehakt gingen und sich Stuhl an Stuhl, eng beieinander, niederließen.

Sie wollte gerade zum Ausschank gehen, als ihr Blick am Klavierspieler der Kapelle hängenblieb. Sie winkte ihm, worauf er vom Podest sprang, zu ihr herübereilte und sie besorgt anschaute.

»Schauen Sie nicht so ängstlich, Fred, alles prima. Bin sehr zufrieden mit Ihnen.«

Er atmete sichtlich erleichtert aus, worauf sie ihm auf die Schulter klopfte. »Sie wissen doch, ohne den Mann am Klavier geht hier gar nichts.«

Wolf Meinecke schaute sich suchend nach Adele um. Inzwischen war es brechend voll im Eingangsbereich. Eine Frau lachte schrill und warf den Kopf zurück, als der Mann neben ihr eine anzügliche Bemerkung machte. Alle drängten sich vor der Garderobe, um mit den Mänteln auch den Alltag abzugeben und sich unbeschwert ins Vergnügen zu stürzen.

Es war ein heftiges Schieben und Schubsen, und er stand hier ganz allein und hielt die Stellung.

Verdammt, warum musste sie ausgerechnet dann qualmen gehen, wenn hier die Hölle los war? Es war, als hätte ein Zug vor dem Ballhaus angehalten und eine ganze Ladung Tanzwütige ausgespuckt. Adele war ein kesses Ding, nie um eine witzige Antwort verlegen und hübsch anzusehen obendrein, aber dass sie ihn so im Regen stehenließ …

»Soll mir ’n Bart wachsen, bis ick den Mantel krieje?«

»Steh nich rum wie ’n Öljötze!«

Wolf geriet ins Schwitzen, nahm Mäntel und Jacken entgegen, schleppte andere herbei, händigte Garderobenmarken aus, suchte nach verlorenen Schals und Hüten, kroch auf dem Boden herum, als eine Marke hinunterfiel und in die hinterste Ecke kullerte.

Poussierte Adele etwa mit einem Gast im Hinterhof? Es gab genügend Kerle, die ihr schöne Augen – und entsprechende Angebote – machten. Aber so war sie eigentlich nicht, sie ließ einen Kollegen nicht im Stich.

Als der größte Andrang vorbei war, atmete er tief durch und sah sich um. Noch immer keine Spur von der Garderobiere. Wo steckte sie nur?

Sie trug heute ein besonders hübsches Kleid, hellblau mit einem schwarzen Muster, das wie Spitze aussah, und einer schwarzen Schärpe. Er hatte vorhin gefrotzelt, sie sei wohl zu Geld gekommen, worauf Adele gesagt hatte, es sei ein Geschenk von einer Freundin. Er spähte in den Ballsaal, doch auch dort war kein Hellblau mit schwarzer Spitze zu entdecken.

Als sie an den Tisch zurückkehrten, ruhte Joachims Hand auf Irenes Schulter, und er zog sie erst zurück, als sie sich auf ihrem Stuhl niederließ.

»Sie tanzen ganz wunderbar. Und ich weiß, wovon ich rede«, sagte er und gab der Kellnerin ein Zeichen, noch zwei Gläser Sekt zu servieren. »Ich habe Sie übrigens noch nie hier gesehen. Kommen Sie öfter her?«

»Es ist das erste Mal. Mit meinen Freundinnen war ich ein paarmal im Chaussee-Palast oder im Resi-Casino, aber das war mir zu …«

»Gewagt?«, fragte er.

»Vielleicht.« Irene überlegte. »Nein, gewagt ist nicht das richtige Wort. Ich fand es unpersönlich. Eine Art Speisekarte, von der man Geschenke aussuchen und mit der Rohrpost durch den Saal schicken kann. Dazu die Telefone, die ständig bimmeln. Es war wie auf dem Rummel, zu viel von allem, und es lenkte von der Musik ab. Vom Tanzen.«

»Und heute sind Sie ganz allein hier?«

»Meine Freundin ist plötzlich krank geworden. Aber ich wollte den Abend nicht zu Hause verbringen. Also bin ich ohne sie gekommen, es ist ja ein Witwenball«, sagte sie lachend.

»Sind Sie eine?«

»Nein.« Irene hob ihr Sektglas. »Und ich möchte lieber tanzen, statt über mich zu reden.« Der Sekt perlte in ihrer Kehle und brachte sie zum Lachen, obwohl niemand etwas Komisches gesagt hatte. »Oder wir reden über Sie.«

Joachim lachte und hob ebenfalls sein Glas. »Da gibt es nichts zu erzählen. Es ist dieselbe traurige Geschichte, die Sie schon tausendmal gehört haben.«

»Ehemaliger Offizier?«, fragte sie und legte den Kopf schräg.

»2. Leib-Husaren-Regiment ›Königin Viktoria von Preußen‹. Nach dem Krieg waren meine Talente nicht mehr gefragt. Das heißt, nirgendwo außer hier.« Er stellte sein Glas ab, gab der Kapelle ein Zeichen, die wieder einen Tango anstimmte, und Irene folgte ihm auf die Tanzfläche.

Walter, der Saalchef, strich sich vor dem Spiegel des kleinen Hinterzimmers die pomadisierten Haare glatt. Dann klopfte er sorgfältig seinen Frack ab – er war der einzige Mann im Ballhaus, der einen trug, das war er seiner Stellung schuldig – und holte Geldscheine, Münzen und sogar eine Tafel Schokolade aus den Taschen hervor. Er zählte die Ausbeute zufrieden durch und verstaute sie in einem abschließbaren Schrank. Seine Kriegskasse, wie er sie bei sich nannte.

Das machte er an profitablen Abenden bis zu viermal, denn es sah einfach hässlich aus, wenn sich die Taschen ausbeulten.

Heute war Witwenball. Da zeigten sich die Damen besonders großzügig, zumal er häufig Damenwahl verkündet hatte. Frauen, die sich amüsieren wollten, waren spendabel, und der »süße Walter« erfreute sich bei den weiblichen Gästen großer Beliebtheit. Nie hätte er eine an sich herangelassen, geschweige denn mit nach Hause genommen, doch seine Unerreichbarkeit ließ ihre Sehnsucht nur noch stärker werden. Kurzum, die Damen bezahlten für sein Lächeln, den einen oder anderen Tanz, das Gefühl, begehrenswert zu sein.

Bei Joachim war das anders. Der hatte sicher schon die eine oder andere Witwe nach Hause begleitet.

Walter wollte gerade wieder in den Ballsaal gehen, als er Wolf bemerkte, der ihm von der Garderobe aus heftig winkte. Er ging hin und sah den Türsteher verwundert an. »Was machst du denn hier?«

»Adele hat mich sitzenlassen.«

»Was soll das heißen?«

Wolf wischte sich die Stirn. »Sie ist vor mindestens einer halben Stunde nach hinten gegangen, um zu rauchen, und noch nicht zurück.« Clärchen sah es nicht gern, wenn ihre Angestellten paffend vor der Tür standen, für so etwas war der Hinterhof da.

»Das passt aber nicht zu ihr. Die ist doch ein Pfundskerl, auf die kann man sich verlassen.«

»Ich weiß.« Wolf schaute zur Tür. »Siehst du mal nach ihr? Ich kann hier nicht weg.«

Walter warf einen Blick in den Saal. Die Kapelle hatte noch zwei Stücke auf dem Programm, bevor er wieder den Conférencier geben musste. Da sollte ein kurzer Freundschaftsdienst drin sein.

Er ging zwischen den Tanzenden hindurch und an der Weinstube vorbei zur großen Doppeltür, hinter der sich die Toiletten befanden. Rechts ging es in den Hinterhof. Er öffnete vorsichtig die Tür zur Damentoilette.

»Adele, bist du hier?«

»Erlauben Se mal …« Eine korpulente Dame, die sich die Hände wusch, sah ihn strafend an, und Walter trat hastig den Rückzug an.

Er öffnete die Tür zum Hof, neben der ein paar leere Kisten standen, und sah sich um. Dann bemerkte er etwas Dunkles auf dem Boden, kaum mehr als einen Umriss im schwachen Licht der Hofbeleuchtung.

Irene Freund war gerade auf der Toilette, als sie ein Geräusch durchs gekippte Fenster hörte. Es klang wie ein Wimmern. Sie war versucht, aufs Klosett zu steigen und hinauszusehen, ließ es dann aber bleiben – dafür war ihr Kleid zu eng.

Sie wusch sich die Hände, verließ die Toilette und blieb zögernd stehen, vor sich den Ballsaal mit den funkelnden Lichtern, draußen das seltsame Geräusch.

Gerade erklangen die ersten schnellen Töne der Tritsch-Tratsch-Polka. Die war ihr dann doch zu altbacken, daran änderte auch ein reizender Tanzpartner wie Herr Joachim nichts.

Sie würde einfach einen kurzen Blick riskieren.

Links gab es eine Tür, die auf einen dunklen Hof führte. Sie trat auf den Kies, der unter ihren Schuhen knirschte, blieb stehen und horchte. Ein warmer Windhauch strich über ihre nackten Arme, hinter ihr erklangen Musik und Gelächter, die alle leisen Töne überlagerten.

Aber sie hatte das Wimmern deutlich gehört.

Da war es wieder, ertrank fast im Lärm, der aus dem Ballhaus drang.

Und dann sah sie es – eine Silhouette, die sich im schwachen Licht abzeichnete.

Irene wollte schon kehrtmachen. Vielleicht hatte jemand nur zu viel getrunken und musste sich übergeben, was auch das Wimmern erklären würde. Und das wollte sie nun wirklich nicht mit ansehen.

»Hallo?«, fragte sie, nur um sich zu vergewissern, dass alles in Ordnung war.

Jemand schluchzte leise, und sie trat unwillkürlich näher.

Ein Mann kniete am Boden. Vor ihm ausgestreckt lag eine Frau im hellblauen Kleid. Er strich ihr die Haare aus dem Gesicht, tastete ihren Hals und ihre Wangen ab, redete leise und unverständlich auf sie ein.

»Was machen Sie da?«

Der Mann hob abrupt den Kopf. Irene erkannte ihn wieder. Es war der Saalchef. Sie hatte vorhin gesehen, wie eine Frau ihm einen Geldschein zugesteckt und ziemlich lasziv seine Wange gestreichelt hatte.

»Ich glaube, sie ist tot.« Er sprach tonlos wie ein Automat.

»Was ist passiert? Soll ich Hilfe holen?«, fragte Irene und wagte einen Blick auf die Frau. Soweit sie sehen konnte, war ihr Gesicht unversehrt.

»Ja. Bitte.« Mehr sagte der Mann nicht.

Als Irene nach drinnen eilte, hörte sie mit halbem Ohr den Text der Polka, den die Gäste aus voller Kehle mitsangen.

So rast die Zeit mit Geschwindigkeit
hier und dort, immerfort,
und keiner hat für den andern Zeit,
weil die Hast keine Zeit lasst.

Seltsam, dachte sie, wie gut das passte. Hier draußen lag eine Frau, vermutlich tot, und keiner merkte es, weil alle mit ihrem Vergnügen beschäftigt waren. So wie sie selbst bis vor wenigen Minuten auch.

Doch einmal wird es ohne Eile gehen,
Dann bleibt die Uhr für jeden einmal stehen.

Für die Frau, über die sie nichts wusste, war die Uhr stehengeblieben, während drinnen alle tanzten.

Irene schob sich am Rand der Tanzfläche entlang, wich einem Kellner mit voll beladenem Tablett aus, konnte keinen klaren Gedanken fassen. War dort draußen ein Unfall geschehen – oder ein Verbrechen? Hatte der Saalchef die Frau nur gefunden oder ihr etwas angetan?

Dann stand sie im Flur vor der Garderobe. Ihr Blick fiel auf das Schild neben dem Tresen: *Den Anordnungen des Garderobenwärters ist unbedingt Folge zu leisten.* Wie preußisch, dachte sie.

Der Mann, der dahinterstand, streckte schon die Hand nach ihrer Marke aus, doch Irene deutete in die Richtung, aus der sie gekommen war.

»Da draußen im Hof braucht jemand Hilfe. Ein Mann kniet neben einer Frau und sagt, sie sei tot. Sie trägt ein hellblaues Kleid«, fügte sie hinzu, als hätte das irgendeine Bedeutung.

Der Garderobenwärter schwang sich wortlos über den Tresen und verschwand in der Menge der Tanzenden.